grafit

Die finnische Originalausgabe »Raid ja mustempi lammas« erschien 2000
bei Werner Söderström Osakeyhtiö, Helsinki

Deutsche Erstausgabe

Chemnitzer Str. 31, D-44139 Dortmund
Internet: http://www.grafit.de
E-Mail: info@grafit.de
Die Übersetzung wurde von dem Informationszentrum für finnische
Literatur, Helsinki gefördert.

Umschlagillustration: Peter Bucker
Druck und Bindearbeiten: Clausen & Bosse, Leck
ISBN 3-89425-515-3
1. 2. 3. 4. 5. / 2004 2003 2002

Harri Nykänen

Schwärzer als ein schwarzes Schaf

Kriminalroman

Aus dem Finnischen von
Regine Pirschel

grafit

Der Autor

Harri Nykänen lebt in Helsinki. *Schwärzer als ein schwarzes Schaf* ist sein fünfter Krimi mit Kommissar Jansson und dessen sympathischen Widersacher Raid. Eine 12-teilige Fernsehserie zu den Krimis war die erfolgreichste Serie aller Zeiten in Finnland.

1.

Raid fuhr und Nygren schlief auf der Rückbank.

Nygren hatte sich seinen zusammengefalteten Mantel unter den Kopf gelegt, die Beine hatte er angezogen und die Hände an die Brust gepresst. Ein Knie drückte gegen die Lehne des Fahrersitzes, Raid spürte die Beule im Kreuz. Nygrens dunkelblaues, fast schwarzes Jackett stand offen, und die weinrote, weiß gepunktete Seidenkrawatte hing über den Rand des Sitzes hinunter.

Nygren war knapp sechzig Jahre alt. Sein Gesicht war mager und zerfurcht, am linken Mundwinkel hatte er eine ungefähr zwei Zentimeter lange, dünne Narbe. Die blonden, nach hinten gekämmten Haare waren im Nacken lang und gaben ihm etwas Knabenhaftes.

Die teure Uhr am Handgelenk vervollständigte seine elegante Kleidung.

Nygrens Miene war ruhig und gelassen, so wie die eines Mannes, der nur Dinge tat, von denen er überzeugt war.

Raid genoss das Fahren. Der Wagen gehörte Nygren, ein alter Mercedes mit einem V-8-Motor. Wahrscheinlich hatte er die meiste Zeit zugedeckt in einem gleichmäßig temperierten Raum gestanden und war gewissenhaft gepflegt worden. Trotz seiner dreißig Jahre war er fast wie neu. Der Tachometer zeigte weniger als hunderttausend Kilometer, und die schwarzen Ledersitze sahen aus, als seien sie nie benutzt worden. Die Chromknöpfe am Radio glänzten verlockend.

Hinter Salo begann es zu regnen. Nygren öffnete die Augen, sie waren blank und ohne eine Spur von Müdigkeit. Trotzdem war Raid sicher, dass er eben noch fest geschlafen hatte.

»Regen, das Geräusch hat was.«

Nygren kurbelte das Fenster ein wenig herunter und atmete tief ein. Die Zugluft wirbelte sein Haar durcheinander und peitschte ihm Regentropfen ins Gesicht. »Irgendetwas hat das ..., wo sind wir?«

»Wir sind gerade an Salo vorbeigefahren.«

»Fahr den Rest der Strecke auf der alten Straße.«

Nygren richtete sich so weit auf, dass er die Zigarettenschachtel aus der Innentasche seines Jacketts ziehen konnte.

»Du wirst so gut bezahlt, dass du den Rauch bestimmt auch noch erträgst.«

Er zündete sich die Zigarette mit einem altmodischen Benzinfeuerzeug an, Raid konnte das Zündbenzin riechen.

Nygren schwenkte sein Feuerzeug.

»Das ist das ganze Erbe meines Vaters. Er trug es in der Tasche bei sich, als er von einer russischen Granate getroffen wurde.«

Nygren zeigte auf eine Delle in der Umhüllung.

»Hier kann man es sehen ... Ein Gegenstand ist erst dann wertvoll, wenn er eine Geschichte hat. Dieses Feuerzeug hat eine gute Geschichte, sie gibt ihm das Recht zu existieren.«

Nygren klopfte auf den Rücksitz.

»Dieses Auto hat auch eine Geschichte, und zwar eine gute, genau wie dieser Mantel und die Uhr.«

Er zog seine Sonnenbrille aus der Manteltasche und setzte sie auf.

»Ray Ban. Ihre Geschichte erzähle ich ein andermal. Wir werden noch viel Spaß zusammen haben.«

»Bestimmt«, sagte Raid.

»Ich bezahle dich dafür, dass du zuhörst. Aber bald wird es umgekehrt sein, und du wirst bereit sein dafür zu zahlen, dass du zuhören darfst.«

Nygren hatte seine Zigarette mit ein paar Zügen bis zur Hälfte aufgeraucht. Er kurbelte die Scheibe ganz herunter und warf die Kippe hinaus. Dann hielt er seinen Kopf aus dem Fenster und ließ sich den Fahrtwind um die Ohren wehen. Raid sah im Seitenspiegel sein ernstes Gesicht. Er amüsierte sich, ließ sich aber nichts anmerken.

Nygren zog den Kopf wieder ein. Seine Haare waren durcheinander geweht, er fuhr mit den Fingern hindurch, um sie zu ordnen.

»Ich lasse mir die Haare seit dreißig Jahren immer auf die gleiche Weise schneiden. Während der ganzen Zeit war der Schnitt dreimal modern. Was lehrt uns das?«

»Was?«

»Dass man seinem Stil treu bleiben soll, wenn man ihn einmal gefunden hat. Du machst anscheinend auch nicht jede Mode mit.«

»So ist es«, bestätigte Raid.

»Und du bist immer noch kein Maulheld. Ein Wort hier, eines dort, nicht gerade ein verbales Feuerwerk. Du weißt, dass ich ein geselliger Mann bin und gern zuhöre. Ich bin sicher, dass du viele gute Geschichten zu erzählen hättest, und was das Beste ist: wahre Geschichten.«

»Ich habe versprochen, zuzuhören, aber nicht, zu erzählen. Außerdem hast du während der ganzen Fahrt geschlafen.«

»In meinem Alter braucht man hin und wieder ein Nickerchen.«

Nygren stemmte sich von seinem Lager hoch und setzte sich aufrecht hin. Er beugte sich vor und betrachtete Raid forschend im Rückspiegel.

»Bist du sicher, dass du bis zum Schluss mitmachst?«

»Ich habe es versprochen.«

»Versprechen sind schon oft gebrochen worden.«

»Nicht von mir.«

Nygrens Züge entspannten sich. Er wirkte erleichtert.

Die Elia-Kirche hielt ihre Andacht in einem alten Kino. Musik und Gesang waren bis nach draußen zu hören. Die Gemeinde sang keinen getragenen Choral, der von Verzagtheit und Reue kündete, sondern die finnische Version eines Gospels, der auf den Baumwollfeldern der Südstaaten entstanden war. Nygren blieb vor der Tür stehen und lauschte. Er nickte im Takt der Musik, nahm auch die

Hände zu Hilfe und klatschte im Rhythmus mit. Er machte sogar kleine Tanzschritte.

»Halleluja, dann wollen wir mal.«

Raid hielt die Tür auf, und Nygren trat ein.

In den eigentlichen Saal gelangte man durch eine lange Halle. An der rechten Wand befanden sich Garderobenhaken, links eine Doppeltür aus Birkenholz. An der Stirnseite der Halle gab es eine zweite Tür, den ehemaligen Notausgang des Kinos, über dem immer noch eine grüne Lampe brannte.

Nygren öffnete beide Hälften der Doppeltür und trat in den Saal. Er blieb am Ende des breiten Ganges stehen. In seinem langen offenen Mantel sah er aus wie ein Schütze, der sich auf den Nahkampf vorbereitete. Raid stellte sich rechts hinter ihn.

»Jesus hat mit seinem Blut teuer für euch bezahlt, lasst euch also nicht durch irdische Eitelkeit von eurem Weg abbringen und setzt nicht leichtfertig euren Platz im Himmel aufs Spiel …«

Der Prediger war etwas jünger als Nygren. Er war teuer gekleidet, trug einen eleganten hellgrauen Anzug, dazu ein dickes goldenes Armband und einen massiven Goldring. Die leicht ergrauten Haare waren perfekt geschnitten und sorgfältig gekämmt. Sein Gesicht war glatt und gebräunt, aber die äußere Vitalität hatte etwas Künstliches.

Der Prediger wirkte in seiner ganzen Art wie der Gouverneur von Texas, der den Leuten vor den Wahlen mit Gewalt beweisen will, dass er immer noch alles kann, was von ihm erwartet wird: zu fetziger Musik tanzen, auf einem Gaul reiten, den Golfball hundertzwanzig Yard weit schlagen, und, als besonderer Pluspunkt, sich im besten Bordell des Bundesstaates amüsieren.

Der Prediger griff nach dem Wasserglas, das vor ihm auf dem Pult stand, und trank ein paar Schlucke. Derart erfrischt, warf er einen charismatischen Blick auf seine Schäfchen.

»Denn Jesus sagt: Bittet, so wird euch gegeben, und alles, was ihr fortgegeben habt, bekommt ihr noch in diesem Leben mehrfach zurück, doppelt, dreifach, sogar fünffach.«

»Halleluja, Jesus sei Dank«, rief eine Frau mit gesenktem Kopf und gefalteten Händen in der ersten Reihe. Sie steckte die anderen an, und ein vielstimmiges Halleluja hallte durch den Saal.

»Ihr seid der Körper der Gemeinde, und ich bin ihre Seele. Die Seele muss den Körper führen und der Körper die Seele speisen. Millionen und Abermillionen Menschen dürsten nach Gottes Wort, und wir sind auserwählt, sein Wort bis ans Ende der Welt zu tragen. Eine Aufgabe ist an uns herangetragen worden, und wir erfüllen sie.«

Der Prediger sah abwartend auf seine Gemeinde.

»Wir erfüllen sie«, wiederholten die Leute.

»Sammeln wir also gemeinsam eine Million Mark, damit wir für die heidnischen Länder Bibeln drucken lassen können, für Länder, in denen die Kuh heilig ist oder in denen man sich vor einem hölzernen oder bronzenen Bild verneigt. Die Kollekte des heutigen Abends ...«

Am Klavier saß eine junge Frau, die ein sittsames hellblaues Kleid und ein noch sittsameres gleichfarbenes Band in ihrem blonden Haar trug. Sie bemerkte die Ankömmlinge als Erste und blickte scheu, aber interessiert zu ihnen auf. Bald drehte sich ein weiterer Zuhörer um, dann ein dritter.

»... knausert nicht bei der Erfüllung unserer Aufgabe. Seid großzügig und mehret euren Schatz im Himmelreich ...«

Nygren trat ein paar Schritte vor, Raid folgte ihm.

»Halleluja, Bruder Koistinen«, sagte Nygren mit einer Stimme, die wie ein Schlag ins Gesicht klang.

Der Prediger blickte auf, und auch der Rest der Gemeindemitglieder drehte sich nach den Gästen um. Im Gesicht des Predigers spiegelte sich kurzes Erschrecken, aber dann hatte er sich wieder in der Gewalt.

»Halleluja, lieber Bruder, wer du auch sein magst. Jesu Segen sei mit euch, ihr seid willkommen. Setzt euch zu uns. Unsere Tür steht Fremden stets offen.«

»Ich bin leider in Eile. Es gibt so viele Kranke und so wenige Heiler. Ich bin nur gekommen, um eine alte Schuld einzufordern, anschließend fahren mein Freund und ich gleich weiter.«

Die Gemeindemitglieder sahen fragend zu ihrem Hirten.

»Hier liegt ein Missverständnis vor, bitte entfernen Sie sich, Sie stören diese heilige Versammlung.«

Der Prediger gab ein fast unmerkliches Handzeichen, und in der hintersten Reihe erhob sich ein Mann. An seinem Gebaren erkannte man sofort den Rausschmeißer. Er ging ein wenig vornübergebeugt, wie ein ehemaliger Ringer. Er war es gewöhnt, dass die Leute vor ihm zurückwichen, etwas anderes kam für ihn gar nicht in Betracht.

Raid drehte sich blitzschnell um, zog mitten in der Bewegung eine Waffe aus seinem Mantel und zielte damit auf die Stirn des Ringers. Der Gorilla machte noch einen Schritt, aber dann kam die Botschaft an, und er blieb stehen. Er sah fragend zu Koistinen, aber von dem kam keine Hilfe.

Nygren holte ein Blatt Papier aus der Manteltasche, faltete es auseinander und schwenkte es über dem Kopf.

»Laut diesem Schuldschein hast du fünfzigtausend Mark an mich zu zahlen. Erinnerst du dich nicht? Ich habe dir das Geld vor sechs Jahren in Stockholm geliehen, als du deinen Spielklub gründetest. Ein paar Mädchen gab es dort auch, wenn auch nicht so schöne wie hier.«

Nygren lächelte der Pianistin zu, die sich instinktiv das Haar zurückstrich.

»Ich habe lange nach dir gesucht, und jetzt finde ich das verloren gegangene schwarze Schaf hier im schönen Turku, umgeben von lauter netten Menschen. Das letzte Mal war ich vor zehn Jahren in dieser Stadt, als ich zwei

Jahre in Kakola absaß, *in einem Haus auf dem Hügel, wo die Gardinen vor den Fenstern aus Eisen sind*, wie es im Lied so schön heißt.«

»Ich kenne Sie überhaupt nicht ...«

Nygren wühlte wieder in seinen Taschen und holte ein Foto heraus.

»Du verleugnest mich, so wie Petrus einst Jesus verleugnete. Ehe der Hahn dreimal kräht ...«

»Lüge ..., er ..., alles ist Lüge ...«

»Wirklich?«

Nygren tippte mit dem Finger auf das Foto.

»Hier sitzen wir jedenfalls wie die besten Freunde zusammen und trinken gutes bayerisches Bier. Erinnerst du dich, wir besuchten dieses Nobelbordell in Hamburg. Das nackte Mädchen hier, ich glaube, sie hieß Hanne oder so ähnlich ...«

Nygren reichte das Foto an eine Frau in der ersten Reihe.

»Lass es herumgehen.«

Die Frau starrte das Foto an und gab es an ihren Nachbarn weiter.

»Euer Seelenhirte hat sich immer für die weibliche Schönheit interessiert. Einmal wohnte er ein halbes Jahr mit einer brasilianischen Stripperin zusammen. Eine Stripperin ist ein Mädchen, das nackt tanzt. Wer weiß, wo sie jetzt sein mag, vielleicht ist sie ins Amazonasdelta zurückgekehrt, oder sie ist irgendwo in einem Hauseingang in der Malmskillnadsgatan an einer Überdosis gestorben.«

Koistinen verlor allmählich die Fassung und hielt sich am Rednerpult fest.

Nygren legte noch zu.

»Lass uns die Geldangelegenheiten in Ordnung bringen, dann kannst du dein Business weiterbetreiben. Um ein Business handelt es sich ja wohl ...«

Er ließ den Blick über die versammelte Gemeinde schweifen.

»Ich bin ein schwarzes Schaf, ja sogar noch schwärzer als schwarz, aber ich betrüge die Leute nur um ihr Geld, du stiehlst ihnen auch die Seele. Diese Menschen glauben an dich und geben sich und ihr Leben in deine Hände, aber du hintergehst sie. Weißt du gar nicht, dass man für solche Taten ins Höllenfeuer kommt? Du bist der böse , Koistinen.«

Koistinen verfiel auf einen letzten Trick, und er benutzte ihn mit der Routine, die er in seiner zwanzigjährigen Betrügerlaufbahn erworben hatte.

»Entferne dich, Kind Satans. Ich erlaube nicht, dass du meine Gemeindemitglieder mit deinen schmutzigen Lügen besudelst. Sie sind teuer bezahlt ...«

Plötzlich erstarrte er und atmete stoßweise, die Augen schienen ihm aus dem Kopf zu quellen. Seine Lippen schmatzten ein paar Mal, und dann stieß er eine Reihe von Worten aus, ohne Betonung oder Rhythmus, so als würde er sie hintereinander aus dem Wörterbuch ablesen.

»Alema, Isa, Nader, Elia, Abba, Israel ...«

»Und sogar Fremdsprachen kannst du! Früher sprachst du nur Finnisch und ein verdammt schlechtes Schwedisch.«

Nygren trat an ihn heran und gab ihm eine kräftige Ohrfeige.

Koistinens Wortschwall endete abrupt.

Nygren steckte die Hand in die Brusttasche.

»Ich habe noch mehr Fotos ...«

Er ging zur vorderen Reihe und verteilte die Fotos nach rechts und links ins Publikum. Dann trat er wieder ans Pult, packte Koistinen an der Krawatte, zog ihn zu sich herunter und wandte sich an die Gemeinde.

»Nach dem Fremdsprachenwunder zeigt Pastor Koistinen euch noch ein weiteres Wunder. Er zeigt, wie er mit seinem Glauben eine Pistolenkugel stoppen kann.«

Raid zog eine zweite Waffe aus dem Mantel und zielte damit auf Koistinens Stirn. Die andere war immer noch auf den Ringer gerichtet.

Nygren schüttelte den in Apathie versunkenen Prediger.

»Bist du zum Kugelstoppwunder bereit?«

Koistinen sah Raid an und entdeckte in dessen Augen keinen Funken Gnade.

»Nicht, ich werde bezahlen«, flüsterte er Nygren zu. »Im Hinterzimmer.«

Nygren wandte sich an die Leute im Saal.

»Er will bezahlen, aber ihr wollt ein Wunder. Einer gegen viele. Ihr habt gewonnen, ihr bekommt euer Wunder.«

Raid spannte den Abzug.

Koistinen streifte die Rolle des Predigers ab und konzentrierte sich darauf, sein Leben zu erhalten.

»Sag, was ich tun soll.«

Nygrens Stimme war fast sanft.

»Bist du nicht zu einem einzigen kleinen Wunder fähig, obwohl doch der Glaube Berge versetzen und Tote zum Leben erwecken kann?«

»Nein.«

»Obwohl du fremde Sprachen beherrschst und dich täglich mit Gott unterhältst wie mit einem guten Bekannten?«

»Nein, du weißt, dass ich dazu nicht fähig bin.«

»Lauter!«

Nygren beugte sich zu Koistinen und legte die Hand ans Ohr.

»Ich bin nicht dazu fähig.«

»Warum nicht? Woher kannst du dann Fremdsprachen?«

Nygrens Stimme hallte durch den ganzen Saal.

»Es war Schwindel.«

»Die fremde Sprache war also Schwindel. Und all das andere?« Nygren beschrieb mit der Hand einen großen Bogen.

»Alles ist ...«

»Wie bitte?«

»Alles ist Schwindel.«

»Du bist also kein Prediger, sondern ein Schwindler? Habe ich richtig verstanden?«

»Verdammt noch mal, Nygren, wir waren immerhin Freunde …«

»Bist du es?«

»Ja …«

Nygren drückte Koistinen in die Knie und packte ihn bei den Haaren.

»Ihr habt gehört, was euer Chef gesagt hat, er ist leider Gottes ein Schwindler. Einer von der übelsten Sorte. Er ist ein reißender Wolf im Schafspelz. Er und seinesgleichen sind nur so lange Hirten, wie an den Schafen Wolle zum Scheren und Fleisch zum Reißen ist. Danach überlässt er sie anderen Raubtieren als Beute. Er bürdet anderen Menschen Lasten auf, aber er selbst trägt nichts. Er bestimmt, was ihr tun dürft, er selbst hält sich jedoch an keine Regeln.«

Koistinen versuchte sich loszureißen. Nygren packte ihn noch fester.

»Entschuldige dich bei den Leuten. Entschuldige dich bei deiner Gemeinde, deinen Schäfchen.«

»Verflucht noch mal, Nygren …«

Koistinen versuchte aufzustehen, aber Nygren drückte ihn wieder hinunter.

»Entschuldige dich!«

»Entschuldigung.«

»Du bist ein Schwindler und ein falscher Prophet. Was bist du?«

»Ein Schwindler und … ein falscher Prophet.«

»Und ein reißender Wolf im Schafspelz.«

»Und ein reißender … Wolf im Schafspelz.«

Nygren ließ ihn los, und Koistinen wäre beinah aufs Gesicht gefallen.

»Steh auf!«

Koistinen erhob sich wie betäubt.

Nygren sah auf die verstummte Gemeinde. In seinem Gesicht war keine Spur von Selbstzufriedenheit oder

Triumph zu erkennen, im Gegenteil, er wirkte eher traurig.

»Lasst euch nicht betrügen. Die Welt ist voll von falschen Propheten, sie sind vom gleichen Schlag wie ich oder dieser Bruder Koistinen mit der schwarzen Seele. Seid nicht leichtgläubig bei eurer Suche nach einem guten Hirten. Denkt daran, dass man einen Baum an den Früchten erkennt, ein schlechter Baum trägt nicht.«

Nygren trat vom Pult zurück. Er wirkte jetzt so alt und steif, wie er wirklich war.

Draußen war es schon fast dunkel, und es regnete heftiger. Nygren schlug den Mantelkragen hoch und trat aus dem schützenden Hauseingang in den Regen hinaus.

»Wie lief es?«

»Eine beeindruckende Vorstellung.«

»Ich habe nicht umsonst im Gefängnis die Bibel gelesen ..., meine Mutter wollte aus mir immer einen Pastor machen.«

»Du wärest ein guter Pastor geworden«, bestätigte Raid.

Raid fuhr, Nygren saß auf dem Rücksitz. Nygren betrachtete die im Dunkeln vorbeigleitende Landschaft. Er hatte seit mehr als einer halben Stunde kein Wort gesagt. Raid war das sehr recht.

»Bist du weiter dabei?«

»Zweifle nicht, Thomas.«

»Bis zum Ende?«

»Bis zum Ende.«

2.

»Nach links beugen, in die Hocke, jetzt hoch und zur anderen Seite beugen, Jansson, den Rücken gerade, in die Hocke, hoch, nach links beugen, nach rechts. Ist der Rücken immer noch nicht gerade, Jansson?«

Die Therapeutin war eine vierzigjährige Blondine. Das Wasser reichte ihr bis zu den Hüften, als sie zu Jansson watete. Sie fasste ihn mit einer Hand am Rücken und mit der anderen am Bauch. Sie war schlank, hatte aber kräftige Hände. Sie sah Jansson an und lächelte.

»Sperr dich nicht.«

Jansson schielte zur Seite und sah in eine Reihe amüsierter Gesichter, Huusko lachte lauthals.

»Mach, was das Mädchen sagt, und sperr dich nicht. Beim Mann darf nur ein Teil steif sein, und das ist nicht der Rücken.«

»Lass das, Huusko«, sagte die Therapeutin schroff, milderte aber ihren Vorwurf, indem sie anschließend lächelte.

Jansson watete zum Rand des Beckens und stemmte sich hinauf. Das Wasser gab ihm einen Anschub, und so gelang ihm die Übung mühelos.

»Ich mache Schluss.«

»Sei nicht gleich beleidigt«, sagte Huusko.

Jansson war vierhundert Meter geschwommen, und sein Körper schien ihm sehniger als sonst. Als er auf seinen Bauch schielte, verflüchtigte sich der Eindruck, die dreißig überschüssigen Kilo waren nach wie vor an ihrem Platz. Trotzdem fühlte sich sein Rücken besser an.

»Ein großer Kerl sollte nicht so schnell aufgeben«, lockte ihn die Therapeutin.

»Großer Kerl, warte auf mich an der Bar«, rief Huusko ihm nach.

»Hier wird Sport gemacht und nicht gefeiert«, sagte die Therapeutin.

»Sowohl als auch.«

Jansson ging kurz in die Sauna und stellte sich anschließend unter die Dusche. Dann zog er sich den Bademantel an, klemmte Handtuch und Waschzeug unter den Arm und ging auf sein Zimmer. Es wohnte rechts am Ende des langen Flurs, Huusko ihm gegenüber. Drinnen goss Jansson sich einen Whisky ein und warf sich aufs Bett.

Das Zimmer war für zwei Personen eingerichtet, aber da das Haus nicht ausgebucht war, hatte Jansson es für sich allein. Die Einrichtung bestand aus einem Kleiderschrank, einem Nachttisch, einem Stuhl, einem Fernseher und einem Telefon, und an der Wand hing ein kitschiges gerahmtes Landschaftsposter. Sauber, aber unpersönlich. Das Zimmer war erst vor ein paar Monaten renoviert worden, und es roch immer noch nach Farbe. Im Haus dauerten die Renovierungsarbeiten weiter an.

Das Fenster war angelehnt, und vom Hof schallte eine lautstarke Unterhaltung herauf. Jansson trat mit seinem Whiskyglas ans Fenster. Der Hausmeister und der junge Renovierungshandwerker stritten sich darüber, wo Letzterer sein Wohnmobil abstellen durfte.

Zur Straße hin gab es einen Vorplatz, dort befand sich ein asphaltiertes Parkgelände für die Gäste des Hauses. Der Hausmeister zählte den Handwerker nicht zu den Gästen und wollte dessen Wohnmobil hinter das Haus verbannen, obwohl vorn genügend Platz war. Gut zehn Wagen standen auf dem Parkplatz.

Das Haus stand mitten in einem düsteren und felsigen Fichtenwald. Die Kur dauerte erst drei Tage, und Jansson geriet schon in Panik. Wie in aller Welt sollte er es zwei Wochen hier aushalten?

Eigentlich war sein Rücken soweit in Ordnung. Er hatte ihn sich lediglich verrenkt, als er Kompost gewendet hatte. Der Polizeiarzt hatte ihn untersucht und eine Bemerkung über mangelnde Bewegung und Übergewicht fallen gelassen. Jansson hatte beides zugegeben und versprochen, etwas dagegen zu tun. Mehr der Form halber hatte er nach einer Kur gefragt.

Zu seiner Überraschung hatte es nur ein paar Tage gedauert, und schon hatte er die schriftliche Mitteilung über einen für ihn reservierten Kurplatz in Händen gehalten. Die Kureinrichtung gehörte einer sozialdemokratisch geführten Gewerkschaft, und offenbar versuchte die Leitung krampfhaft, für Auslastung zu sorgen. Die staatliche Unterstützung, die die Einrichtung erhielt, war an die Anzahl der Patienten gebunden, und mit List und Tücke lockte man alle hin, die sich nicht entschieden genug widersetzten. Die Hälfte der Mitarbeiter der Dienststelle hatte die gleiche Kur absolviert. Das beste Beispiel war Huusko, dessen einzige Leiden ein gelegentlicher Kater und ständiger Fußschweiß waren.

Der Polizeiarzt war vermutlich Handlanger der Sozis oder Aktionär der Kureinrichtung. Anders war sein Eifer, ihre Dienste zu beanspruchen, nicht zu erklären.

Die Atmosphäre im Haus hatte Jansson von Anfang an abgestoßen. Seiner Meinung nach behandelte man die Patienten wie hirnlose Idioten und zwang sie ohne nähere Erklärung, die sonderbarsten Übungen durchzuführen.

Die Wassergymnastik unter Anleitung war, wie er fand, eine Verhöhnung erwachsener Menschen.

Vielleicht mangelte es ihm einfach an der richtigen Einstellung, dachte er. Huusko und den anderen schien es hier zu gefallen. Das Essen war gut und kostenlos, das Gehalt lief weiter, und es war ständig jemand da, der sich von Berufs wegen die Klagen der Patienten über Muskelschmerzen und Gelenkverschleiß anhörte.

Jansson hingegen hatte sich von Anfang an gesperrt. Neben der Langeweile plagte ihn ein schlechtes Gewissen. Er hatte das Gefühl, die Gesellschaft zu betrügen. Die Schuld an allem gab er, zumindest teilweise, Huusko. Der hatte von dem Kuraufenthalt ein falsches, verlockendes Bild gemalt. Jansson konnte nicht begreifen, wie es Huusko gelungen war, ihn hierher in den Wald zu locken.

Außer Huusko gab er auch seiner Frau die Schuld. Wenn sie so misstrauisch reagiert hätte wie gewöhnlich, wäre er nicht gefahren.

»Natürlich fährst du, wenn es dir schon mal umsonst geboten wird«, hatte sie gesagt. »Du hast Bewegung, isst gesund, erholst dich und tust etwas für deine Kondition. Du wirst auch nicht jünger. Außerdem habe ich dir gleich gesagt, du sollst dich nicht überanstrengen.«

Nicht einmal Oberkommissar Tuomala hatte Einwände erhoben, obwohl Jansson mitten in den Ermittlungen zu einem Mordfall stand, für den sich sogar die Presse interessierte.

»Ein Mord verjährt nie«, hatte Tuomala gesagt. Jansson fand, dass der Oberkommissar bedenklich großzügig gewesen war.

Schon am ersten Abend war Jansson klar geworden, warum Huusko so scharf auf die Kur gewesen war. Er kannte eine der Therapeutinnen von früher. Ihre fünf Jahre zurückliegende Affäre war kurz, aber heiß gewesen.

Die Frau hatte Huusko behandelt, nachdem er vor fünf Jahren einen Schuss ins Herz abbekommen hatte. Er hatte einen Tatverdächtigen aus einer Messerstecherei in Maunula gestellt, und der Mann hatte die Waffe gezogen und ohne Zögern dreimal geschossen. Die Waffe hatte nur ein 22er Kaliber gehabt, aber eine Kugel hatte Huuskos Herz getroffen.

Huusko hatte bereits die Grenze zum Tod überschritten, aber im Ambulanzwagen hatte man ihn wiederbeleben können.

Eine schnelle und erfolgreiche Operation hatte sein Leben gerettet. Die zweite Kugel hatte seinen Schulterknochen getroffen, und die Wiederherstellung hatte Monate gedauert. Ein Mann vom Schlage Huuskos ertrug so viel Nähe zu einer attraktiven Frau nicht, ohne mit ihr anzubändeln.

Der Ehemann war hinter die Affäre gekommen, und die Ehe der Frau war in die Brüche gegangen. Sie war in die Provinz gezogen und hatte eine Praxis als Physiotherapeutin eröffnet.

Jansson sah auf die Uhr. Es war zehn Minuten nach drei, die Mittagsmahlzeit lag länger als drei Stunden zurück, und er bekam Hunger. Das Essen in der Kureinrichtung war leicht und gesund. Zum Mittag hatte es Kohlsuppe gegeben, zum Abendessen waren gekochte Regenbogenforelle und geschmortes Gemüse angekündigt. Jansson spürte, dass er Entzugserscheinungen bekäme, wenn er nicht bald ein anständiges Fleischgericht essen dürfte. Man hatte ihm jedoch eine strenge Diät verordnet, die auch überwacht wurde.

Um halb vier rief Jansson seine Frau auf der Arbeit an und beklagte sich über die Bedingungen und darüber, dass die Zeit so langsam verging, aber er erntete nicht das erhoffte Mitgefühl. Seine Frau musste zu einem Kundengespräch und fasste sich sehr kurz. Jansson versprach, abends noch einmal anzurufen.

In einem Gefühl unbestimmter Unruhe zog er sich an und verließ sein Zimmer, um sich einen Zeitvertreib zu suchen. Am Fenster in der Halle befand sich der Stammtisch der Kriegsveteranen. Ein halbes Dutzend alter Männer saß dort und schlürfte Kaffee oder trank Limonade. An der Theke gab es auch ein leicht alkoholisches Grapefruitgetränk, das Teenie-Limo genannt wurde.

Für die Freizeitgestaltung gab es einen Billard- und Tischtennistisch sowie eine kleine Bibliothek und einen Lesesaal mit Zeitschriften. Jansson wählte ›Welt der Technik‹ und versuchte, sich in den Inhalt zu vertiefen. Er warf die Zeitschrift beiseite, als er merkte, dass er hineinstarrte, ohne zu wissen, was er tat.

Jansson fühlte sich verlassen. Seine Frau wollte nicht mit ihm reden, Huusko war damit beschäftigt, der Therapeutin nachzustellen. Jansson fühlte sich allein mitten im finsteren Wald, allein, vergessen und nutzlos.

Er suchte nach der Ursache für all den Frust, der ihm auf Schritt und Tritt folgte.

»Du wirst nicht jünger.«

Er musste an die Worte seiner Frau denken.

Er war vierundfünfzig. Fand seine Frau ihn zu alt? Sie selbst war nur vier Jahre jünger.

Jansson gestand sich vorsichtig ein, dass die Worte seiner Frau die Niedergeschlagenheit ausgelöst hatten. Normalerweise hätten sie ihn nicht so beschäftigt, aber gerade in dem Moment, als sie ausgesprochen wurden, trafen sie einen wunden Punkt und ließen ihn nicht mehr los.

Er hatte sich den Rücken verrenkt, als er sich trotz der Warnungen seiner Frau mit dem Kompost abgeplagt hatte. Sie hatte eine spitze Bemerkung gemacht, und er hatte sich getroffen gefühlt. Er hatte längst selbst gemerkt, dass er außer Atem geriet, wenn er nur die Treppe ins Obergeschoss hinaufstieg. Seine Frau nannte seine Art, sich zu bewegen, hölzern. Wenn er beim Sex mal Stellungen probieren wollte, die etwas komplizierter waren, lachte seine Frau ihn laut aus.

Ihr Lachen nahm ihm die Lust und die Kraft.

Jansson hatte sich eingeredet, dass es sich nur um mangelnde Kondition handelte, aber nach den Vorwürfen seiner Frau hatte er sich eingestehen müssen, dass sich auch das Alter bemerkbar machte.

In der vergangenen Woche hatte ein Arbeitskollege, der zwei Jahre jünger war, sich einer Bypass-Operation unterzogen. Jansson und Huusko hatten ihn besucht.

Als sie die Klinik verließen, hatte Jansson gehört, wie Huusko leise vor sich hin murmelte: Die Rente lässt grüßen, Opa.

Jansson hatte sich geärgert, aber nichts gesagt. Huusko hatte jedoch gemerkt, dass etwas nicht stimmte.

»Habe ich etwas Unkorrektes gesagt?«

»Wenn das mal nicht der Fall ist, kriegst du Bescheid.«

»Du weißt, dass ich ein gutes Herz habe. Wenn ich jemanden beleidige, dann geschieht das nur aus Unachtsamkeit.«

»Ist Leppä deiner Meinung nach ein Opa?«
»Er hat es ja nicht gehört.«
»Aber ich. Leppä ist anderthalb Jahre jünger als ich.«
»Sieht aber älter aus«, sagte Huusko beflissen.
»Verscheißere mich nicht.«
»Willst du wirklich wissen, was ich finde?«
»Nein.«
»Ich finde, dass du ein grundjugendlicher Typ bist.«
»Ich möchte nicht jung sein.«
»Aber auch nicht alt?«
»Vorläufig nicht.«

Bei dieser Gelegenheit hatte Huusko ihm zugeredet, mit ihm gemeinsam die Kur anzutreten. Huusko hatte ihm versichert, dass er bei seiner Rückkehr ein ganz neuer Mensch sein werde.

Jansson trat in die Halle, wo sich nach und nach die Hausgäste in Erwartung des Abendessens einfanden. Die Regenbogenforelle roch unangenehm kräftig nach Fisch.

Jansson bekam das Gefühl, als hätten sich seine Frau, Huusko und Tuomala gemeinsam gegen ihn verschworen.

Huusko kam herein und schwenkte seine Sporttasche. Er trug einen grauen Trainingsanzug, Turnschuhe und seine ewig gleiche schwarze Lederjacke. Sein Schritt war leicht und seine Miene sorglos. Er kam aus Richtung des Wohnheims für die Angestellten. Jansson ahnte den Grund.

Jansson hatte die Arme in die Hüften gestemmt und studierte die Ankündigungen am schwarzen Brett. Huusko entdeckte ihn.

»Ich habe uns für den Abend ein Programm organisiert.«

»Uns oder dir selber, Hopo?«

»Denkst du, ich vergesse meinen Vorgesetzten, von dessen Wohlwollen meine ganze Zukunft abhängt? Ich habe uns einen Fenstertisch im *Myllytonttu* bestellt. Heute gibt es Fleisch für uns.«

»Hast du nicht schon welches gehabt?«

»Pfui, Mann, ich meine Essen. Auf dem Plan steht Pfeffersteak mit Sahne-Knoblauch-Kartoffeln. Und auf dem Rückweg geht's am Würstchenkiosk vorbei. Fleischpiroggen mit Grillwurst.«

»In Ordnung. Nehmen wir ein Taxi?«

»Unbedingt. Dem Gehaltstag zu Ehren.«

Jansson kehrte in sein Zimmer zurück und holte seinen guten Anzug aus dem Schrank, eine schwarze Hose mit Bügelfalten und ein dunkelblaues Jackett in maritimem Stil.

Er breitete gerade die Sachen auf dem Bett aus, da klingelte sein Handy. Der Anrufer hatte eine Geheimnummer, denn auf dem Display erschien nur ein Stern.

»Jansson.«

»Kempas. Du bist zur Kur, wie man hört. Machen dir die alten Knochen zu schaffen?«

Kempas war ein Soko-Kommissar. Er stand in dem Ruf, schwierig zu sein.

»Rufst du deswegen an?«

»Ich habe gehört, du kennst einen schweren Jungen namens Raid.«

Aus irgendeinem Grunde reizte seine Art Jansson.

»Ja, und?«

»Wir sind im Zusammenhang mit einem Fall auf den Burschen gestoßen. Wir brauchen Hintergrundinformationen.«

»Welcher Fall?«

»Er ist mit einem alten Ganoven namens Nygren unterwegs. Ich möchte herausfinden, warum.«

»Und ich soll das wissen?«

»Es heißt, dass du von all unseren Leuten Raid am besten kennst. Ihr seid angeblich fast Freunde.«

»Nicht so gute, dass wir uns regelmäßig anrufen und Neuigkeiten austauschen.«

»Und du hast auch keine Idee?«

»Raid verkauft Schutz. Vielleicht ist er als Leibwächter dabei.«

»Nygren hat noch nie Schutz gebraucht.«

»Ein besserer Grund fällt mir nicht ein, tut mir Leid.«

»Könnte Raid Nygren bei irgendeinem Coup helfen? Nygren hat auch drüben in Schweden Raubdelikte begangen. Dieser Raid hat sich doch ebenfalls viel in Schweden aufgehalten.«

»Ja, und auch in Dänemark«

»Vielleicht kennen sie sich daher.«

»Vielleicht.«

»Namen würden helfen, Namen von allen Personen, die Raid kennen, und natürlich auch alles andere, was mit dem Mann in Zusammenhang steht. Du hast doch damals die Schießerei im *Staatshotel* und im Gemüsegroßhandel von Imatra untersucht. Wurde nicht Raid in beiden Fällen verdächtigt?«

»Ja, aber sag mir eines: Wenn Nygren und Raid nichts getan haben, warum bist du dann hinter ihnen her?«

»Wenn Nygren auch nichts tut, dann plant er zumindest etwas. Der Mann hat in der Branche fast vierzig Jahre lang sein Unwesen getrieben. Ich möchte, dass der Mistkerl seine Rentnertage hinter Gittern verbringt.«

»Was hast du gegen Nygren?«

»Ein Polizist soll den Verbrecher hassen wie die Katze die Maus.«

Es fröstelte Jansson. Er kannte Nygren und hielt ihn nicht für bösartig. Nygren war ein Berufsverbrecher, gewiss, aber auf seine Art nett.

Jansson hatte ihn zum ersten Mal vor zwanzig Jahren getroffen, als er eine Schießerei untersuchte, die sich in einem illegalen Helsinkier Spielklub zugetragen hatte.

Nygren hatte am Spieltisch gesessen, als zwischen den Spielern ein Streit ausgebrochen war. Zwei von ihnen waren angeschossen worden, und der eine war Nygren gewesen. Er hatte eine Kugel in den Bauch bekommen und war dem Tode nahe gewesen.

Jansson hatte vermutet, dass Nygren selbst einer der Schützen gewesen war. Es mussten zwei gewesen sein, denn man hatte zwei verschiedene Projektile gefunden. Die Waffen hatte man jedoch nicht finden können. Zum Zeitpunkt der Schießerei waren im Spielklub etwa zwanzig Gäste gewesen, aber sie hatten sich alle aus dem Staub gemacht, bevor die Polizei eintraf. Nur die Verletzten waren geblieben.

Jansson hatte Nygren verhört, sowie dieser wieder bei Kräften war, hatte aber nichts aus ihm herausbekommen. Auch der zweite Verletzte hatte den Mund nicht aufgemacht. Die Sache hatte nicht aufgeklärt werden können, und das hatte Jansson lange zu schaffen gemacht.

Nygrens Art und sein Humor hatten Jansson beeindruckt. Nygren war sozusagen ein Gentlemanverbrecher. Er hatte seine eigene Moral, und er befolgte gewisse Spielregeln.

Jansson hielt Nygren nicht für gewalttätig, auch wenn er an ein, zwei großen Sachen beteiligt gewesen war. Er stand im Verdacht, auf dem Stockholmer Bahnhof einen für Nordschweden bestimmten Geldtransport überfallen zu haben, bei dem acht Millionen Kronen geraubt worden waren. Beweise gegen ihn gab es allerdings nicht.

»Ich kann dir wohl leider nicht helfen.«

»Ist es dir recht, dass ich mich wieder melde, wenn es in der Sache Bewegung gibt?«

»Nur zu.«

»Bessere dich.«

»Du auch.«

Als Jansson zum Ausgehen fertig war, klopfte er bei Huusko. Der war noch in Unterhosen und hatte ein Handtuch um den Hals geschlungen. Auf dem Tisch stand eine halb leere Flasche Koskenkorva und eine zweite, fast volle mit Grapefruitlimonade.

»Bedien dich.«

»Du selber hast dich anscheinend schon bedient.«

»Dies ist mein dritter, aber sie waren alle leicht.«

Huuskos Sachen waren gleichmäßig über das ganze Zimmer verteilt. An der großzügigen Art der Kleideraufbewahrung erkannte man sofort, dass er zurzeit Junggeselle war.

Jansson räumte ein paar Kleidungsstücke vom Stuhl aufs Bett und setzte sich.

Huusko zog sich eine enge schwarze Jeans an. Die Narbe der Herzoperation hatte die Form einer Sichel. Trotz seiner ungesunden Ernährungsweise hatte er einen sehnigen Oberkörper wie ein Sportler. Huusko bemerkte Janssons neiderfüllte Blicke und ließ den rechten Bizeps spielen. »Muckis, Muckis.«

»Genau.«

Huusko machte ein paar Schattenboxbewegungen, beruhigte sich dann wieder und zog sich ein dunkelblaues Jeanshemd über. Er hielt inne und musterte Janssons Kleidung.

»Seemannslook. Anerkennenswerter Versuch, aber Cowboylook ist jetzt der heißeste Trend. Schau her und sei neidisch, echte Texasboots.«

»Kempas von der Soko hat angerufen.«

»Dienstgespräche muss man sofort abblocken.«

»Er hat nach Raid gefragt.«

Huusko schien nicht zuzuhören. Er trank seinen Koskenkorva aus. Dann goss er den restlichen Schnaps in einen Flachmann aus Plastik.

»Jetzt die Gummireifen unter und ab auf die Piste.«

Die Kriegsveteranen an ihrem Stammtisch hatten die Schlacht von Ihantala hinter sich und näherten sich Summa.

Jansson nickte den alten Männern zu, man kannte sich inzwischen. Das Taxi wartete bereits vor der Tür.

Einer von ihnen, der mit Jansson zusammen im Schlammbad gewesen war, entdeckte das Taxi.

»Die Jungs gehen auf Kneipentour.«

»Sollten wir auch machen«, sagte ein anderer.

»Verteidigt ihr lieber die Heimatfront«, rief Huusko.

»Am Abend ist Gartentanz. Mit einem richtigen Tanzorchester«, erzählte Janssons Schlammbadfreund.

Die Tanzveranstaltungen hatten ihren Namen von den Palmen und anderen tropischen Gewächsen, die im Saal standen. Getanzt werden konnte jeden Abend, aber nur mittwochs und freitags gab es Livemusik.

»Einen netten Abend«, wünschte Jansson den alten Männern.

»Aber nicht zu nett«, ergänzte Huusko.

»Trinkt nicht zu wenig«, rief ihnen einer der Veteranen nach.

Das *Myllytonttu* befand sich gut zehn Kilometer entfernt mitten im Dorf. Das niedrige Gebäude stammte aus den siebziger Jahren, damals war hier das neue Zentrum des Ortes entstanden. Außer der Gaststätte befanden sich dort die Sozialversicherung, die Bank, die Alkoholhandlung, ein Supermarkt und ein Eisenwarenladen.

Die Einrichtung des *Myllytonttu* sollte ländlich urig wirken. Überall im Raum standen nach deutschem Vorbild bemalte Tonzwerge. Sie waren ungefähr so lustig wie ein farbiges Wasserklosett.

Huusko holte zwei Gläser Bier von der Theke. Der Raum war fast leer.

»Warum interessiert sich Kempas für Raid?«, fragte Huusko und blies auf den Schaum auf seinem Glas.

»Musstest du dich sehr anstrengen, nicht gleich zu fragen?«

»Überhaupt nicht.«

Jansson berichtete.

»Kempas ist ein guter Polizist, aber kein bisschen gesellig. Ich würde behaupten, er ist ein Miesepeter.«

Ein kleines rotes Auto hielt vor der Gaststätte, und in Huusko kam Leben. Dem Auto entstieg eine blonde Frau von etwa vierzig Jahren, sie trug einen grauen Rock und eine dünne blaue Jacke. Sie nahm eine flache Schultertasche vom Sitz, verschloss die Türen und kam mit wiegenden Schritten zur Gaststätte. Es war die Therapeutin, die Jansson am Morgen im Wasserbecken vorgeworfen hatte, er würde sich sperren.

»Manche Frauen verstehen zu gehen«, sagte Huusko.

Die Frau blieb in der Tür stehen und sah sich um. Sie entdeckte die beiden und kam zu ihnen an den Tisch. Huusko spielte den Kavalier. Er nahm ihr die Jacke ab und schob ihr einen Stuhl zurecht.

»Bitte sehr, schöne Frau. Ihr kennt euch? Boss, dies ist Anna, Anna, dies ist mein Boss, Kommissar Jansson.«

Jansson und die Frau gaben sich die Hand. Sie wich seinem Blick aus. Jansson versuchte freundlich und offen zu wirken, er wollte nicht, dass sie sich gehemmt fühlte.

Huusko eilte an die Theke, um das von Anna gewünschte Getränk zu bestellen.

»Hopo hat erzählt, dass du schon seit einigen Jahren hier wohnst. Es gefällt dir anscheinend«, sagte Jansson.

»Ich stamme von hier ..., das Dorf ist in Ordnung, und wenn man Abwechslung braucht, ist man in einer guten Stunde in Helsinki.«

Sie drehte an dem Diamantring, den sie am Mittelfinger trug. »Bist du das erste Mal zur Kur?«

»Merkt man das?«

Sie lachte. »Dazu sage ich nichts. Gefällt es dir?«

Jansson zögerte.

»Wenn ich ja sagen würde, würde ich lügen. Der dritte Tag, und mir geht schon die Fantasie aus. Wenn es so weitergeht, ertränke ich mich im Whirlpool.«

Sie lachte wieder. Das Leben hatte bereits Falten in ihrem Gesicht hinterlassen, aber das Lächeln glättete sie.

»Manche kommen immer wieder, fühlen sich wie zu Hause.«

»Hängt wohl von den häuslichen Verhältnissen ab.«

»Du hast an deinen häuslichen Verhältnissen anscheinend nichts auszusetzen.«

»Sie könnten schlechter sein.«

Huusko kam mit zwei neuen Gläsern Bier und Annas Drink zurück.

»Wir wollen nachher ein Steak essen, du verpfeifst uns hoffentlich nicht?«

»Das hängt von der Art der Bestechung ab ..., ich muss leider schon um acht Uhr wieder los. Das neue Übungsprogramm muss bis morgen fertig sein ..., ihr bleibt natürlich, solange ihr wollt. Ich bin mit meinem eigenen Wagen hier ...«

Jansson sah erst Anna und dann Huusko an. Die Liebe glühte längst nicht so heiß, wie Huusko es offenbar wünschte. Obwohl Jansson für seine eigenen Leute Partei nahm, musste er zugeben, dass die Frau Sensibilität und Stil besaß, die bei Huusko verpufften. Sie verpufften wahrscheinlich in diesem ganzen gottverlassenen Dorf.

Huusko wirkte enttäuscht.

»Die Band spielt erst ab neun Uhr. Dann kann ich gar nicht mit dir tanzen.«

»Ein andermal.«

»Nein, jetzt.«

Huusko suchte Münzen zusammen und ging zur Jukebox. Er wählte und drückte dann einen Knopf. Er hatte Irwins »Die Wildrose« ausgesucht.

»Meinst du es ernst?«

»Natürlich. Ich bin der Wilde und du die Rose.«

»Ich möchte nicht tanzen.«

»Vielleicht etwas Langsames?«

»Nicht heute. Entschuldige, dass ich eine Spielverderberin bin, aber ich bin nicht in der Stimmung ..., ich hätte vielleicht gar nicht herkommen sollen ..., mir gehen ständig dienstliche Dinge durch den Kopf ...«

»Da geht es den Menschen wie den Leuten«, sagte Jansson.

»Stört es dich, wenn wir essen?«, fragte Huusko.

»Nein.«

»Ich habe schlechte Tischmanieren.«

»Das stört mich nicht. Ich glaube, ich habe schon schlechtere gesehen.«

Huusko bestellte ein Pfeffersteak mit Kartoffelgratin, Jansson wählte Huhn mit Reis.

Das Huhn war trocken und das Steak zäh. Die Messer

waren stumpf, und Huusko hatte Mühe, sich überhaupt etwas von dem Fleisch abzusäbeln.

»Ist anscheinend kein Gourmettempel«, sagte Anna. »Das hier erinnert entfernt an Fleisch.«

»Ich bin sowieso auf Diät«, sagte Jansson.

Huusko malträtierte sein Steak.

»Rat mal, was W. C. Fields in dieser Situation zum Kellner sagen würde?«

»Nämlich?«

»Wie viel kostet diese Beleidigung?«

Die Frau lachte. »Rat mal, was ich in dieser Situation sage?«

»Dass du gehen musst.«

»Volltreffer.«

Sie nahm ihre Jacke und stand auf. Dann gab sie Jansson die Hand und nickte Huusko zu.

»Und bleibt nicht zu lange auf!«

»Machen wir nicht«, versprach Jansson.

Huusko beobachtete ihren wiegenden Gang.

»Das war's dann wohl.«

3.

Nygren hatte die Sonnenbrille aufgesetzt, sein langer Mantel stand offen. Er sah aus wie ein italienischer Multimillionär, auf dessen Seidenlaken sich schon die meisten Multischönheiten der italienischen Riviera gerekelt hatten.

»Möchtest du selbst fahren?«

»Fahr du nur, bis auf weiteres.«

Nygren wählte wieder den Rücksitz. Er setzte sich schräg, sodass er ein Bein auf den Sitz legen konnte.

»Ich habe versprochen, dir die Geschichte dieses Autos zu erzählen«, sagte Nygren und klopfte auf die Lehne des Vordersitzes.

Raid fühlte sich ertappt.

»Falls du sie hören möchtest.«

»Erzähl.«

»Der erste Besitzer zu Beginn der siebziger Jahre war einer unserer damals bekanntesten Schlagersänger. Der Typ ertrank fünfundsiebzig, glaube ich, im Swimmingpool seines Klinkerhauses mit Flachdach. Das war eines dieser Häuser, in dem der Toilettendeckel mit Chinchilla bezogen ist und man zum Abwischen Nerzfelle benutzt.«

»Hab ich schon gesehen«, gestand Raid.

»Gab es dort auch einen Barschrank aus Birkenlöcherschwamm?«

»So etwa.«

»Dann weißt du, wovon ich rede. Seine Frau verscherbelte das Haus samt Inventar und zog nach Griechenland, um sich dort von den Alexis-Sorbas-Typen ausnehmen zu lassen. Das Auto kaufte ein heimlich reicher Landwirt aus der Turkuer Gegend.«

»Wieso heimlich reich?«

»Einer von denen, die in zerlöchertem Pullover und geflickten Gummistiefeln rumlaufen, obwohl sie mehrere

Millionen auf der Bank und einen Koffer voller Aktien unter dem Bett haben. Auf jeder Versteigerung triffst du ein paar davon. Am ehesten findet man sie dort, wo die Not des anderen am größten ist. Dann zeigen sie, dass sie ein gutes Herz haben, und kaufen dein Haus, das eine Million wert ist, für dreihunderttausend Mark. Kennst du den Typ?«

»Klar.«

»Zum Krankheitsbild gehört, dass diese Leute immer äußerst knauserig sind. Als Klopapier benutzen sie alte Zeitungen, wenn sie sich nicht gerade eine Lastwagenladung davon aus einer Konkursmasse gekauft haben. Dann gönnen sie sich vielleicht mal zur Feier des Tages eine Rolle für den Eigenbedarf, aber immer nur ein Blatt pro Wisch.«

Nygren zündete sich eine Zigarette an.

Raids erstes eigenes Auto war ein Volvo Amazon gewesen. Ein roter zweitüriger Volvo Amazon mit einem Zweiliter-B20-Motor. Dafür hatte er mehr als zehntausend Kronen von seinem Verdienst aus der Schokoladenfabrik hinblättern müssen. Dennoch war das Auto jede Krone wert gewesen.

Er war damit zu seinem ersten Sommerurlaub ins heimatliche Finnland gefahren. Der einzige Nachteil war gewesen, dass das Auto eine schwedische Nummer gehabt hatte, sodass auf den Tanzplätzen immer irgendjemand an die Reifen gepinkelt und wilde Flüche ausgestoßen hatte.

Raid sah in den Rückspiegel. Der blaue Toyota Hiac war schon seit einer halben Stunde hinter ihnen. Zwischenzeitlich hatte er sich zurückfallen lassen und war fast gänzlich aus dem Blickfeld verschwunden, aber jetzt fuhr er mit der gleichen Geschwindigkeit wie sie knapp hundert Meter hinter ihnen.

»Hast du etwas gegen die heimlich Reichen?«

»Ist dir wohl aufgefallen? Ich will dir sagen, warum. Als jemand, der gegen sämtliche Gebote Gottes verstoßen hat, besitze ich kaum Eigenschaften, derer ich mich rühmen könnte, aber, dem Himmel sei Dank, bin ich nicht geizig und nicht einmal besonders habgierig, obwohl mancher vielleicht anderer Meinung ist. Die heimlich Reichen gaukeln sich selbst und anderen vor, dass sie in Wirklichkeit gar nicht geizig sind, sie behaupten, dass sie nur keinen Spaß an der Verschwendung haben. In Wahrheit hätten sie verdammt viel Spaß daran, aber sie lieben das Geld noch mehr als die Güter. Sie würden sich Unterhosen aus Goldlamee kaufen, wenn ein anderer sie bezahlen würde. Es kotzt mich an, wie sie versuchen, aus Scheiße Diamanten zu machen. Hast du übrigens die Waffe schussbereit?«

Nygrens Frage kam abrupt, obwohl er sie ganz beiläufig und im selben Tonfall stellte, in dem er vorher erzählt hatte.

»Ich kenne eines der beiden Arschlöcher im Wagen hinter uns.«

»Ich glaube nicht, dass wir eine Waffe brauchen.«

»Sie mögen vielleicht dumm sein, aber trotzdem sind sie gefährlich, jedenfalls Sariola. Der Gefängnisarzt nannte ihn einen Psychopathen, und damit hatte er ausnahmsweise Recht.«

»Wie hat er dich eingestuft?«

»Der Gefängnisarzt? Als manisch-depressiven, aber sonst netten Mann.«

Nygren legte den Kopf zurück und schielte nach hinten.

»Wie haben sie uns gefunden?«

»Mit diesem Auto bleibt man nur schwer unbemerkt. Und wahrscheinlich hat uns jemand in Turku gesehen. Vielleicht ist es am besten, wir reden mit ihnen und klären die Sache.«

»Für sie ist die Sache klar, sie wollen Geld.«

»Und bei der Aufteilung damals ist nichts unklar geblieben?«

»Nein, sie haben mehr bekommen, als sie verdient hätten.«

»Dann machen wir die Sache noch klarer.«

Ein Reklameschild neben der Straße verkündete, dass es einen Kilometer weiter ein Café gab, in dem man einen Kaffee und einen Pfannkuchen für acht Mark bekäme.

»Gehen wir Kaffee trinken. Ich lade dich ein«, sagte Raid.

Das Sonderangebot hatte nichts bewirkt, vor dem Café stand kein einziges Auto.

Raid stieg aus, reckte sich und ging auf den Eingang zu. Nygren zögerte und blickte zurück, dann folgte er. Der Betreiber des Cafés, ein Mann um die fünfzig mit beginnender Glatze, hatte in Ermangelung einer sinnvolleren Beschäftigung aus den Pfannkuchen einen Kegel gebaut. Als Raid die Symmetrie des Kegels zerstörte, indem er zwei Pfannkuchen kaufte, holte der Mann sofort zwei neue aus der Küche.

Raid trug das Tablett an einen Ecktisch. Nygren stand in der Tür und spähte hinaus. Der blaue Hiac zögerte vor der Einfahrt, entschied sich dann und schwenkte zum Café ein. Nygren kam an den Tisch und fing an, Zuckerstücke auszuwickeln, dabei starrte er unablässig nach draußen. Seine Finger bewegten sich schnell wie die eines Falschspielers.

Dem Auto entstiegen zwei Männer. Der eine war klein und stämmig, der andere mittelgroß und schlank. Letzterer war dem Gefängnislook treu geblieben. Er trug Jogginghosen, Turnschuhe und einen Lederblouson mit einem Kapuzenshirt darunter, seine nach hinten gekämmten Haare waren im Nacken lang. Der Kleinere trug eine schwarze Hose mit Bügelfalten und eine braune Lederjacke. Er hatte versucht, wie ein ehrbarer Bürger auszusehen, aber das Ergebnis lag irgendwo zwischen Autoverkäufer und Portier. Der schlanke Mann sprach, aber der Stämmige schien nicht zuzuhören. Er übernahm sofort die Führung und kam mit zielstrebigen Schritten zum Café.

»Der vordere ist Sariola, er ist gefährlich. Lehto ist Waffenträger und Chauffeur, ohne Sariola ein Nichts.«

Der Stämmige blieb in der Tür stehen und sah in die Runde. Sein Blick verharrte bei Nygren, und ein gekünsteltes Lächeln erschien auf seinem Gesicht. Er kam an den Tisch und spielte die Nummer ›wie klein die Welt doch ist‹.

»Jope sagte, dass er dich gesehen hat, aber ich habe ihm nicht geglaubt. Ich sagte mir, Mercedes gibt es viele auf der Welt. Was für ein Zufall. Gerade gestern sprachen wir von dir und fragten uns, was du jetzt wohl treibst.«

Er wandte sich an seinen Begleiter: »Sahne und drei Stücke Zucker, und einen Pfannkuchen.«

Der Schlanke rannte sofort zur Theke und begann mit Geschirr zu klappern. Über die Arbeitsteilung des Duos gab es keine Unklarheiten.

»Wie geht's so?«, fragte der Stämmige.

»Bin jetzt in Rente.«

»Manche können sich's leisten.«

»Wenn man sich von Anfang an etwas beiseite legt, kommt ein bisschen zusammen.«

»Bei dir ist es bestimmt mehr als nur ein bisschen.«

»Für mich reicht es, ich bin ein anspruchsloser Mensch.«

»Fällt auch eine Kleinigkeit für alte Kumpel ab?«

»Ich betreibe keinen Verleih.«

»Und wenn du uns etwas gibst, in Erinnerung an alte Zeiten?«

»Ich kann euch etwas geben, nämlich einen guten Rat: Trinkt euren Kaffee, esst eure Pfannkuchen und verschwindet in eine andere Richtung als wir.«

Der Stämmige legte seine heitere Miene ab.

»Eine bedauerliche Haltung, besonders wo wir dir geholfen haben, deine Rente zusammenzubringen.«

»Ihr hättet euren eigenen Anteil sparen sollen.«

»Nicht alle haben dabei so viel Glück wie du.«

»Es ist keine Frage des Glücks, sondern des Verstandes. Selbst wenn ich euch jede Mark geben würde, die ich besitze, so wäret ihr nach einer Woche wieder blank. Es ist ein Naturgesetz. Wer hat, dem wird gegeben.«

»Verdammt fies ausgedrückt«, zischte der Stämmige.

Sein Partner kam mit dem Tablett an den Tisch.

Der Stämmige verlegte sich aufs Verhandeln.

»Du hast mich wirklich schwer beleidigt, aber als dein alter Kumpel bin ich bereit zu vergessen, wenn du uns mit einem kleinen Anfangskapital bedenkst, so klein, dass es mir fast peinlich ist.«

»Wir steigen bei einem bombensicheren Geschäft mit ein«, sagte der Schlanke, »ein Kumpel hat uns das Angebot gemacht ...«

Der Stämmige brachte ihn mit einem Blick zum Verstummen.

»Sagen wir hunderttausend?«, probierte er hoffnungsvoll.

»Sagen wir nicht.«

Der Stämmige öffnete seine Lederjacke so weit, dass die darunter befindliche Waffe sichtbar wurde. Die Waffe steckte in einem Schulterhalfter.

»An deiner Stelle würde ich einlenken. Danach gehen wir alle in bestem Einvernehmen auseinander. Erinnerst du dich an Vihunen? Er beleidigte mich und wollte nicht einlenken. Ihm passierte etwas Unangenehmes. Er fand einen Schraubenzieher in seinem Bauch.«

»Einen Kreuzschlitzschraubenzieher«, ergänzte der Schlanke.

Der Betreiber des Cafés duckte sich schon vorsichtshalber hinter die Theke.

Nygren klopfte Raid auf die Schulter.

»Mein junger Verwandter hasst Waffen. An deiner Stelle würde ich verschwinden, bevor er ernsthaft böse wird.«

Der Stämmige lächelte skeptisch, zog die Waffe und zielte Raid damit auf die Stirn.

»So, so, dein Verwandter wird böse. Du solltest lieber aufpassen, dass ich nicht noch böser werde.«

Der Stämmige beging den Fehler, auf Nygrens Reaktion zu achten, während er sich umdrehte.

Raid machte eine schnelle Bewegung, und die Waffe des Stämmigen befand sich jetzt in seiner Hand. Die Reflexe des Mannes kamen verspätet, und sein Zeigefinger krümmte sich um den Abzug, der schon woanders war.

Raid stieß dem Schlanken die Beine weg, der stürzte mit seinem Tablett und fiel auf die beiden Pfannkuchen und den Kaffee. Gleichzeitig fuhr die Hand, die die Waffe hielt, vor und die Pistole krachte dem Stämmigen hinter das Ohr. Der Mann sank vor Schmerz in die Knie, hielt den Oberkörper aber krampfhaft aufrecht.

Raid holte die Kaffeekanne von der Theke. Der Betreiber kauerte hinter seinem Pfannkuchenkegel, so als hätte er Angst, die mühsam aufgebaute Konstruktion könnte zusammenbrechen.

Raid ging zu dem Stämmigen und versetzte ihm einen Tritt. Der Mann fiel auf den Rücken. Raid leerte die Kaffeekanne zwischen seine Beine.

»Schwarz sollte er doch sein, oder?«

Der Mann brüllte, hielt sich die Hoden und versuchte sich hochzukämpfen. Seine komplizierten und ruckartigen Bewegungen hörten auf, als Raid ihm das Knie gegen die Stirn krachen ließ. Er fiel wieder auf den Rücken.

Nygren war barmherziger. Er holte eine Packung Milch aus der Kühlvitrine und goss sie über die vom Kaffee durchtränkte Hose.

Der Schlanke kroch zur Tür, eine Zucker- und Marmeladenspur hinter sich ziehend. Raid stoppte ihn und holte die Autoschlüssel aus dessen Hosentasche. Dann beugte er sich zu ihm hinunter, packte ihn bei den Haaren und schüttelte ihn.

»Sollten wir uns noch mal treffen, verspreche ich, wirklich ungemütlich zu werden.«

Er schlug ihm erst auf die rechte, dann auf die linke Wange. Die Augen des Mannes traten heraus.

»Nicht schlagen.«

Raid reagierte sofort auf die Bitte und ließ von dem Mann ab. Er folgte Nygren nach draußen und warf das Schlüsselbund in die Sträucher hinter dem Haus, die Waffe schleuderte er noch weiter weg.

Nygren setzte sich zur Abwechslung nach vorn. Er wirkte betrübt.

»Weniger hätte auch genügt.«

»Hätte es nicht.«

»Du hast ihm die Eier verbrannt. Er hat höllische Schmerzen.«

»Besser, sich die Eier als die Seele zu verbrennen.«

»Sariola ist einer von der rachsüchtigen Sorte. Ich glaube nicht, dass er aufgibt.«

»Vielleicht nicht, aber er bewegt sich etwas langsamer.«

»Das nächste Mal geht er auf Nummer sicher, und dann ist er viel gefährlicher. Jetzt heißt es aufpassen.«

Nygren wusste, dass er seinem Begleiter auf jeden Fall eine Anerkennung schuldete.

»Gut gemacht, trotzdem. Ich habe offenbar die richtige Wahl getroffen.«

»Das hast du.«

Die Polizisten warteten etwa fünfzehn Kilometer weiter auf sie. Das Auto stand mit blinkendem Blaulicht an der Bushaltestelle. Zu beiden Seiten der Straße lag ein frisch gepflügter, lehmiger Acker, und der Traktor war eben dabei, eine neue Spur zu ziehen, hinter sich ein Schwarm schreiender Möwen. Die Polizisten waren zu zweit, sie standen vor ihrem Auto. Der eine hielt ein Halteschild in der Hand. Als sie den Mercedes sahen, ging das Schild sofort hoch.

Nygrens Miene verfinsterte sich.

»Hätte man sich denken können. Wo ist die Waffe?«

»Die Waffe findet sich, wenn es an der Zeit ist.«

Raid schaltete den rechten Blinker ein und hielt fünf Meter hinter dem Polizeiauto. Die beiden Beamten standen breitbeinig da, die rechte Hand an der Waffe.

Der eine von ihnen war jung, der andere etwa zwanzig Jahre älter.

Der Jüngere kam zum Auto, der andere hielt sich in einiger Entfernung. So hatten sie es auf der Polizeischule gelernt. Raid drückte einen Knopf, und der Elektromotor öffnete surrend das Fenster.

»Die Papiere«, sagte der Polizist.

Raid reichte ihm seinen Führerschein. Der Polizist prüfte ihn sorgfältig und verglich das Foto mit dem lebenden Vorbild.

»Auch die vom Wagen.«

Raid reichte ihm den Fahrzeugschein. Der Polizist gab ihn an seinen Kollegen weiter, der damit zum Auto ging, um zu telefonieren.

»Aussteigen.«

Raid und Nygren gehorchten.

»Haben Sie vor einer Viertelstunde in Ellus Café Kaffee getrunken?«

Nygren schob die Sonnenbrille in die Stirn.

»Ich kenne Ellus Café nicht, aber in einem Café waren wir. Und?«

»Was ist dort passiert?«

»Wir haben Kaffee getrunken und Pfannkuchen gegessen. Ein Sonderangebot.«

»Es gab nicht zufällig einen Zwischenfall?«

Nygren schüttelte den Kopf.

»Wir wurden alarmiert, dass es dort eine Schlägerei gegeben hat und dass mit Waffen gedroht worden ist. Die Kollegen aus der Nachbargemeinde sind vor Ort, und eine Person musste in die Poliklinik gebracht werden, Brandwunden.«

»Sehr bedauerlich«, sagte Nygren. »Ich habe mir auch schon mal im Suff den Hintern am Saunaofen verbrannt.«

Der andere Polizist gesellte sich zu ihnen.

»Sie sind bald hier.«

»Man hat uns den Wagen exakt beschrieben, genau so einen alten Mercedes, die wachsen nicht an jedem Ast. Ans Auto lehnen und die Beine auseinander!«

Der junge Polizist tastete Raid und Nygren ab, ohne etwas zu finden. Dann nahm er seinen Kollegen beiseite. Die beiden unterhielten sich kurz und kamen zurück.

»Haben Sie etwas dagegen, wenn wir das Auto durchsuchen?«

»Brauchen Sie dafür nicht eine Durchsuchungserlaubnis?«

»Nicht, wenn wir vermuten, dass sich im Auto ein Radarwarngerät befindet.«

»Vermuten Sie es?«

Die Polizisten sahen einander an. Der Ältere schüttelte den Kopf.

Der Jüngere war für schärferes Durchgreifen. Er zog dünne weiße Stoffhandschuhe aus der Tasche und spreizte die Finger wie ein Zauberer, der sich auf einen Taschenspielertrick vorbereitet.

»Allerdings. Die Heckklappe auf!«

Raid befolgte den Befehl.

Der junge Polizist tauchte in den Kofferraum, holte Nygrens Koffer heraus und stellte ihn auf den Asphalt.

Er tastete den Raum hinter dem Ersatzreifen ab und durchwühlte den Werkzeugkasten. Dann machte er sich daran, den Innenraum des Wagens zu untersuchen, spähte ins Handschuhfach und unter die Sitze. Als er nichts fand, konzentrierte er sich auf das Gepäck.

»Da drin sind nur schmutzige Unterhosen und Socken«, warnte Nygren ihn.

Der Polizist glaubte ihm nicht und kippte den Koffer aus.

»Wohin fahren Sie?«, fragte der ältere Polizist.

»In die Fjälls, zur Laubfärbung«, sagte Nygren.

»Mit dieser Ausrüstung?«

»Die Laubfärbung kann man auch aus dem Restaurantfenster bewundern, und der Weg von der Hütte zum Restaurant genügt uns als Wanderung.«

In diesem Moment erschienen die Beamten von der Nachbargemeinde.

Der blauweiße Lieferwagen hielt hinter den beiden anderen Autos, und zwei Polizisten im Overall sprangen heraus. Der eine öffnete die Seitentür und zog den widerstrebenden Lehto heraus, dessen Jacke immer noch mit Marmeladenflecken und Zuckerkrümeln verziert war.

»Erkennst du sie wieder? Haben diese beiden Männer deinen Kumpel misshandelt?«, fragte einer der beiden neu angekommenen Polizisten.

Lehto schielte zu Nygren und Raid.

»Ich hab schon gesagt, dass sich mein Kumpel aus Versehen die Kaffeekanne über die Hose gegossen und dabei die Eier verbrannt hat. Diese beiden Männer waren zu der Zeit zufällig im Café, aber sie haben nichts mit der Sache zu tun.«

»Bist du sicher?«

»Ja.«

»Wir haben eine ganz andere Geschichte gehört. Warum sollte der Betreiber des Cafés lügen?«

»Vielleicht hat er zu viele Pfannkuchen gegessen«, schlug Nygren vor.

»Der Kerl spinnt«, bekräftigte Lehto.

»Du behauptest, du kennst diese beiden nicht?«

»Sind mir völlig fremd.«

Lehto betrachtete sogar eingehend Raids Gesicht, so als meinte er es ernst.

»Der hier kommt mir bekannt vor, aber es ist bestimmt bloß, weil er wie mein Cousin aussieht, er hat das gleiche Kinn und die gleiche Nase.«

Der jüngere Polizist starrte Raid an.

Der ältere zuckte die Achseln, sagte aber nichts.

»Und du? Kannst du auch sprechen?«

»Wenn es an der Zeit ist.«

»Das wäre jetzt.«

»Ich würde mich erinnern, wenn wir diesen Herrn schon mal getroffen hätten. Der Typ sieht so besonders dumm aus.«

»Ganz meine Meinung«, bekräftigte Nygren.

Der jüngere Polizist wurde wütend und riss Lehto zu sich heran.

»Vielleicht ist er dumm, aber halt uns nicht für Idioten.

Dieser Typ und sein Kumpel mit den verbrannten Eiern sind aktenkundig, das wissen wir. Und ihr scheint zur selben Sorte zu gehören, das sieht man euch an.«

»Außen hui, wie es so schön heißt«, sagte Nygren.

Der Polizist schüttelte Lehto.

»Hattet ihr Streit um die Beute, oder war es eine Retourkutsche?«

»Was ist aktenkundig, und was bedeutet Retourkutsche?«, fragte Lehto mit bewundernswert unschuldiger Miene.

»Das weißt du genau.«

Lehto schielte zu der dunklen Front, die am Horizont aufzog.

»Es gibt bestimmt Regen.«

»Wir können die ganze Mischpoke einbuchten.«

»Was ist eine Mischpoke?«, fragte Lehto.

Der junge Polizist merkte, dass ihm die Sache entglitt. Das machte ihn noch wütender, und er schüttelte Lehto immer heftiger. Sein Partner hatte genug und fasste ihn bei der Schulter.

»Hör auf.«

»Find ich auch. Fragen Sie doch meinen Kumpel, was in dem Café passiert ist, ehe Sie uns mit Ihren Beschuldigungen kommen. Er ist ja in dieser Sache der Geschädigte, wenn es den überhaupt gibt.«

Der Polizist führte Lehto zum Auto zurück, und die anderen versammelten sich abseits zur Beratung. Einer von ihnen telefonierte zwischendurch übers Handy, die anderen sahen zu.

Nygren trat zu ihnen.

»Wie lange müssen wir warten? Mir wird kalt.«

»Sie können sich im Auto aufwärmen, es dauert nicht mehr lange.«

Nygren und Raid setzten sich ins Auto.

»Wo ist die Waffe«, murmelte Nygren durch den Mundwinkel.

»Welche Waffe?«

Von fern näherte sich blinkendes Blaulicht. In die gelangweilten Polizisten kam Leben.

»Ich kann's mir fast denken«, sagte Nygren.

»Genau.«

Ein drittes Polizeiauto gesellte sich zu den beiden anderen. Es war ein Ford Kombi.

Der Fahrer öffnete die Heckklappe, und ein verwahrlost aussehender Schäferhund sprang heraus. Er hatte ein Ohr angelegt, seine Augen blickten sanft.

Nygren und Raid kannten die Fortsetzung und stiegen aus.

Der Hund beschnüffelte erst Nygren und dann Raid, ohne jedes Interesse. Anschließend führte der Polizist ihn zum Mercedes und öffnete die Tür.

»Hoffentlich sind seine Krallen beschnitten«, sagte Nygren. »Die Erneuerung des Lederbezuges kostet drei Tausender.«

Der Hund schnüffelte erst im hinteren Teil des Autos, dann vorne. Der Polizist öffnete den Kofferraum, und der Hund sprang hinein.

»Die Motorhaube auf!«

Nygren öffnete die Motorhaube mit dem im Fußbereich befindlichen Hebel. Danach musste außen der Riegel gelöst werden. Der große Motor mit seinen Nebenaggregaten füllte den Raum effektiv aus.

Der Hund stellte sich mit den Vorderpfoten auf den Kotflügel und beäugte den Motor. Er lief noch zur anderen Seite, aber bald verlor er das Interesse, kehrte zu seinem Führer zurück und setzte sich ihm zu Füßen. Der Führer tätschelte ihn und gab ihm einen kleinen Leckerbissen. Dann sah er zu den anderen Polizisten hinüber und schüttelte verneinend den Kopf.

Der junge Polizist kam mürrisch zum Mercedes.

»Verpisst euch, solange ihr noch Gelegenheit dazu habt.«

4.

Irgendein genetischer Plan hatte sich vollständig erfüllt, als Kommissar Kempas Chef der Helsinkier Soko-Gruppe geworden war. Er war ungeheuer neugierig – jeder kleinste Informationskrümel war ihm recht, und er vergaß keinen einzigen davon. Er war fleißig, ein guter Menschenkenner, gewieft und auch wagemutig. Außerdem besaß er eine gehörige Portion Dreistigkeit, aber auch einen Schuss gut versteckten Humanismus.

Kempas war lang und mager und hielt sich so gerade, dass er ständig so aussah, als kippte er hintenüber. Die aschfarbenen Haare trug er aus der breiten und gefurchten Stirn zurückgekämmt. Auf den Wangen hatte eine Akne, die zu einer Zeit zugeschlagen hatte, als reine Haut und heile Zähne der größte Ehrgeiz der Städter gewesen waren, tiefe Furchen hinterlassen. Die nächste Apotheke war für ihn zu weit weg gewesen.

Der ganze Mann hatte etwas Indianisches an sich. Er stand oft stumm da und hielt die Arme über der Brust gekreuzt wie der letzte Apache, der Hab und Gut gegen Feuerwasser eingetauscht hat.

An diesem Tag trug er eine schwarze Hose, eine weinrote Strickjacke und ein hellblaues Oberhemd, dazu eine dunkelblaue Krawatte. Der Gesamteindruck war sauber, bei näherem Hinsehen zeigte sich allerdings, dass die Strickjacke kleine Fusselbällchen aufwies, dass zwei Knöpfe mit einem andersfarbigen Faden angenäht waren und dass die Krawatte einen Fettfleck hatte.

Die Kleidung war für Kempas' Verhältnisse außergewöhnlich salopp, fast bohemehaft. Im Allgemeinen trug er Anzüge, über deren Herkunft und Alter allerlei Geschichten kursierten.

Dass er mit knapp über fünfzig nur Kommissar war, hatte er seinem Eigensinn zuzuschreiben. Er war unfähig, die Stellung seines Vorgesetzten anzuerkennen, und tat stets das, was er in der jeweiligen Situation für richtig hielt, ohne auf Erlaubnis oder Anweisungen zu warten.

Als er im Diebstahldezernat gearbeitet hatte, hatte er einmal das Jahresbudget der ganzen Abteilung um das Dreifache überzogen. Unter den Ausgaben hatte sich eine Rechnung über fünfzigtausend Mark für einen Hubschraubereinsatz gefunden.

Zum Glück hatte er eine hohe Aufklärungsrate und wohlwollende Presseberichte vorweisen können.

Dennoch war Kempas' Karriere ins Stocken geraten. Niemand mochte sich ausmalen, was er als Abteilungsleiter tun würde. Helsinki war eine zu kleine und zu arme Stadt für Männer seines Schlages, die großzügig dachten und handelten und die mit dem Kanonenrohr schossen, wenn die Dienstwaffe nicht ausreichte.

In jeder Polizeibehörde der Welt gab es einen Kempas, zwei waren schon zu viel.

Kempas stand am Fenster und sah in den Hof hinunter. Vom Gerichtsgebäude her näherte sich eine Gruppe Roma, zwei Frauen, drei Männer und zwei Kinder. Sie hatten es anscheinend nicht eilig. Die Herbstsonne schien warm, und Kempas dachte, dass den einen in diesem Leben eine schwerere Last und ein härteres Schicksal aufgebürdet wurde als den anderen.

Kempas hatte stets Verantwortung für sich und andere gefühlt, und obwohl ihn das oft genug ins Schwitzen brachte, akzeptierte er es. Manche Menschen waren eben stärker als andere.

Die Roma gingen zu einem ausgebeulten Lieferwagen. Einer der Männer öffnete die Tür, und die Frauen und Kinder kletterten hinein. Die Männer blieben draußen und lehnten sich ans Auto. Sie trugen alle gerade blaue Hosen, einen kurzen schwarzen Lederblouson, eine Strickjacke und darunter ein tadellos weißes Oberhemd. Ihre Untätigkeit war so natürlich, dass es wirkte, als hielten sie einen Schwatz am Lagerfeuer.

Kempas fiel ein guter Witz über Roma ein, aber er verbannte ihn sofort wieder aus dem Gedächtnis.

Oberwachtmeister Virta und der Erste Wachtmeister Lunden, die an der Wandseite des Raumes saßen, warfen sich einen Blick zu.

»Zehn nach. Wo bleibt sie?«, wunderte sich Virta laut.

Es klopfte, und Oberwachtmeisterin Sanna Susisaari trat ein. Kempas musterte sie ziemlich unfreundlich. Die Oberwachtmeisterin trug an ihrem blaugrauen Blazer eine silberne Krawattennadel, die mit einem kleinen Mercedesstern verziert war. Die Nadel war ein Geschenk von Jansson. Kempas war der Meinung, dass es sich für einen Polizisten nicht schickte, mit einem Mercedes oder einem anderen Luxusauto zu fahren. Ein Opel war das passende Auto für einen Polizisten, nicht zu nobel und nicht zu billig, sondern in seiner Unauffälligkeit genau richtig.

»Du konntest es doch noch einrichten?«

»Ja.«

Im Raum gab es nur zwei Besucherstühle, und Lunden stand auf. Die Oberwachtmeisterin ließ sich nicht nötigen und setzte sich.

»Eine schöne Sammlung«, sagte sie freundlich zu Kempas.

An der Wand hingen, säuberlich in zwei Glasrahmen aufgereiht, mehr als hundert Polizeiabzeichen aus Stoff. Es war die größte Sammlung im ganzen Haus, und Kempas war stolz darauf.

Das Lob wirkte sofort, Kempas' Züge entspannten sich.

»Uns interessiert der Torpedo, dieser Typ, der in der Sache im *Staatshotel* und im Gemüsegroßhandel von Imatra unter Verdacht stand. Ihr habt damals die Ermittlungen durchgeführt, du, Jansson und Huusko.«

»Du meinst Raid?«

»So wird er anscheinend genannt.«

»Jansson kennt ihn am besten ..., er ist zur Kur, aber man kann ihn anrufen.«

»Weiß ich. Dieser Raid fährt in der Gegend rum, zusammen mit dem alten Nygren, bekannt für Betrugs- und Eigentumsdelikte. Ich will wissen, was sie vorhaben. Sie sind bestimmt nicht aus rein geographischem Interesse an ihrem schönen Heimatland unterwegs.«

»Ich wusste gar nicht, dass Raid wieder in Finnland ist, und ich glaube auch nicht, dass Jansson es weiß. Er hätte es erzählt.«

»Hoffentlich weißt du überhaupt irgendwas.«

Kempas sprach wieder in seinem gewohnt schroffen Ton. Seine größte Schwäche waren sein Mangel an Humor und sein fehlender Sinn für Zwischentöne. Er war außerstande, seine Sätze durch Humor aufzulockern, und beleidigte andere auch dann, wenn er es nicht beabsichtigte.

Eine scharfsichtige Mitarbeiterin hatte noch zwei andere große Schwächen an ihm entdeckt und auf seinem Minuskonto verbucht:

Kempas glaubte an Verschwörungen. Er glaubte, dass die Homosexuellen Cliquen bildeten, mit deren Hilfe sie die eigenen Leute stützten und anderen ein Bein stellten. Dasselbe glaubte er auch von allen anderen Minderheiten, von den Juden, Roma, Lappen und Finnlandschweden. Alle diese Cliquen arbeiteten in schweigender Übereinkunft zusammen, um ihm die Arbeit zu erschweren.

Die Homosexuellen, Finnlandschweden und jüdischen Intellektuellen hätschelten die Kriminellen, diese kamen vorzeitig frei, und er, Kempas, rannte wie ein Berserker hinter der flüchtenden Hundemeute her, um jeden einzelnen Köter wieder in den Käfig zu sperren. Obwohl er rannte bis zum Umfallen, konnten immer ein paar Hunde entkommen.

Kempas hatte einmal einen Albtraum gehabt, in dem es vom Himmel kleine zappelnde Negerjungen geregnet hatte, die, sowie sie auf der Erde waren, auseinander gestoben waren, um Missetaten zu begehen. Er hatte noch so viele einfangen können, immer waren an ihrer Stelle neue höhnisch blickende ›Mohrenköpfe‹ aufgetaucht.

Auf einem Seminar über Wirtschaftskriminalität hatte er abends in lockerer Runde, in der Hotelsauna und nach dem Genuss von Schnaps und Bier, anderen Kursteilnehmern von seinem Albtraum erzählt. Sie hatten sich darüber totgelacht, bis sie gemerkt hatten, dass bei ihm echte Angst im Spiel war.

Kempas' dritte Schwäche war, dass er für seine eigenen Schwächen blind war. Er würde seine Fehler nie zugeben, und wenn man ihm jedes Nasenhaar einzeln mit einem Multifunktionsgerät ausreißen würde.

Trotzdem mochten ihn seine Untergebenen, seine Abteilung gehörte zu den gefragtesten Arbeitsplätzen im ganzen Haus. Er war einer der besten Ermittler in der Behörde, und im Gegensatz zu vielen anderen Vorgesetzten stand er auch dann zu seinen Leuten, wenn sie Mist gebaut hatten. Er gab auch nie Tritte nach unten weiter.

Außerdem hatte er ein echtes Interesse an seinen Mitarbeitern. Er kannte die Lebenssituation eines jeden, gab einsilbige, aber hilfreiche Ratschläge, ob es sich um Eheprobleme oder um einen Autokauf handelte. Niemand konnte Geburtstag feiern, heiraten oder Kinder bekommen, ohne dass er davon wusste.

Die Mitarbeiter schätzten auch die Tatsache, dass Kempas sie zur Basisarbeit anhielt. Er hatte nichts dagegen, wenn jemand den Abend in einer von Ganoven bevorzugten Bierkneipe verbrachte. Stattdessen rügte er jene, die sich am Schreibtisch zu wohl fühlten.

Wie es hieß, hatte Kempas einmal eine Wachtmeisterin ausgeschimpft, weil sie bei der Arbeit Gesundheitsschuhe trug. Seiner Meinung nach waren Gesundheitsschuhe nur etwas für Kontoristinnen oder für Stewardessen, die Angst vor Krampfadern hatten, aber nichts für Polizistinnen, die stets bereit sein mussten, durch Dreck und Scheiße zu stapfen.

Kempas setzte sich an seinen Schreibtisch.

»Ruf Jansson an«, schlug Oberwachtmeisterin Susisaari vor.

»Was glaubst du, weshalb er nach Finnland gekommen ist?«

»Wenn Raid dabei ist, dann sicher zu Nygrens Schutz, ein anderer Grund fällt mir nicht ein. Und Nygren hält die Gefahr für ernst, sonst hätte er nicht jemanden von Raids Kaliber eingeschaltet.«

»Raid wohnt wohl schon lange in Schweden?«

»Fünfzehn Jahre. Jansson hat einen richtigen Aktenordner über ihn angelegt. Er hat sich Informationen von der Stockholmer Polizei über ihn besorgt.«

»Nygren wohnt ebenfalls seit ein paar Jahren in Schweden und hat dort auch eingesessen. Vielleicht kennen sie sich daher?«

»Vielleicht.«

»Ist Raid so gefährlich, wie behauptet wird?«

»Aus Janssons Fällen zu schließen, ja, aber er ist kein wahnsinniger Killer. Er macht das, wofür Nygren ihn bezahlt, so gut er kann, und ich glaube, er kann eine ganze Menge.«

»Irgendwas ist da faul. Auch wenn Nygrens Metier vor allem Betrug ist, vermag er auf sich aufzupassen. Er hat bisher nie einen Schläger zu seiner Unterstützung gebraucht. Und jetzt kleben die beiden aneinander wie Pech und Schwefel.«

Kempas war unzufrieden und versuchte das auch nicht zu verbergen.

Er runzelte die Brauen und die Stirn, bis sein Gesicht ein einziges Faltenmeer war. Die grauen Augen funkelten fast boshaft unter den buschigen Brauen.

Er zeichnete mit kräftigen Strichen seltsame Figuren auf den Notizblock, der vor ihm lag. Eigentlich malträtierte er den Block mit dem Stift.

Oberwachtmeister Virta versuchte, einen Blick auf den Block zu erhaschen, aber er sah nur ein mit Kugelschreiber geschwärztes Sägeblattmuster und ein Gebilde, das seiner Meinung nach wie ein Spielzeugauto aussah. Kempas drehte den Block um. Er wollte sich nicht in die Karten schauen lassen, weder von Freund noch von Feind. Je mehr er wusste, desto stärker war er, und je weniger die anderen wussten, desto schwächer waren sie. Seiner Meinung nach war das höhere Philosophie.

»Ich kenne Nygren seit über zwanzig Jahren. Nygren war der erste schwere Junge, den ich dingfest gemacht habe. Damals war ich Oberwachtmeister. Ich habe das Ereignis drei Tage lang gefeiert. Das nächste Mal habe ich ihn vor zehn Jahren geschnappt, und jetzt ist er wieder auf freiem Fuß und lacht sich ins Fäustchen, aber nicht mehr lange.«

Sanna Susisaari fand, dass Kempas die Sache zu persönlich nahm. Ein Polizist sollte Verbrechen und Unrecht hassen, nicht den, der Unrecht beging

Sie hatte an der Aufklärung zahlreicher Gewalttaten mitgewirkt, deren Scheußlichkeit von den Medien jedes Mal genüsslich ausgewalzt worden war. Trotzdem hatte es für die Taten jedes Mal eine Erklärung gegeben, und immer hatte der Täter wie ein Mensch ausgesehen, nicht wie eine Bestie.

Die Oberwachtmeisterin vergaß nie die Vorlesung, die ein erfahrener Spezialist für Gewaltverbrechen an der Polizeischule gehalten hatte. Er hatte daran erinnert, dass jeder Mörder oder jede Mörderin einmal ein Kind und jemandes Sohn oder Tochter gewesen war. Man durfte ein Verbrechen nicht billigen, aber man sollte versuchen, es zu verstehen. Das Verstehen half bei der Aufklärung eines neuen Verbrechens.

Virta meldete sich zu Wort.

»Wir haben mit allen Bekannten Nygrens gesprochen, sie wissen nichts. Das Einzige, was wir machen können, ist, ihn zu beobachten. Das ganze Land ist alarmiert, man hält uns auf dem Laufenden.«

»Auf dem Laufenden worüber? Dass Nygren mit seinem Mercedes auf der und der Dorfstraße hundertzehn gefahren ist und dass er mexikanische Stiefel der Größe dreiundvierzig trägt? Das hilft uns nicht weiter. Ich will über alles, was er macht, Informationen mit großem I. Man muss ihn abhören, beobachten, meinetwegen seine Gedanken lesen. Hauptsache, er hat keine Gelegenheit, etwas anzustellen.«

Virta und Lunden warfen sich einen Blick zu und sahen dann Kempas an. Der geriet öfter mal in Fahrt, aber Nygren schien bei ihm die Tourenzahl noch zu erhöhen.

»Es dürfte schwierig sein, ihn abzuhören, wenn er die ganze Zeit unterwegs ist.«

»Er muss schließlich irgendwo schlafen. Versucht, seine Route vorauszusehen. Er hat einen teuren Geschmack und wählt immer das beste Hotel am Platz. Das Ohr an die Wand und die Gespräche gespeichert. Und verfolgt alle Anrufe zurück, aus ihnen ergeben sich vielleicht Hinweise auf die geplante Route. Versucht auch rauszukriegen, wo mögliche Bekannte von ihm wohnen, er hat zum Beispiel eine Tochter in der Nähe von Kuopio und irgendwo eine Exfrau.«

Kempas bewegte sich unruhig, angetrieben von seiner überschüssigen Energie.

»Werde ich noch gebraucht?«, fragte Sanna Susisaari.

»Ich möchte Janssons Aktenordner über Raid.«

»Es gibt nicht viel über ihn, und ich glaube nicht, dass die wenigen Informationen in diesem Fall nützen.«

»Jemand hat gesagt, dass Jansson und Raid fast befreundet sind.«

»Jemand hat etwas Falsches gesagt.«

»Könntest du wenigstens klären, woher Raid und Nygren sich kennen?«

Sanna Susisaari reagierte nicht auf das Wort ›wenigstens‹.

»Ich kann in Schweden nachfragen.«

»Er hat Krebs«, sagte Lunden. Er hatte sich die Information aufgespart, um sie im passenden Moment anzubringen.

»Raid?«, fragte Kempas erstaunt.

»Nygren.«

»Na und?«

»Es fragt sich, ob er, den Tod vor Augen, irgendetwas plant. Er soll angeblich mehrere Millionen aus früheren Raubzügen sicher gebunkert haben. Die reichen bis zum Weltuntergang.«

Kempas dachte über Lundens Vorschlag nach und akzeptierte ihn, aber mit Vorbehalt.

»Wenn man zusammenzählen würde, wie viel Geld die Räuber gebunkert haben müssten, würden dafür nicht mal die Optionen der Nokia-Manager reichen. Sie sprechen von Millionen, auch wenn sie bloß Peanuts geklaut haben. Räuber sind gerade deshalb Räuber, weil sie im Umgang mit Geld kein Maß kennen. Sie verjubeln es sofort wieder, und wenn es verbraucht ist, planen sie den nächsten Coup. Nygren bildet da keine Ausnahme, mag er auch eine noch so große Nummer sein. Er will sich die Rente sichern, ihr könnt sagen, was ihr wollt, er plant einen Rentencoup.«

Lunden war anderer Meinung, obwohl er wusste, dass Kempas das nicht mochte, wenn er einmal in Fahrt gekommen war.

»Von dem Bruch in der Stockholmer Bank sind nur hunderttausend aufgetaucht. Die Beute betrug fast sechs Millionen, und bei dem Überfall auf den Geldtransporter in Hyvinkää verschwanden drei Millionen. Beide Male steckte Nygren dahinter. Er betreibt kein Glücksspiel mehr, nimmt keine Drogen und trinkt nur in Maßen. Ich bin sicher, dass er genug Geld unter dem Kopfkissen hat.«

»Ist das mit dem Krebs überprüft worden?«

»Der Arzt hat sich auf seine Schweigepflicht berufen, aber wir haben uns hintenherum die Bestätigung geholt. Die Geschwulst ist bösartig.«

»Und Lehto und Sariola? Sie sind doch nicht zufällig aufeinander getroffen. Sie sind alte Komplizen.«

»Nach den Informationen, die uns vorliegen, haben sie sich gestritten«, sagte Lunden.

Kempas war von Natur aus misstrauisch.
»Ein Bluff?«
»Sariola hat heißen Kaffee auf die Eier gekriegt und musste ins Krankenhaus. Die Brandwunden sind jedenfalls kein Bluff. Laut Aussage des Cafébetreibers stritten sie um Geld. Sariola hat von Nygren Geld verlangt, aber der wollte ihm nichts geben. Darauf hat Sariola ihn mit der Waffe bedroht, aber dieser Raid hat Sariola fertig gemacht.«
»Ist das nicht Grund genug dafür, dass Raid ihn begleitet?«, sagte Sanna Susisaari. »Nygren hat Geld, und die alten Komplizen wollen ihren Anteil.«
»Nygren ist bisher immer allein klargekommen. Und der Verstand besiegt stets die Kraft.«
Kempas hielt es nicht länger auf seinem Stuhl aus und trat wieder ans Fenster. Die Romafamilie war unten immer noch mit ihrem alten Lieferwagen zugange. Einer der Männer saß am Steuer. Die Frauen hockten hinten, und die Kinder spielten auf dem Bürgersteig neben dem Auto. Kempas kam zu dem Schluss, dass jemand, der zur Sippe gehörte, im Gerichtsgebäude immer noch auf seinen Urteilsspruch wartete. Man hielt zusammen und wollte ihn nicht allein lassen.
»Ihr beide konzentriert euch ausschließlich auf Nygren. Das bedeutet, dass keiner die Überstunden zählt. Ihr fahrt im Bedarfsfall selber raus ins Land und macht, was ihr für richtig haltet. Ihr könnt euch, wenn nötig, im Hotel einquartieren, aber drei Sterne reichen.«
Sanna Susisaari stand auf.
»Ich werde wohl nicht mehr gebraucht.«
Kempas war tief in Gedanken und merkte kaum, dass sie ging.
»Dürfen wir den Hubschrauber benutzen?«, fragte Virta.
Kempas warf ihm einen Blick zu. Virta bereute schon seinen Einwurf, aber dann zog ein Lächeln über Kempas' Gesicht.
»Natürlich, aber nur wenn ihr mich mitnehmt.«

5.

»Hier?«, fragte Raid und hielt neben einem Maschendrahtzaun. Am Zaun hing ein Schild mit der Aufschrift: *Maras Auto Oy. Grundehrlicher Autohandel schon seit 1998.*

Hinter dem Zaun standen etwa zwanzig Autos und ein großer Wohnwagen. Kunden waren nicht zu sehen, aber im Wohnwagen saß jemand.

»An dem Tag, da sich auch nur ein einziger grundehrlicher Autohändler findet, wird im Himmel ein großes Fest gefeiert.«

Nygren stieg aus dem Auto und zündete sich eine Zigarette an.

»Gehen wir.«

Raid schloss das Tor hinter sich und hängte das Schild ›Geschlossen‹ auf. Die Tür des Wohnwagens öffnete sich, und ein Mann in Markenpullover und Hose mit Bügelfalte trat heraus. Er war um die fünfzig und dick. Seine wenigen fettigen Haare waren mathematisch genau verteilt, sodass sie möglichst viel von der Glatze verdeckten. Er rauchte eine zerdrückte Zigarre. Mit einer Hand spielte er am Schlüsselbund in der Hosentasche. Raid hörte das Klimpern der Schlüssel.

»Mara persönlich«, sagte Nygren.

»Sieh an, Nygren persönlich, ich hab mich schon gewundert, wer da mein Tor schließt, aber …«

»Ich bin gekommen, um Inventur zu machen.«

Zwei Jahre grundehrlicher Autohandel waren ein effektiveres Training im Einsatz von Mimik und Gestik zur Beeinflussung des Gesprächspartners als zehn Jahre Psychologiestudium an der Universität. Mara setzte die Miene ›Nichts könnte mich weniger interessieren‹ auf, dieselbe, mit der er Kunden mürbe machte, die ihr Auto zum Tausch anboten.

»Inventur?«

Zwei Männer in schwarzen Lederjacken traten auf die Veranda hinaus.

»Drei Verkäufer und kein einziger Kunde, kein Wunder, dass die Firma nicht läuft.«

»Die Kumpels wollten mir nur mal guten Tag sagen.«

Nygren musterte die beiden Männer. Sie sahen nicht aus, als ob sie irgendjemandes Kumpel wären.

Mara versuchte ein freundliches Grinsen aufzusetzen, aber es gelang ihm nur schlecht.

»Du kommst gerade richtig, ich habe eben Kaffee gekocht …«

Nygren spähte in das goldfarbene Mercedes 500 Coupé, das neben dem Wohnwagen stand.

»Hundertsechzigtausend gefahren, und davon hunderttausend rückwärts. Sonst würde der Tacho zweihundertsechzigtausend anzeigen, oder wie?«

»Höh. Das ist mein eigener.«

»Der gute Mara ist berühmt dafür, dass in dem Moment, wo ein Auto durchs Tor seiner Firma reinkommt, gleich hunderttausend vom Tacho springen und rausgehen.«

»Und wenn mit dem Auto weniger gefahren worden ist?«, fragte Raid.

»Dann kann der Käufer einen Gewinn verbuchen. Er bekommt ein Auto, mit dem weniger als überhaupt nicht gefahren worden ist.«

Maras freundliche Miene verflüchtigte sich.

»Willst du irgendwas Bestimmtes? Ich habe zu tun …«

Nygren ließ den Blick über das leere Gelände schweifen.

»Das sieht man. Hast du meine Nachricht nicht bekommen?«

»Die Jungs haben irgendwas gesagt, aber ich bin aus deinen Gedankengängen nicht ganz schlau geworden.«

»Was war daran schwer?«

»Die Jungs haben gesagt, dass du sofort eine halbe Million willst. Sie müssen dich falsch verstanden haben. Ich hab keine halbe Million, ich bin froh, wenn ich mir einmal in der Woche ein Päckchen Kaffee und ein Stück Butterkuchen aus dem Sonderangebot leisten kann.«

Maras Begleiter lachten.

Nygren streckte die Hand aus.

»Das Geld!«

»Willst du dir wirklich hier das Geld abholen?« Maras Bauch hüpfte vor Lachen.

»Ganz recht.«

Mara schielte nach hinten, und die Lederjackenmänner traten zu ihm.

»Was meintest du mit Inventur?«, fragte Mara.

»Vielleicht muss ich deutlicher werden: Knall sofort das verfluchte Geld auf den Tisch, oder du bist tot!«

Mara erschrak vor Nygrens Gebrüll und trat ein paar Schritte zurück. Die Rückendeckung der Lederjackenmänner beruhigte ihn.

»Hier liegt irgendein Missverständnis vor, lieber Freund.«

»Allerdings. Du hast mich völlig falsch verstanden, wenn du denkst, du kannst mir denselben Mist erzählen wie deinen Kunden.«

»Entschuldige, aber der Geschäftsbetrieb leidet, wenn ich hier herumstehe. Würdest du dich bitte entfernen.«

Mara nickte den Lederjackenmännern zu, und sie näherten sich Nygren.

Nygren wich nicht zurück, und die Männer wurden unsicher.

»Verschwindet freiwillig«, sagte der eine und versuchte, Nygren am Arm zu fassen. Im selben Moment schrie er auf und zog seine Hand zurück. Raid stand mit einem schweren Schlagring vor ihm.

»Hat's wehgetan?«, fragte Nygren. »Bedauerlich, wirklich bedauerlich.«

Der andere Mann trat zurück und griff in die Tasche. Raid schmetterte ihm den Schlagring aufs Schlüsselbein, sodass es brach, und der Mann ging vor Schmerzen schreiend in die Knie.

Mara erkannte, dass seine Lage unsicher wurde, und zog sich für sein Gewicht erstaunlich schnell in den Wohnwagen zurück.

Raid holte einen Benzinkanister aus dem Kofferraum von Nygrens Mercedes. Er begoss die Vorderwand des Wohnwagens mit Benzin. Mara spähte ängstlich durch die Gardinen.

Nygren klopfte an die Tür.

»Ruf die Feuerwehr. Hier brennt irgendwas.«

Nygren warf ein brennendes Streichholz gegen den Wohnwagen, und Flammen loderten auf.

Mara fuchtelte hinter der Gardine aufgeregt herum.

»Hier drinnen ist eine Gasflasche, die kann explodieren …«

»Danke für die Warnung. Wir gehen beiseite. Ich wollte schon immer mal sehen, wie eine Gasflasche explodiert.«

Maras Gehilfen beobachteten das Feuer apathisch. Raid zeigte ihnen seine Waffe.

»Ihr bleibt da stehen.«

Raid holte Nygrens Mercedes und fuhr ihn bis auf ein paar Meter rückwärts an die Tür des Wohnwagens heran. Dann öffnete er die Heckklappe.

Die Flammen breiteten sich schnell aus und züngelten um den ganzen Wohnwagen. Die brennende Glasfaseroberfläche sonderte dicken schwarzen Rauch ab. Mit einem Knall zersprang das Fenster. Von drinnen ertönte ängstliches Geheul.

»Ich verbrenne hier …, das ist Mord, hörst du, Nygren, Mord!«

»Richtig«, konstatierte Nygren unbekümmert.

»Ich komme raus!«

Mara versuchte die Tür zu öffnen, aber Raid drückte sie zu, und Nygren half ihm, ein Brett quer davor zu schieben. Mara lugte in seiner Angst aus dem Fenster und sah das Brett.

»Nehmt es weg ..., meine Kleidung sengt an ..., ich verbrenne ...«

»Aber nein, das ist bestimmt irgendein Missverständnis.«

Einer der beiden Lederjackenmänner versuchte sich wegzuschleichen, aber Raids Waffe stoppte ihn. Der Mann erstarrte in schleichender Stellung.

»Ich zahl dir sofort hunderttausend und den Rest später!«

Ein Schrei und Schluchzen begleiteten Maras Angebot.

Nygren wartete noch einen Moment. Von drinnen waren Gestampfe und Brüllen zu hören. Mara versuchte mit seiner Masse von hundertfünfzig Kilo, die Tür aufzudrücken. Nygren stieß das Brett weg, und Mara segelte heraus. Raid versetzte ihm noch zusätzlich einen Tritt, und der qualmende Mann stürzte direkt in den Kofferraum des Mercedes. Raid schlug die Klappe zu.

Nygren goss die restliche Flüssigkeit aus dem Benzinkanister über Maras Auto aus. Genießerisch zündete er ein Streichholz an. Die Lederjackenmänner pressten die Hände auf die Ohren.

Nygren warf das Streichholz auf die Motorhaube. Das verdampfende Benzin zischte, und das ganze Fahrzeug erbebte, als die Flammen nach innen gesogen wurden. Binnen einer Sekunde hatte das Auto sich in eine brennende Feuersäule verwandelt.

Raid und Nygren waren kaum auf der Straße, als der Wohnwagen explodierte. Die Druckwelle schleuderte die Wände in vier Richtungen auseinander, und das Dach stürzte herunter.

Ein paar hundert Meter weiter kam ihnen das erste Löschfahrzeug entgegen. Unmittelbar dahinter kamen eine Ambulanz und weitere Feuerwehrautos. Nygren sah den Fahrzeugen nach.

»Es brennt irgendwo.«

Nach einigen Kilometern fanden sie einen Forstweg, der durch einen abgeholzten Kiefernwald führte. Zu beiden Seiten lagen große Haufen Schneid- und Rodungsabfälle. Der Traktor hatte überall tiefe Fahrspuren hinterlassen. Raid fuhr bis ans Ende des Weges, schaltete den Motor aus und öffnete den Kofferraum.

Der rußige Mara lag in Embryostellung auf dem Boden und wimmerte, seine Kleidung qualmte immer noch.

Nygren schlug ihm klatschend auf den Rücken.

»Du hast irgendwas von hunderttausend Mark erzählt.«

Mara richtete sich benommen auf. Die rüttelnde Fahrt auf dem Forstweg und der Rauch, den er in die Lunge bekommen hatte, wirkten noch nach. Nygren setzte sich auf einen Baumstumpf und wartete. Er betrachtete den geschundenen Wald.

»Es wird fünfzig Jahre dauern, bis die Spuren der Maschinen aus der Landschaft verschwunden sind.«

Mara kroch heraus. Seine Hose hatte Risse und Brandlöcher, durch die der Stoff der Unterhose quoll.

Nygren schien mehr am Zustand der Natur als an seinem Geschäftspartner interessiert.

»Scheiße, wie ich aussehe«, murmelte Mara.

Nygren drehte sich zu ihm um. Der Anblick amüsierte ihn.

»Du kannst den Preis der Hose von der Summe abziehen.«

Mara atmete die frische Waldluft ein und kam allmählich zu sich. Sein Handy, das im Futteral am Gürtel steckte, begann eine bekannte Polka zu spielen.

Raid riss das Handy heraus und schleuderte es gegen einen Felsen. Die Polka verstummte.

»Das Geld ist bei mir zu Hause ..., in der Garage ...«

»Dann sollten wir es holen.«

Mara kam auf den Beifahrersitz, Nygren setzte sich hinter ihn, und Raid fuhr.

Nygren betrachtete finster den vor ihm sitzenden Mann.

»Was macht Arschlöcher wie dich bloß immer so gierig? Erzähl mir das doch zum Zeitvertreib.«

Mara saß still da und grollte.

»Du hast von mir das Anfangskapital und die Möglichkeit bekommen, Geld zu machen. Du dankst es mir, indem du mich bestiehlst und bescheißt. Du schaffst dir zwei Gorillas zum Schutz an, damit du bloß keinen Pfennig abgeben musst. Ist das die richtige Antwort?«

»Es kam so plötzlich, das Geld lag in den Autos fest und ...«

Nygren schlug Mara mit der offenen Hand auf den Hinterkopf.

»Du hast seit mehr als einem Jahr die Raten nicht gezahlt, red jetzt also keinen Scheiß.«

»Das muss ein Irrtum sein, mein Buchhalter ...«

Nygren schlug Mara erneut, und der verstummte.

»Wo keine Buchhaltung ist, da ist auch kein Buchhalter. Spar dir dein Gewäsch für den Steuerprüfer.«

Maras Haus aus weißen Ziegeln stand am Südufer eines Sees, es hatte mindestens dreihundert Quadratmeter. Nygren betrachtete das Anwesen.

»So bescheiden lebt ein grundehrlicher Autohändler in der Wildmark von Savo.«

»Das Haus gehört meiner Frau und den Kindern ...«

»Ist auf ihren Namen eingetragen, meinst du.«

Mara öffnete die Garage. Sie war so groß, dass dort bequem zwei Autos Platz hatten. Ein kleiner roter Sportwagen stand darin.

»Die Einkaufstasche meiner Frau.«

Mara gewann allmählich seine Sicherheit zurück. Zumindest würde er mit dem Leben davonkommen, so glaubte er.

Nygren sah ihm unverwandt in die Augen. Mara versuchte zu lächeln, fand aber kein Echo. Eine Weile ertrug er Nygrens starren Blick, dann wandte er sich ab.

»In dem Moment, in dem sie den Blick abwenden, durchschaust du für eine Zehntelsekunde ihre Maske, aber das reicht, wenn du gut aufpasst.«

Die Tür ging auf, und eine etwa vierzigjährige Frau

spähte herein. Sie sah die Blessuren ihres Mannes und ging zu ihm.

»Was hast du, was passiert, du sein gesund?«

»Es hat einen kleinen Brand gegeben«, beruhigte Nygren sie.

»Warst du beim Arzt?«

»Tatjana, geh rein, es ist alles in Ordnung.«

Die Frau sah zweifelnd zu Nygren und Raid.

»Ist was los?«

»Nein. Geh schon.«

Die Frau ließ sich nicht beirren.

»Irgendwas ist. Ich rufen Polizei.«

»Nein. Mach, dass du reinkommst, verdammt noch mal!«

Die Frau war an den slawischen Gesprächsstil gewöhnt und gehorchte sofort.

Mara rückte den Arbeitstisch beiseite. In der Ziegelwand dahinter befand sich eine Öffnung, die mit einem Stück Spanplatte abgedeckt war. Mara bückte sich und zog einen großen Blechkasten heraus. Er hob ihn hoch und tauchte fast mit dem Kopf hinein.

»Genau hunderttausend«, sagte Mara und schlug den Deckel zu. Er versuchte den Kasten stillschweigend wieder an seinen Platz zu stellen. Nygren griff danach.

»Immer mit der Ruhe.«

Im Kasten fand sich weiteres Geld und ein Heft mit schwarzem Deckel. Nygren zählte schnell die Scheine.

»Noch mal hunderttausend. Die nehme ich auch gleich mit.«

»Das machst du nicht, verdammt ...«

Mara merkte, dass seine Worte kein Gewicht hatten.

Nygren blätterte in dem Heft.

»Dir scheint es ja blendend zu gehen. Laut diesen Eintragungen hast du zwei Millionen in Spanien liegen. Ich nehme das Heft als Andenken mit. Wenn das restliche Geld nicht pünktlich auf meinem Konto ist, kriegt der Steuerbeamte eine interessante Klolektüre.«

Mara versuchte es mit Unterwürfigkeit.

»Du bekommst dein Geld mit hundertprozentiger Sicherheit ... Lass das Heft hier, du hast dafür gar keine Verwendung, aber ich brauche es jeden Tag. Ein Teil der Autos ist auf Pump verkauft, in dem Heft sind alle Schulden eingetragen ... Du kriegst was extra, vielleicht willst du ein neues Auto ..., oder dein Freund kriegt eins, ich kann das organisieren ...«

»Sonst gern, aber du hast ein zu kurzes Gedächtnis und vergisst solche unangenehmen Dinge wie das Abzahlen von Schulden sofort wieder, außerdem habe ich schon ein Auto.«

Nygren steckte das Heft in die Tasche.

Mara biss die Zähne zusammen, blieb aber still.

»Du kennst die Kontonummer. Wir warten darauf, dass du den Saldo ausgleichst.«

Mara schleuderte den leeren Blechkasten in die Ecke.

»Denk nicht, du kommst da raus, indem du dich mit noch mehr Kraftprotzen umgibst. Du darfst jede einzelne Nacht um dein liebes Leben bangen, bis du bezahlt hast, und du kannst sicher sein, dass die Zinsen die ganze Zeit laufen.«

Tatjana wartete nervös auf dem Hof. Sowie Raid und Nygren im Auto saßen, rannte sie zur Garage. Mara kam heraus und stieß seine Frau brutal zur Seite.

»Ein finnisches Familienidyll. Ziegelhaus am See. Kann man sich mehr wünschen?«, überlegte Nygren laut. »Doch, man kann, Glück gibt es nicht für Geld zu kaufen.«

Er schwenkte die Scheine vor Raids Gesicht.

»Aber es lohnt trotzdem den Versuch. Mehr als zweihunderttausend. Ein grundehrlicher Savolaxer weint blutige Tränen um dieses Geld ...«

»Und der Rest?«

»Sich jetzt noch zu drücken, wagt er nicht.«

Nygrens Miene änderte sich schlagartig. Seine Augen trübten sich, und er griff sich an den Bauch.

Raid hielt an einer Bushaltestelle.

»Ich hab mich wohl … zu sehr hinreißen lassen …, auch wenn es das wert war …«

Nygren begann zu zittern, als ob er fröre.

»Dass das gerade jetzt wieder losgehen muss …«

Raid klappte den Beifahrersitz fast in die Waagerechte und deckte Nygren mit einer Decke zu.

»Schon besser«, sagte Nygren, obwohl es nicht so aussah.

»Wird es wirklich gehen?«

»Wir brechen auf keinen Fall ab …, die Vergnügungsfahrt ist noch längst nicht zu Ende …, wir machen weiter nach Plan.«

6.

Am Donnerstagmorgen beschloss Jansson, im Bett zu bleiben. Im *Myllytonttu* war es spät geworden, sie waren bis zum Schluss geblieben. Als Anna gegangen war, hatte Huusko seine Enttäuschung im Alkohol ertränkt. Er hatte erkannt, dass er die Beziehung nicht wiederbeleben konnte.

Ihr Gespräch hatte sich auf ein Thema konzentriert: die Frauen. Huusko hatte seine größtenteils bitteren Erfahrungen aufgelistet. Er hatte erklärt, dass sich seine Einstellung zum weiblichen Geschlecht geändert hatte, nachdem ihn seine Frau mitten in der Rekonvaleszenz verlassen hatte.

Jansson hatte für die Frauen Partei ergriffen und Huusko vor Verallgemeinerungen gewarnt.

Später hatte Huusko wieder eingelenkt, und als um neun Uhr das Orchester zu spielen begonnen hatte, war er zu neuen Eroberungen bereit gewesen. Er hatte seine Anstrengungen auf eine Frau am Nachbartisch konzentriert, die sich als Finnischlehrerin am örtlichen Gymnasium vorgestellt hatte.

Schließlich hatte Jansson allein in die Kurklinik zurückkehren müssen. Huusko hatte seine Tanzpartnerin, die ganz in der Nähe wohnte, nach Hause gebracht.

Janssons Entschluss, im Bett zu bleiben, war nicht durch einen Kater bedingt. Er hatte mäßig getrunken und fühlte sich frisch. Er hatte lediglich keine Lust, sich wieder freiwillig von einer neuen Therapeutin triezen zu lassen: »Will der Rücken nicht, Jansson? Den Bauch rein, Jansson, atmen Sie tiefer, Jansson …«

Er war ein erwachsener, als besonnen geltender Mann, und er war in der Lage, auf sich und seine Muskeln selbst zu achten. Sie waren vielleicht nicht stahlhart, aber sie reichten, um ihn dahin zu bringen, wohin er wollte.

Den endgültigen Anlass, im Bett zu bleiben, gab ihm das Wetter. Draußen tobte der erste richtige Herbststurm. Jansson hatte das Fenster so weit geöffnet, wie es der Riegel zuließ, hatte sich eine zweite Decke aus dem Schrank geholt und sich bis zum Hals zugedeckt. Er genoss es, wenn ein Windstoß hereinfuhr und ihm über das Gesicht strich. Das Trommeln der Regentropfen auf dem Fensterbrett verstärkte noch den Genuss.

Jansson fiel in einen Halbschlaf. Sein Unterbewusstsein signalisierte ihm, dass die Frühstückszeit verstrich, aber das störte ihn nicht. Fischplatte, hart gekochte Eier, fettarmer Käse, Vollkornbrot, ballaststoffreiches Müsli, Kaffee und Kräutertee. Jansson pfiff darauf.

Er fühlte den gleichen Triumph wie als Kind, wenn er sein Unwohlsein übertrieben und von den Eltern die Erlaubnis bekommen hatte, zu Hause zu bleiben. Sein Bruder und seine Schwestern hatten ihre neidischen Kommentare abgegeben, aber er hatte sich nur tiefer ins weiche Bett gekuschelt und sich mit Traumwolken zugedeckt. Die Mutter hatte ihm einen Kuss gegeben, und der Vater hatte ihm mit seiner rauen Hand über das Haar gestrichen.

Dann waren sie beide zur Arbeit in die Fabrik gegangen.

Die Ausbildung zum Polizisten hatte Jansson völlig verändert, obwohl sein Vater manchmal befürchtet hatte, dass er sein Leben lang auf der Ofenbank liegen würde. Jansson war extrem gewissenhaft geworden. Er quälte sich auch dann zur Arbeit, wenn er neununddreißig Grad Fieber hatte. Er hatte seinen Job mehr als dreißig Jahre lang ausgeübt, ohne je in der Verantwortung nachzulassen. Jetzt, so schien ihm, war es ihm wieder gestattet, ein wenig lockerer vorzugehen. Er brauchte nicht mehr Mutter oder Vater anzulügen oder einer übereifrigen Therapeutin Erklärungen abzugeben, es genügte, wenn er sagte, was er tun wollte und was nicht. Er wollte schlafen und dem Wind und dem Regen lauschen.

Es klopfte an der Tür. Jansson hörte das Geräusch im Halbschlaf, beschloss aber, nicht zu reagieren.

»Aufwachen, ich bin's, Hopo!«

Jansson zog sich die Decke über den Kopf.

Huusko gab nicht auf, sondern hämmerte immer lauter an die Tür.

»Ist alles in Ordnung?«

Jansson lüftete die Decke.

»Ja.«

»Hast du 'nen Kater?«

»Ich will mich ausruhen.«

»Mach die Tür auf.«

»Nein.«

»Ist wirklich alles in Ordnung?«

»Ja. Geh schon.«

»Komm wenigstens zum Frühstück.«

»Nein.«

»Was soll ich denen sagen?«

»Sag, was du willst.«

»Trägst du die Verantwortung?«

»Verschwinde!«

Jansson verbannte Huuskos Besuch aus dem Gedächtnis und fiel wieder in einen Dämmerschlaf.

Gut dreißig Jahre als Polizist. Bis zur Rente blieben noch fast zehn Jahre. Und er hatte seine Arbeit unendlich satt. Unzählige Male wäre er morgens am liebsten in der warmen Gemütlichkeit seines Bettes geblieben, aber er hatte sich immer gezwungen, aufzustehen und zur Arbeit zu gehen.

Jansson öffnete die Augen.

»Warum hörst du dann nicht auf?«

Es kam ihm vor, als hätte sein im Innersten verborgenes zweites Ich, das mutiger war als das erste, diese Frage gestellt.

Das erste gab jedoch nicht nach.

»Als erwachsener Mensch trägt man Verantwortung. Ein Erwachsener gibt nicht gleich auf, wenn ihm etwas keinen Spaß mehr macht. Das Leben ist außerdem nicht nur zum Vergnügen da. Unannehmlichkeiten und Verdruss gehören dazu.«

»Davon hast du deinen Anteil schon weg.«

Die innere Debatte war nicht die erste dieser Art. Jansson hatte sie in ähnlicher Form jedes Mal geführt, wenn er Todesfälle zu klären hatte, die sich zu Hause zugetragen hatten. In einer Stadt von der Größe Helsinkis starben jährlich Hunderte Menschen zu Hause, ohne dass damit ein Verbrechen zusammenhing: Ein Mann mittleren Alters geht nach den Spätnachrichten schlafen, gibt seiner Frau einen Kuss und dreht sich auf die Seite, ohne je wieder aufzuwachen, jedenfalls nicht im Hier und Jetzt. Beim Schlafengehen ahnt er nicht im Geringsten, dass es für ihn künftig keinen von seiner Frau gekochten Morgenkaffee und keine frische, noch nach Druckerschwärze riechende Tageszeitung mehr gibt. Jansson fand das unfair. Seiner Meinung nach sollte der Mensch eine letzte Warnung bekommen, damit er noch mit sich und den anderen reinen Tisch machen kann.

Zwei Wochen vor der Kur hatte Jansson Bereitschaftsdienst gehabt. Der Abend und die Nacht waren ruhig gewesen. Um die Zeit totzuschlagen, war er in eine Wohnung im Stadtteil Töölö gefahren, in der ein Toter gefunden worden war. Der Mann war schon zwei Tage tot gewesen. Der Sohn, ein Student, hatte seinen Vater besuchen wollen und die Leiche gefunden.

Jansson hatte bei dem Namen auf dem Türschild gestutzt. Als er den Toten sah, erkannte er in ihm einen Klassenkameraden aus dem Gymnasium wieder.

Plötzlich hatte er begriffen, dass sich die Reihen der Altersgenossen um ihn lichteten, und am nächsten Morgen hatte er sich dabei ertappt, wie er als Erstes die Todesanzeigen in der Zeitung las. Huusko fand, dass es ein Zeichen für ein Aufgeben war, wenn man die Todesanzeigen las. Wer damit anfing, sollte sich am besten gleich nach einer passenden Grabstelle umsehen, erklärte er.

Es klopfte erneut. Jansson verschloss die Ohren, aber der Störenfried war hartnäckig.

»Anna hier. Huusko macht sich Sorgen um dich, und ich habe ihm versprochen, nachzuschauen …«

Jansson stand auf und wickelte sich in die Decke. Er öffnete die Tür einen Spalt breit. Anna trug einen weißen Hosenanzug. Ihre Haare waren zu einem Pferdeschwanz gebunden. Sie wirkte viel mädchenhafter als am vergangenen Abend.

»Es ist nichts passiert. Ich will mich nur ausruhen …«

»Darf ich trotzdem reinkommen?«

Jansson trat einen Schritt zurück und öffnete die Tür. Im Flur hing ein großer Spiegel, und Jansson merkte, dass er in seinem Deckenwickel lächerlich aussah. Fehlte nur noch die Feder am Kopf, und er wäre ein Indianerhäuptling mit dünnem Haar gewesen.

Jansson setzte sich aufs Bett und raffte die Decke im Schoß zusammen. Er hatte den unangenehmen Verdacht, dass er in dieser Stellung nicht weniger lächerlich wirkte.

Anna blickte zum Fenster. Von draußen zog es so stark, dass die Gardine fast waagerecht stand.

»Soll ich das Fenster schließen?«

»Nein.«

»Willst du Selbstmord durch Erfrieren begehen?«

»Gute Idee.«

Sie setzte sich ganz unbefangen auf die Bettkante.

»Du scheinst hier Trübsal zu blasen.«

»Ich denke nach … und genieße den Wind und den Regen.«

»Komm lieber zu uns runter …, oder habe ich dich irgendwie beleidigt?«

»Nein.«

»Manche mögen es nicht, wenn man sie herumkommandiert, aber das gehört zu meiner Arbeit.«

»Wahrscheinlich.«

»Kommst du dann später?«

»Ein bisschen später.«

»Es ist beruhigend zu hören, dass du dich nicht mit Selbstmordgedanken trägst.«

»Aber nein. Ich bin in philosophischer Stimmung.«

Anna spielte mit ihrem Ring. Sie bemerkte es und drückte die Hände fest in den Schoß.

»Hat Hopo über uns gesprochen?«

»Gelegentlich.«

»Wir hatten damals eine Affäre, als er nach seiner Schussverletzung behandelt wurde ...«

»Ihr seid erwachsen.«

»Es war nichts Ernstes ..., er tat mir Leid ..., er war dem Tode nahe, und seine Frau verließ ihn ..., ich kann solche Frauen nicht verstehen ...«

»Du hast ..., eure Beziehung hat ihm jedenfalls geholfen.«

»Trotzdem war es nicht sehr klug von mir ..., ich hatte selbst Probleme ..., jetzt ist alles halbwegs in Ordnung. Ich möchte nicht noch mal mein Leben durcheinander bringen ...«

»Mit Hopo?«

»Ja ..., und er ist meiner Meinung nach auch noch nicht reif für eine neue Beziehung.«

»Am besten, du sagst es ihm selbst ..., oder willst du, dass ich mit ihm rede?«

»Ein Erwachsener muss solche Sachen selbst regeln.«

»Das gilt für uns alle.«

»Trotzdem danke.«

Anna sah Jansson an, und auf ihr ernstes Gesicht trat ein Lächeln. Jansson verstand, warum Huusko so scharf auf sie war, obwohl er normalerweise Frauen bevorzugte, die jünger waren als er selbst. In Anna vereinigten sich auf seltene Weise Wärme und Sex. Sie war genau der Typ Frau, an den ein junger Bursche seine Unschuld verlieren konnte, ohne Angst, ohne Schuldgefühle.

»Mich würde interessieren, worüber du hier ganz allein nachgrübelst, während der Wind heult und der Regen ans Fenster trommelt.«

»Über langweilige Privatangelegenheiten eines langweiligen Mannes.«

»Du bist nicht langweilig, im Gegenteil.«

»Langweilige Privatangelegenheiten eines Mannes.«

»Sie würden mich trotzdem interessieren.«

Jansson überlegte, ob er lügen oder die Wahrheit sagen sollte. Er beschloss, die Wahrheit zu sagen.

»Ich habe überlegt, wie ich es als Polizist bis zur Rente aushalten soll, wo ich schon jetzt manchmal alles total satt habe.«

»Aus Hopos Reden habe ich den Eindruck gewonnen, dass die Arbeit als Polizist für dich eine Berufung ist.«

»Sie war es – und ist es manchmal immer noch.«

»Deine Arbeit ist wichtig, du wirst geachtet ..., und du hast eine höhere Position. Den meisten würde das reichen.«

»Ich bin vierundfünfzig. Wenn ich noch irgendwas anderes machen wollte, wäre es höchste Zeit.«

»Was?«

»Auf dem Land Hühner züchten, als Berufsfischer auf einer Insel im Finnischen Meerbusen leben, oder alte Autos reparieren ...«

Anna lachte.

»Gute Alternativen. Du hast trotzdem dreißig Jahre lang eine Arbeit machen dürfen, die dir gefällt. Das ist schon viel.«

»Und du?«

»Ich wäre gern Kinderärztin oder Architektin geworden ..., habe wohl zu lange überlegt ...«

»Du hast einen schönen Beruf.«

Anna wirkte fast schüchtern, als sie fragte:

»Und deine Frau? Würde sie denn aufs Land ziehen?«

»Vielleicht.«

»Ihr seid anscheinend glücklich zusammen.«

»Ich habe eine gute Frau.«

»Und an dem Mann gibt es auch nichts auszusetzen.«

»Alt und müde und verdrossen.«

»Das würde ich nicht sagen. Sympathisch und verlässlich und humorvoll. Du glaubst gar nicht, wie sehr eine Frau so etwas schätzt.«

»Tatsächlich?«

»Bestimmt. Und vierundfünfzig ist nicht alt, jedenfalls nicht für einen Mann. Ich bin zweiundvierzig.«

»Was man nicht glauben würde«, sagte Jansson.

Anna lächelte zu den höflichen Worten. Sie griff nach Janssons Hand und nahm sie zwischen ihre beiden Hände.

»Du kommst doch wenigstens zum Mittagessen?«

»Werd ich wohl.«

»Fein.«

Sie stand auf, zögerte aber noch.

»Du bist ein guter Zuhörer …, ich würde mich gern mal richtig mit dir unterhalten … , unter vier Augen.«

Anna ging und hinterließ nur den Duft ihres Parfüms und eine leise Unruhe in Janssons Brust. Wollte sie sich wirklich nur unterhalten, oder war es eine Andeutung, dass sie weitergehen wollte?

Jansson hatte schon in diesen drei Tagen gemerkt, dass sich unter den Kurgästen Paare bildeten. Er wusste, dass sich einige von ihnen beim Abschied für ein erneutes Treffen im Haus verabredeten.

Jansson war in den ganzen zweiunddreißig Jahren seiner Ehe treu gewesen. Er fand, dass seine Frau seine Treue nicht in der gebührenden Weise honorierte. Sie war, anders als alle Frauen, die er kannte, nahezu frei von Eifersucht, so frei, dass es ihn manchmal störte. Glaubte sie etwa, dass er keine anderen Frauen haben konnte?

Er hielt es nicht mehr auf seinem Platz aus und ging unter die Dusche. Er war auf dem Weg nach unten, als Sanna Susisaari anrief und ihm von Kempas' Hilfegesuchen erzählte.

»Ich habe gestern schon mit ihm gesprochen.«

»Er will sämtliche Informationen über Raid. Du hattest doch extra einen Ordner angelegt.«

»Den kannst du ihm geben, er steht im Aktenschrank.«

»Ich weiß, dass Kempas ein guter Ermittler ist, aber ich mag seine Art nicht besonders.«

»Ich auch nicht immer. Versuch es zu ertragen.«

»Wie kommt Hopo zurecht?«

»Hopo kommt überall zurecht.«

»Reden wir von demselben Mann, Oberwachtmeister Hannu Huusko?«

»Ich denke schon.«

»Grüß ihn. Wir vermissen euch, sogar Hopo.«

Der Aufenthaltsbereich in der Eingangshalle war fast leer, auch am Tisch der Veteranen saß niemand. Jansson holte sich die neueste Tageszeitung und blätterte darin. Aus der Halle konnte man in den Speisesaal sehen, wo das Mittagessen vorbereitet wurde. Das Personal deckte das Büffet mit Speisen und Geschirr ein.

Eine Gruppe von Frauen kam aus der Schwimmhalle, alle trugen weiße Frotteebademäntel und hatten Handtücher um die Haare geschlungen. Huusko ging ein paar Schritte hinter ihnen, neben ihm lief eine Frau in Badeanzug, seine Hand lag auf ihrer Schulter. Sie lachte über etwas, was er ihr erzählte.

»Bis heute Abend dann«, sagte er und kam zu Jansson herüber.

»Was ist heute Abend?«, fragte Jansson.

»Tanz. Schön, dich nach langer Zeit wieder unter Menschen zu sehen. Ich hatte schon Angst, ich müsste deine Zimmertür aufbrechen.«

Jansson wunderte sich über Huuskos Unbekümmertheit. Er hatte erwartet, dass der Rückschlag mit Anna ihn deprimiert hätte.

»Sanna hat angerufen, ich soll dich grüßen.«

»Ich schmeiße nur die Tasche ins Zimmer. Du kommst doch zum Mittagessen?«

»Werd ich wohl.«

Huusko enteilte in Richtung seines Zimmers. Er vergaß, dass er erholungsbedürftig war, und nahm vier Stufen auf einmal.

Die Kriegsveteranen kamen und belegten wieder ihren Stammtisch. Janssons Handy klingelte, und er trat beiseite.

»Ich bin's.«

Jansson erkannte die Stimme sofort.

»Rufe ich zum falschen Zeitpunkt an? Ich habe gehört, du bist zur Kur.«

»Der Zeitpunkt ist ganz passend. Und ich habe gehört, du bist in Finnland.«

»Genau.«

»Ist es Urlaub oder Arbeit?«

»Schwer zu sagen.«

»Warum?«

»Weil es mir manchmal wie Urlaub und manchmal wie Arbeit vorkommt.«

»Was?«

»Du weißt schon.«

»Ja, stimmt. Du bist mit Nygren unterwegs. Sollte ich wissen, warum?«

»Nicht im beruflichen Sinne.«

»Du hast nicht vor, ein Verbrechen zu begehen?«

»Nicht in dem Sinne.«

»Du machst nichts, was ich nicht auch machen würde?«

»Nein. Ich glaube, du würdest alles billigen, was ich mache.«

»Ein Kollege von mir vermutet, dass Nygren eine große Sache plant.«

»Tut er nicht.«

»Bist du sicher?«

»Bin ich.«

»Warum rufst du dann an?«

»Ich möchte, dass man uns in Ruhe lässt.«

»Ein einfacher Kommissar hat nicht so viel Macht. Außerdem ist mein Kollege, der hinter Nygren her ist, ein ungewöhnlich schwieriger Fall. Fast unmöglich.«

»Überzeuge deinen Kollegen, dass er sich umsonst bemüht. Unsere Absichten sind ganz legal.«

»Kennst du Nygren schon lange?«
»Ja.«
»Schützt du ihn vor jemandem?«
»Das auch.«
»Bleibst du lange in Finnland?«
»Schwer zu sagen.«
»Gibt es eine Nummer, unter der ich dich erreichen kann ..., falls ich etwas höre.«
»Ich erreiche dich.«
»Es wäre vielleicht am besten, wir treffen uns persönlich.«
»Noch nicht.«
»Wo bist du jetzt?«
»Auf der Straße.«
»On the road.«
»Genau.«

7.

Raid und Nygren waren die einzigen Kunden im Dorfladen. Der Inhaber, der im weißen Kittel hinter der Fleischtheke stand, beobachtete sie neugierig. Aus dem engen kleinen Geschäft war mit Gewalt ein Selbstbedienungsladen gemacht und in den Türbereich eine Kasse gezwängt worden. Dahinter saß eine Frau in den Fünfzigern, aus ihrer selbstbewussten Miene zu schließen, die Gattin des Inhabers. Sie saß steif aufgerichtet da wie eine Gefängniswärterin, kein einziger Kunde kam an ihr vorbei, ohne zu bezahlen.

Nygren hatte den Wagen mit zwanzig Bier sowie Brot, Käse, mehreren Dosen Erbsensuppe, Ringwurst, einem Paket Kaffee und zwei Tüten Milch beladen. Er stand am Keksregal und wählte schließlich mit Erdbeermarmelade gefüllte Schokokekse. Dann machte er einen plötzlichen Schwenk nach rechts und hielt vor der Fleischtheke.

»Zweihundert Gramm Schinken.«

Der Kaufmann zielte sorgfältig mit seiner Stahlgabel und legte einen Stapel Schinkenscheiben auf das Einwickelpapier. Die Waage zeigte zweihundertundzehn Gramm.

»Lassen Sie es so«, sagte Nygren.

Seine Großzügigkeit stimmte den Kaufmann günstig.

»Sie bewohnen wohl den ehemaligen Hof von Ojalas?«

Nygren nickte.

»Freut mich, Sie kennen zu lernen. Viele hier haben sich schon gefragt, wie der Mann aussieht, dem der Hof jetzt gehört.«

»So sieht er aus.«

Der Kaufmann betrachtete Nygren so offen, wie er es irgend wagte. Mit seiner Sonnenbrille, dem langen, schwarzen italienischen Mantel und den mexikanischen handgefertigten Stiefeln war Nygren sicher kein alltäglicher Anblick in einem Dorfladen. Er war nirgendwo ein alltäglicher Anblick.

»Nicht dass wir hier auf dem Lande besonders neugierig sind, aber es ist einfach nur gut zu wissen. Falls man sich mal über den Weg läuft.«

»Richtig.«

Der Kaufmann merkte, dass er mit Nygren nicht ins Gespräch kam.

»Darf es sonst noch etwas sein?«

»Kohlrouladen, ein halbes Dutzend.«

»Kaulrouladen, wie man hier sagt.«

Auch der Savolaxer Humor des Mannes wirkte nicht bei Nygren. Er blieb stur.

Die Kassiererin prüfte die Scheine, die Nygren ihr gab, so als wäre sie überzeugt, dass sie gefälscht waren. Nygren warf Raid einen viel sagenden Blick zu. Sein Hintergrund war im Dorf schon bekannt.

»Danke«, sagte Nygren und sah der Kassiererin in die Augen. Sie hob die Hände an den Hals, so als fürchtete sie, er könnte ein Stilett hervorziehen und ihr die Kehle aufschlitzen.

Die Straße, die zu Nygrens Haus führte, kam plötzlich hinter einer ansteigenden Rechtskurve in Sicht. Links ragte ein steiler Felsen auf, und unmittelbar vor der Abzweigung stand ein dichtes Birkengehölz. Es gab kein Hinweisschild und keinen Briefkasten oder etwas anderes, das anzeigte, wohin die Straße führte.

Raid trat auf die Bremse, und die Geschwindigkeit verringerte sich gerade so viel, dass er ohne anzuhalten auf die Nebenstraße abbiegen konnte.

Die Straße war holperig und von Birken eingesäumt. Die Blätter waren zum Teil schon heruntergefallen und machten die Fahrbahn rutschig.

Sie passierten eine windschiefe, durchlöcherte Scheune, an deren Giebel landwirtschaftliche Maschinen standen, die Raid unbekannt waren.

Rechts an der Straße stand ein kleines gelbes Holzhaus.

An den Eingangsstufen lehnte ein Damenfahrrad, und aus dem Schornstein stieg Rauch.

»Die Oma ist fast achtzig, wohnt aber allein und kommt gut zurecht«, erzählte Nygren, ohne den Kopf zu wenden. »Irgendjemand hat behauptet, dass sie sich im Winter selber mit einem Traktor die Straße räumt.«

Eine Kreuzung kam in Sicht, eine kleinere Straße zweigte nach links ab. Nygren zeigte mit dem Daumen in die Richtung. An der Abzweigung stand ein Schild mit der Aufschrift: *Ojala.*

Die Nebenstraße der Nebenstraße führte zweihundert Meter weiter und endete unmittelbar vor einem Haus, das auf einer Anhöhe stand. Auf dem Gehweg wuchsen vereinzelt Birkenschößlinge, und die Apfelbäume sahen ungepflegt und verwildert aus. Die Stützen unter den Zweigen waren morsch und teilweise eingebrochen. Trotz der Vernachlässigung trugen die Bäume reichlich Früchte.

Der Rasen war in die Höhe geschossen, die langen Halme wurden bereits gelb und starben ab.

Unter den Bäumen stand eine verrostete Gartenschaukel, und hinter den Bäumen sah man etwa zehn Beerensträucher und einen verwucherten Kartoffelacker.

Dann folgte ein brachliegendes Feld, das sanft zum Seeufer abfiel. Bis zum See waren es weniger als zweihundert Meter. Am gegenüberliegenden Ufer standen ein paar Sommerhäuser.

Das anderthalbgeschossige Haus stand groß und stattlich da, wirkte aber ebenso ungepflegt wie die übrige Umgebung. Nur der Granitsockel war unversehrt. Der weiße Farbanstrich des Hauses blätterte ab, dahinter kam die graue Holzfläche zum Vorschein. Die Zierleisten an den Fenstern hatten Risse.

Die Scheiben in den kleinen Fensterquadraten waren immerhin heil.

Hinter dem Haus stand ein großer Kuhstall mit Steinsockel und ein Schuppen, an dessen Giebelseite sich anscheinend die Sauna befand, denn draußen an der Wand stand ein alter, mit Holz zu beheizender Saunaofen, mittlerweile verrostet, und daneben lag ein Haufen verwitterter Steine.

Falls die Außengebäude mal einen Anstrich gehabt hatten, war nichts mehr davon übrig. Trotzdem standen auch sie gerade und unversehrt da.

Nygren sah sich mit der Miene des Hausherrn um.

»Sieht besser aus, als ich dachte. Ich bin seit drei Jahren nicht mehr hier gewesen. Ich war sicher, dass die lokalen Kleinhooligans in Ermangelung einer besseren Beschäftigung mindestens die Fenster eingeschlagen hätten.«

Er holte den altmodischen Haustürschlüssel aus einer Vertiefung im Vorbau und schloss auf.

Den Eintretenden schlug ein Geruch entgegen, der typisch war für Sommerhäuser, die lange unbenutzt gestanden hatten. Es roch nach Vergessen und Erinnerungen, nach feuchtem Holz und feuchten Teppichen und ein klein wenig nach Pappe, so wie in einem alten, ausrangierten Pappkoffer.

Nygren schnupperte.

»Hier muss gelüftet und geheizt werden.«

Im Küchenschrank hatten die Mäuse gehaust. Aus den angeknabberten Tüten waren Weizenmehl und Zucker auf den Spültisch gerieselt. Die kleinen Füße hatten das Mehl auf der ganzen Fläche verteilt. Dazwischen lagen reiskorngroße schwarze Kötel.

»Und wir müssen ein bisschen sauber machen.«

Die Einrichtung war etwas dürftig. In der Küche standen nur ein kleiner Esstisch und zwei Stühle mit Holzlehne, ein kombinierter Holz- und Elektroherd und ein Kühlschrank. Die geblümten Gardinen am Fenster waren ausgeblichen und staubig. Sie mussten einmal gelbgrün gewesen sein.

Im Wohnzimmer standen ein eckiges Schlafsofa aus den sechziger Jahren und ein ebenso altes Bücherregal. Bücher gab es nicht, nur einen Stapel Zeitschriften und ein paar Ziergefäße. Außerdem standen da noch ein

Schaukelstuhl und ein schmuddeliger Kunstledersessel sowie ein alter Schwarzweißfernseher.

Die völlig vertrockneten Pflanzen auf dem Fensterbrett ließen sich nicht mehr identifizieren.

Vom Wohnzimmer aus gelangte man ins Schlafzimmer. Dort gab es eine hölzerne Pritsche mit Matratze sowie einen kleinen Nachttisch und einen Elektroheizkörper, weiter nichts. Aus dem Flur führte eine Treppe, die in der Farbe getrockneten Blutes gestrichen war, nach oben.

»Ein bisschen heruntergekommen, aber der Grundzustand ist gut«, sagte Nygren.

»Ziemlich alt.«

»Vom Anfang des Jahrhunderts. Sehr stabil, der Baukörper aus Balken. Nirgendwo morsche Stellen. Hier wohnte zuletzt ein altes Bauernehepaar. Der Mann war ein alter Starrkopf, führte den Hof fast bis zu seinem achtzigsten Lebensjahr. Die Kinder hatten in Schweden Arbeit gefunden und zogen dorthin, und als die Eltern starben, ließen die Erben den Hof eingehen. Zuerst verkauften sie die Felder und den Wald und dann das Haus. Drei Hektar Land gehören trotzdem noch dazu.«

Raid betrachtete die spärliche Möblierung.

»Hast du die Räume selbst eingerichtet?«

»Ich bin mal im Sommer hier gewesen und habe auf dem Flohmarkt gekauft, was ich brauchte. Das Obergeschoss ist leer.«

»Hat dieses Haus auch eine Geschichte?«

»Viele sogar. Ich erzähle sie irgendwann.«

Draußen näherte sich dröhnend ein Traktor. Raid sah hinaus. Auch Nygren kam ans Fenster.

»Der Nachbar. Hat wohl das Auto gesehen.«

»Hast du Kontakt mit ihm?«

»Nichts zu befürchten.«

Nygren ging hinaus, Raid folgte ihm. Der Traktor walzte die kleinen Sträucher auf dem Weg nieder und hielt unmittelbar vor den Treppenstufen. Aus der Fahrerkabine kletterte ein Mann in den Sechzigern. Er trug einen zu kleinen Trainingsanzug und eine Reklamekappe mit Kunststoffschirm. An den Füßen hatte er Gummistiefel mit Lederschäften. Das gesamte äußere Erscheinungsbild war bewundernswert stilecht.

Der Mann kam mit ausgestreckter Hand auf Nygren zu, die beiden begrüßten sich.

Nygren stellte auch Raid vor.

»Mein Junge hat im Dorf einen Mercedes gesehen ..., da hab ich geahnt, dass der Nachbar zu Besuch gekommen ist.«

Der Mann nickte in Richtung des Hauses.

»Ich hab hin und wieder nachgesehen, ob noch alles heil ist.«

»Danke.«

»Willst du jetzt hier bleiben ..., für länger?«

Nygren schüttelte den Kopf.

»Spätestens übermorgen geht es weiter. Wir sind nach Norden unterwegs. Das Haus lag nur gerade günstig am Weg.«

»Also immer noch kein ständiger Nachbar.«

»Hast du Zeit für einen Schluck?«

»So eilig haben wir es hier auf dem Land nicht, dass nicht Zeit für ein Gläschen wäre.«

Der Mann folgte Nygren ins Haus.

»Ihr habt schon sauber gemacht.«

»Überall war Mäusekacke.«

»Komisch, wo die Viecher immer gleich herkommen, kaum dass man sich umdreht«, bestätigte der Mann.

»Whisky oder Kognak?«

»Lieber Kognak, wenn du schon fragst.«

»Trinkst du auch aus einem gewöhnlichen Glas?«

»Von mir aus direkt aus der Flasche.«

Nygren setzte sich an den Küchentisch. Der Nachbar nahm den Stuhl gegenüber.

»Eigentlich wollte ich dir erzählen, dass hier vor ein, zwei Wochen ein paar Typen rumgeschlichen sind.«

»Was für Typen?«

»Ich hatte abends nach meinen Netzen gesehen und bin untenrum zurückgegangen ... Das Auto stand vorn auf der Straße, ein grauer Lieferwagen. Es sah alles ein bisschen verdächtig aus, deshalb bin ich näher rangegangen. Sie spähten in die Fenster und umrundeten das Wohnhaus, waren wohl auch im Kuhstall. Ich habe absichtlich gepoltert, und als sie mich sahen, stiegen sie schnell ins Auto und fuhren weg.«

»Wie viele waren es?«, fragte Raid.

»Zwei, ich hab sie nicht aus der Nähe gesehen, aber der eine war schlank und der andere eher gedrungen. Sie schienen sich mächtig für alles zu interessieren ..., es waren vielleicht nur Herumtreiber, aber trotzdem ist es besser, du weißt Bescheid ...«

»Haben Sie den Wagentyp oder das Kennzeichen erkannt?«, fragte Raid.

»Ich denke, es war irgendein japanischer Lieferwagen, nicht ganz neu, aber auch noch nicht alt. Die Nummer habe ich nicht gesehen, und ich bin nicht mal so schlau gewesen, nachzugucken. Sie sind gleich abgehauen, als sie mich sahen, hatten wohl ein schlechtes Gewissen.«

»Danke. Nehmen wir noch einen für das andere Bein?«

Nygren goss die Gläser wieder voll.

Der Nachbar ging, als in der Flasche nur noch ein spärlicher Rest übrig war. Er kletterte ein wenig unsicher auf seinen Traktor, winkte forsch und fuhr schlingernd davon. Nygren stand auf der Treppe und sah ihm nach.

»Mit den Nachbarn muss man sich gut stellen.«

»Sariola und Lehto«, sagte Raid.

»Ja.«

»Wussten sie etwas von dem Haus?«

Nygren nahm einen Schluck Kognak.

»Mein eigener Fehler. Wir waren vor dem letzten Deal kurz hier.«

»Sie haben dich also schon länger gesucht.«

»Sieht so aus.«

»Dann werden sie uns hierher folgen.«

Nygren wirkte abwesend. Ohne ein Wort zu sagen, ging er nach draußen und setzte sich in die Gartenschaukel. Er stieß sich ab, und die Schaukel bewegte sich quietschend.

»Da glaubt man, verdammt schlau und ein ganz anderes Kaliber zu sein als all die anderen Arschlöcher, die Scheißcoups machen und jahrelang im Knast schmoren. Trotzdem schleppt man alle möglichen Idioten mit sich rum. Warum? Weil man dazu gezwungen ist. Fähige Leute gibt es nicht, und wenn doch, machen sie ihren eigenen Kram. Das Ergebnis ist, dass die Kerle, mit denen man arbeitet, stänkern und man einen Haufen Scheiße am Hals hat. So ist es, und so wird es immer sein.«

Nygren war nicht wütend, auch wenn seine Worte so klangen. Er war nur verdrossen.

»Zum Glück ist das Vergangenheit. Ich muss die Strolche nicht mehr sehen. Wir fahren morgen ab.«

»Es ist trotzdem besser, du erledigst das, was du wolltest, sofort. Kann sein, dass wir plötzlich aufbrechen müssen.«

»Auf dem Boden liegen eine alte Flinte und ein paar Patronen.«

»Ich merke es mir.«

»Komm mit«, sagte Nygren.

Raid folgte ihm in den Kuhstall. Dieser war etwa zehn Meter lang und sechs Meter breit. Die Tür war mit einem stabilen, vom Dorfschmied angefertigten Schloss zugesperrt.

Drinnen roch es nach Erde und morschem Holz. Der Fußboden bestand teils aus Erde, teils aus gegossenem Beton. Im Beton verlief eine Abflussrinne, und in einer Wand war eine große Dungklappe eingebaut. An der Giebelseite des Gebäudes befand sich eine Viehküche mit einem großen eingemauerten Kessel. Nygren öffnete die Feuerluke unter dem Kessel und beugte sich hinunter. Er steckte die Hand in die Öffnung und zog ein in Stoff eingewickeltes großes Bündel heraus.

Er legte das Bündel auf den Deckel des Kessels und öffnete es. Ein grüner Blechkasten kam zum Vorschein. Der Kasten war verschlossen, aber Nygren hatte den Schlüssel. In dem Kasten lagen dicht an dicht in Plastikfolie eingewickelte Geldbündel, alles Tausender- oder Fünfhunderterscheine.

»Für schlechte Zeiten. Die schlechten Zeiten sind jetzt.«

»Wenn nun jemand unter dem Kessel Feuer gemacht hätte?«, fragte Raid.

»Der Rauchfang ist verstopft, das Feuer hätte nicht gezündet, und außerdem ist der Stoff nicht brennbar. Schätze mal, wie viel dies ist?«

»Schwer zu sagen.«

»Über drei Millionen.«

Nygrens Stimme war sachlich konstatierend, trotzdem hätte er von Raid eine kleine Äußerung des Staunens erwartet. Mehr als zehn Jahre harte Arbeit, Risiken und Angst, aber das Ergebnis war auch dementsprechend.

»Ich habe dafür länger als vier Jahre im Gefängnis gesessen. Deine Aufgabe ist es, sicherzustellen, dass ich das nicht umsonst getan habe. Das Geld muss an die richtigen Personen gelangen.«

»Genau.«

Nygren trug das Geldbündel ins Haus und verstaute es in seiner Reisetasche unter der Kleidung.

Raid stieg auf den Boden und suchte nach der Flinte. Die alte doppelläufige Simson war in Packpapier eingewickelt und zwischen alten Möbeln versteckt. In dem Bündel befand sich auch eine Schachtel mit Patronen.

Auf der Außenfläche der Läufe hatte sich ein wenig Rost abgesetzt, aber innen hatte das Öl sie geschützt. Raid spannte die nicht geladene Flinte und drückte ein paarmal ab. Der Sicherungshebel funktionierte nicht, sonst war die Waffe in Ordnung.

Raid schnitt sich hinter dem Kuhstall eine Weidenrute ab. Er wickelte einen Stoffball um die Spitze und reinigte die Läufe. Dann ging er in den Kuhstall und lud die Flinte. Er stellte einen alten Blechkübel an die Giebelwand und feuerte beide Läufe nacheinander darauf ab. Die Flinte funktionierte tadellos.

Er reinigte die Läufe von den Rückständen und lud die Flinte erneut. Er trug sie bei sich, als er die Sauna heizte und Wasser aus dem Brunnen holte. Nygren machte drinnen im Haus sauber.

Raid war ein erfahrener Saunaheizer. Er begann mit einem kleinen Feuer, damit sich der Rauchabzug, der lange nicht benutzt worden war, eingewöhnte. In der Wartezeit saß er auf der untersten Saunabank und schnitzte Birkenspäne.

Draußen vor dem Saunafenster stand eine dichtbelaubte Birke, und dahinter blinkte der See.

Es begann zu dämmern.

Raids Vater war ein eifriger Saunagänger und das Heizen der Sauna Raids Aufgabe gewesen. Manchmal hatte die Sauna bis zu fünfmal in der Woche geheizt werden müssen, und immer musste sie brütend heiß sein. Einmal hatte Raid beim Spielen die Zeit vergessen und den Saunaofen zu spät geheizt. Er war der Tracht Prügel nur dadurch entronnen, dass er in den Wald gelaufen war. Man hatte nach ihm gerufen, ihn gesucht und gelockt, aber er hatte unter den dichten Zweigen einer Fichte gelegen und sich nicht von der Stelle gerührt.

Erst als er die verweinte Stimme der Mutter gehört hatte, hatte er sich vorsichtig dem Haus genähert. Der Vater war nicht mehr böse gewesen, und die Mutter hatte ihm kalte Milch und ein Stück von dem frisch gebackenen Hefezopf gegeben.

Immer wenn die Sauna zum richtigen Zeitpunkt heiß gewesen war, hatte der Vater ihm zur Belohnung eine Flasche Limonade geschenkt.

Hinter dem Fenster bewegte sich ein Schatten, und Raid hob mit einer einzigen schnellen Bewegung die Waffe. Nygren spähte durch den Türspalt.

»Nicht schießen.«

Nygren kam herein und atmete tief.

»Rauchgeruch am Samstagabend. Nur ein Finne weiß, was das bedeutet. Ich wette um einen Hunderter, dass du dasselbe gedacht hast.«

»Ich wette nie.«

Nygren setzte sich neben ihn.

»Du meidest auch vieles andere ..., ich habe das nicht geschafft, weil ich sitzen musste, aber du hast dich in dieser Beziehung besser gehalten. Denk beizeiten darüber nach, was du aus deinem Leben machen willst, damit du nachher nichts bereuen musst.«

Nygren spähte ins Feuerloch und legte Holz nach.

»Komische Sache. Als ich in deinem Alter war, konnte ich es nicht ertragen, wenn mir jemand lehrreiche Geschichten erzählte oder wenn alte Halunken, die sich bekehrt hatten, vom Weg ins Himmelreich predigten. Wenn ich es jetzt bedenke, waren die Geschichten und Predigten vielleicht gar nicht so falsch.«

Nygren öffnete zwei Bierflaschen und gab Raid eine davon.

»Ich glaube, die meisten von den Typen meinten es sogar ernst und wollten, dass wir entgleisten Burschen an der nächsten Kreuzung vom breiten auf den schmalen Pfad abbogen.«

Er stand auf.

»Lassen wir die Sauna in Ruhe heiß werden und gehen wir essen. Der Wirt spendiert.«

Nygren erhitzte die Kohlrouladen in der Bratpfanne und servierte sie mit Roggenbrot und Bier. Sie aßen, und als sie sich aufs Saunabad vorbereiteten, war es draußen schon fast dunkel. Die elektrische Lampe in der Sauna war kaputt, aber im Umkleideraum standen eine Öllampe und dicke Kerzen. Raid stellte eine der Kerzen in den Saunaraum.

Nygren saunierte ausgiebig. Er goss mit fast wütender Energie Wasser auf die Steine. Raid war nicht so eifrig dabei, blieb aber auf der oberen Bank.

»Dein Vater war ein absoluter Saunafan«, sagte Nygren. »Ich bin es auch, aber er war mir in dieser Disziplin überlegen. Er brachte es nicht fertig herunterzukommen, solange noch ein anderer oben saß ..., schlimm nur, dass er auch in vielen anderen Dingen so stur war, selbst da, wo er besser hätte nachgeben sollen. Er hat euch Kinder wohl zu streng behandelt.«

»Genau.«

»Deine Mutter war ein seltener Mensch ..., in vieler Hinsicht, sie war eigentlich zu gut für diese Welt, wie ich oft fand. Du hast viel von deiner Mutter, zumindest im Aussehen. Vor allem die Augen ...«

Als sie ins Haus zurückgingen, war es schon stockdunkel. Raid beleuchtete den Weg mit der Öllampe. Nygren stolperte über seine eigenen Füße und fiel in einen Beerenstrauch. Er kam erst nach langem Gezappel wieder auf die Beine.

»Verfluchte Füße, ein ungleiches Paar.«

Die Kognakflasche war leer, und Nygren holte aus dem Auto Nachschub, diesmal Whisky. Er füllte sein Glas zur Hälfte, goss frisches Brunnenwasser dazu und setzte sich an den Küchentisch. Durchs Fenster sah man den Weg, bis zum nächsten Nachbarn waren es zweihundert Meter. Raid konnte sogar den blauen Schimmer des Fernsehbildschirms erkennen.

Nygren setzte die Sonnenbrille auf und hielt den goldfarbenen Whisky gegen das Licht.

»Weißt du, warum ich saufe?«

»Nein.«

»Weil ich Angst habe. Versuch mal zu raten, wovor.«

»Will ich nicht.«

Nygrens Stimme wurde undeutlich.

»Ich habe Angst, den Menschen in die Augen zu sehen, denen ich Unrecht getan habe. Verstehst du?«

Raid hob die Schultern.

»Trotzdem muss ich es tun. Ich könnte nicht in Ruhe sterben, wenn ich es nicht täte, nicht mit mir selbst abrechnete … leider steht dir das früher oder später auch bevor.«

»Genau.«

»Du magst das Thema anscheinend nicht.«

»Es ist nicht aktuell.«

»Je früher, umso leichter für dich.«

Nygren war so betrunken, dass ihm der Kopf auf die Brust fiel.

»Ich mache eine kleine Runde.«

Raid nahm die Flinte und ging nach draußen.

»Du fliehst vor dir selbst!«, rief Nygren ihm nach. »Hörst du, du fliehst vor dir selbst.«

Nur das Licht, das aus dem Küchenfenster fiel, beleuchtete den Vorplatz. Raid umrundete das Haus und blieb ab und zu stehen, um zu horchen.

Die Zweige eines Apfelbaums klopften weich auf das Blechdach des Hauses. Raid ging zu den Bäumen und legte sich rücklings ins Gras. Um ihn herum rauschten die langen vertrockneten Halme im Wind. Zwischen den schnell dahinziehenden Wolken blinkten Sterne, und über dem See stand der Halbmond, der fast hinter den Wolken verschwand.

Ein plötzlicher Windstoß schüttelte die Apfelbäume und drückte das Gras fast auf die Erde. Die biegsamen Halme strichen über Raids Gesicht.

Er spürte die kalte Erde durch seine dünne Kleidung, aber er wollte noch nicht aufstehen.

Raid liebte Wind und Sturm. Als Kind hatte er sich bei Sturm in eine Decke gewickelt und war nach draußen auf die Veranda gegangen. Je stärker der Sturm getobt hatte, desto besser hatte es ihm gefallen. Donner und Blitz hatten sein Vergnügen nur noch erhöht.

Einmal, als er im Wetterbericht gehört hatte, dass sich von Süden ein Gewittersturm näherte, hatte er sich aus Düngersäcken und Latten Flügel gemacht. Er hatte sich oben auf die Wiese gestellt, die steil zum See abfiel, und hatte mit seinen am Rücken befestigten Flügeln gewartet.

Als der Sturm kam, war er den Hang hinuntergelaufen und dabei so hoch gesprungen, wie er irgend konnte. Schließlich war eine Windböe in seine Flügel gefahren, hatte ihn zu Boden geschleudert und die Flügel zerrissen.

Später hatte er sich in einer dicht belaubten Birke eine Hütte gebaut, und wenn es im Herbst stürmte, war er heimlich hinaufgeklettert und hatte sich von den Zweigen schaukeln lassen, während der Wind um ihn toste.

Die Feuchtigkeit des Bodens drang durch seine Hose, und Raid stand widerwillig auf.

Ein Moped fuhr knatternd auf den Nachbarhof. Sein Lichtkegel strich über das Feld und reichte fast bis an den See. Der Ankömmling schaltete den Motor aus und ging ins Haus.

Es war wieder still.

Raid kehrte ins Haus zurück. Die Whiskyflasche stand auf dem Küchentisch. Nygren lag bäuchlings auf dem Wohnzimmersofa und atmete schwer. Die Müdigkeit hatte ihn übermannt.

Raid streifte ihm die mexikanischen Stiefel herunter und schob seine Füße, die über den Rand hingen, aufs Sofa. Dann breitete er eine Decke über ihm aus.

Anschließend verschloss er die Tür und stapelte zwei Kochtöpfe und die Bratpfanne davor auf.

Er nahm sich aus dem Kleiderschrank eine zweite Decke, ging ins Schlafzimmer und löschte das Licht. Er zog seine Schuhe aus, machte sich aber nicht die Mühe, seine Kleidung abzulegen. Er sah noch einen Augenblick aus dem Fenster. Der Himmel war klar, und der See schimmerte im Mondlicht.

Raid legte sich auf die Pritsche und zog die Decke hoch.

Die Fernsehantenne auf dem Haus sang im Wind wie eine Harfe mit losen Seiten, und das Blechdach klapperte.

Raid horchte einen Augenblick auf die Stimmen der Nacht und schlief ein.

8.

Am Freitag beschloss Jansson, seinen Widerstand aufzugeben. Wenn er nicht an den Übungen teilnahm, konnte er auch gleich ganz nach Hause fahren. Aber nach Annas Besuch wollte er das nicht mehr.

Jansson nahm sich vor, ständig den Fuß auf der Bremse zu halten, aber abzuwarten, was da kommen würde.

Er war seit dreißig Jahren verheiratet und hatte seine Frau kein einziges Mal betrogen. Ein paar Mal war er allerdings kurz davor gewesen. Zuletzt vor zwei Jahren, als Huusko zur Weihnachtsfeier der Abteilung zwanzig Schwesternschülerinnen eingeladen hatte. Eines der Mädchen hätte Jansson vergewaltigt, wenn er nicht die Flucht ergriffen hätte.

Jansson fand, dass er eine wunderbare Ehefrau und deshalb keinen Grund zum Klagen oder zu einem Wechsel hatte.

Bis in die letzten Jahre hinein war sie sogar als Einzige in seinen erotischen Träumen vorgekommen.

Er hatte einmal zu ihr gesagt, dass er wahrscheinlich der einzige Mann in der Stadt war, der seine Frau auch in seinen Träumen nur mit der eigenen Frau betrog.

Aber in der vergangenen Nacht hatte Jansson einen Sextraum gehabt, in dem Anna die Partnerin gewesen war. In diesem Traum hatte er fünfzehn Kilo weniger gewogen und so viel Haar gehabt wie vor zwanzig Jahren.

Jansson war in seinem Boot gewesen, das er schon vor Jahren verkauft hatte, weil ihm die Wartung lästig geworden war. Er hatte in der Kajüte ein luxuriöses Abendessen mit Sekt und Kerzen vorbereitet. Anna war hereingekommen, nackt. Sie hatte Sekt über ihren Körper gegossen, und Jansson hatte ihn von ihrer weichen Haut geleckt. Janssons Traum war so diskret gewesen, dass er sich an die heißesten Einzelheiten nicht erinnerte. Es musste jedoch hoch hergegangen sein, denn beim Aufwachen war er erotisch aufgeladen und voller zärtlicher Sehnsucht gewesen.

Es hatte lange gedauert, ehe er sich aus dem Wohlgefühl, das ihm der Traum bereitet hatte, lösen und wieder einschlafen konnte.

Jansson zwang sich, noch vor dem Frühstück die Situation kühl und besonnen zu überdenken. Er begriff, dass er Gefahr lief, sich zu verlieben. Er machte sich die Unannehmlichkeiten klar, in die er geraten würde, wenn er seine Gefühle nicht beherrschte. Er führte nicht nur Vernunftgründe an, sondern kühlte sich auch dadurch ab, dass er seine Situation lächerlich machte.

Im Traum mochte er schlank sein, aber im wirklichen Leben war er es nicht, im Traum mochte er jung und potent sein, die Wirklichkeit sah anders aus. Er stellte sich vor den Spiegel und zwang sich zuzugeben, dass er Frauen wie Anna unmöglich reizen konnte. Anna konnte sich mit ihren Qualitäten gewiss ohne weiteres irgendeinen Kleinstadtkönig angeln.

Jansson schwor sich, dass er, selbst wenn sie es aus irgendeinem unerfindlichen Grund auf alternde, übergewichtige, sarkastische Männer mit Haarausfall abgesehen hatte, ihren Verlockungen nicht erliegen würde.

Er nahm den Zimmerschlüssel und ging frühstücken. Als er auf den Flur trat, öffnete sich Huuskos Zimmertür, und die Frau, die Huusko am Vortag begleitet hatte, kam heraus, wobei sie sich die Ohrringe befestigte. Sie trug den langen Rock und die ausgeschnittene Bluse, die sie am Abend zum Tanz angehabt hatte, und sie hatte anscheinend ein schlechtes Gewissen, denn sie erschrak vor Jansson und eilte nach unten.

Huusko hörte Janssons Tür zuklappen und spähte auf den Gang.

»Der Boykott ist vorbei, wie? Reservier uns einen Fenstertisch, ich komme gleich nach.«

Jansson hätte lieber in Ruhe gegessen und nachgedacht.

Er wusste aus Erfahrung, dass ihm Huusko keine Gelegenheit dazu geben würde.

Man hatte Jansson ein leichtes Frühstück verordnet, aber er hatte seine Revolte noch nicht völlig aufgegeben und nahm sich reichlich Schinken und Käse sowie zwei gekochte Eier.

Huusko kam an den Tisch und sah sich Janssons Portion an.

»Iss die Cholesterinbombe schnell auf, ehe die Wärter dieses Konzentrationslagers sie entdecken und dir wegnehmen.«

Huusko holte sich die gleiche Portion wie Jansson. Hungrig machte er sich darüber her. Während er ein halbes Ei kaute, bemerkte er:

»Ich habe keine Cholesterinprobleme. Habe Blut wie ein Veganer.«

Huuskos Bettgefährtin kam in den Saal und sah in seine Richtung, wandte sich dann ab und belud sich ein Tablett mit ihrem Frühstück. Sie hatte sich umgezogen und trug einen Trainingsanzug.

»Woher stammt sie?«, fragte Jansson.

»Aus Lappeenranta.«

»Und was macht sie?«

Huusko biss ein Stück von seiner Toastscheibe ab, die mit Schinken belegt war.

»Sie ist eine anständige Frau, du brauchst mich nicht zu verhören ..., sie kommt vom Bezirkszollamt Lappeenranta.«

»Hast du es bei Anna aufgegeben?«

»Mir bleibt ja noch eine ganze Woche. In der Zeit kann viel passieren.«

Huuskos Auserwählte ging an einen Tisch, an dem bereits drei Frauen saßen. Sie blickten alle in Huuskos Richtung und sagten etwas zu der Eintreffenden. Diese antwortete, und alle vier begannen zu lachen.

»Kommt deine Frau am Sonnabend?«

»Sie wollte es sich überlegen.«

»Wenn sie nicht kommt, gehen wir aus.«
»Keine Kondition.«
Huusko blickte zu der immer noch kichernden Damenrunde.
»Die Frauen sind komisch. Du bist eine Nacht mit ihnen zusammen, und schon wollen sie deine Sachen waschen und dir einen Pullover stricken.«
Man hatte Jansson nach dem Frühstück eine Stunde Training im Konditionssaal verordnet. Er wanderte mit dem Trainer von Gerät zu Gerät.
»Gleichmäßige, keine abrupten Bewegungen«, riet der Trainer. »Rückenbeschwerden kommen fast immer von einer schlechten Rücken- und Bauchmuskulatur. Kräftige Muskeln stützen den Rücken und schützen vor Zerrungen.«
Jansson machte auf der Bank fünf Bauchmuskelübungen und keuchte. Die Muskeln verkrampften sich.
»Kurze Pause, und noch mal fünf.«
Jansson ruhte sich kurz aus und fing von vorn an. Der Trainer kniete sich neben ihn.
»Eins, zwei, drei.«
Nach der dritten Hebung streikten Janssons Bauchmuskeln. Der Trainer stützte ihn im Kreuz, aber die Muskeln trugen ihn nicht.
»Ich muss sagen, deine Muskeln in der Bauchgegend sind ziemlich schlecht trainiert.«
»Das war ein Krampf.«
Der Trainer befühlte Janssons Bauch.
»Zu wenig benutzt, kein Krampf.«
Huusko betrat den Saal und kam direkt zu Jansson.
»In der Halle ist Besuch für dich.«
»Für Besucher gibt es Besuchszeiten«, sagte der Trainer.
»Es ist dienstlich. Zwei von Kempas' Männern, Lunden und Virta. Sie wollen sich nach Herrn X erkundigen.«
Jansson hatte einen guten Grund, aufzuhören.
»Polizeiangelegenheiten.«

»Dies ist ein Kur, hier wird nicht gearbeitet«, schimpfte der Trainer.

»Wenn man unersetzlich ist, ist man unersetzlich«, sagte Huusko.

Lunden und Virta saßen in der Halle. Beide trugen dunkle Anzüge mit Krawatte und hatten kurz geschnittenes Haar. Jansson erinnerte sich an das Gerücht, dass Kempas seine Mitarbeiter angewiesen habe, Jackett und Krawatte zu tragen.

»Kriegt man hier irgendwo Kaffee?«, fragte Lunden.

»Klar.«

Lunden wartete, aber Huusko rührte sich nicht.

»Hopo«, sagte Jansson tadelnd.

Lunden holte mit Huusko den Kaffee, und dann setzten sie sich alle an den Fenstertisch. Draußen marschierten die Veteranen in Richtung Dorf davon.

»Ist es euch recht, dass Huusko dabei ist? Er hat damals an dem Fall im Gemüsegroßhandel mitgearbeitet.«

»Natürlich«, sagte Virta.

»Nun, wo liegt das Problem?«

»Wir sollen rausfinden, was Nygren und dieser Sensemann Raid vorhaben. Kempas ist sicher, dass sie irgendein großes Ding laufen haben. Sie sind zuletzt vorgestern in Kuopio gesehen worden. Zwei von Nygrens ehemaligen Komplizen wollen anscheinend einen Anteil von seinem Geld. Sie hatten einen Zusammenstoß in einem Café.«

»Wer hat gewonnen?«, fragte Huusko.

»Nygren und Raid, fünf zu null.«

Jansson nahm einen Schluck Kaffee.

»Wozu braucht ihr mich?«

»Du kennst Raid am besten. Kempas hat erzählt, dass ihr schon am Telefon darüber gesprochen habt, aber er meinte, wir sollten dich noch mal persönlich treffen …, und dieses Haus lag gerade am Weg.«

»Denkt Kempas, ich verheimliche ihm etwas?«

Lunden mischte sich ins Gespräch.

»Fakt ist, wenn wir nicht rauskriegen, worum es geht, werden wir ewig die dummen Jungen sein. Du weißt, wie Kempas ist. Man braucht sich nicht sehen zu lassen, ehe man nicht die Aufgabe erfüllt hat. Wir wären dir dankbar für jeden Informationskrümel.«

Lundens ungeschminkte Bitte um Hilfe verfing bei Jansson.

»Raid hat angerufen«, verriet er.

»Tatsächlich! Was hat er gesagt?«

»Er weiß, dass die Polizei hinter ihnen her ist. Er hat gesagt, dass sie keine kriminellen Absichten haben.«

»Glaubst du ihm?«

»Ja.«

Virta sah Lunden an.

»Wir haben die Information, dass Nygren todkrank ist.«

»Davon weiß ich nichts.«

»Nach unseren Informationen hat er Krebs. In der Situation plant man seine künftige Grabstätte und keinen Coup.«

»Glaubt Kempas, dass die Krankheit erfunden ist?«

»Er ist so überzeugt von Nygrens Hinterhältigkeit, dass er sonst was glaubt. Und wenn Nygren wirklich im Sterben liegt, warum fährt er dann im Land herum?«

»Vielleicht will er vor seinem Tod noch Orte besuchen, die ihm wichtig waren, wie auf einer Art Wallfahrt.«

»Klingt glaubhaft, aber was macht Raid dann dabei?«

»Ein todkranker Mann braucht möglicherweise Hilfe.«

»Hat er das gesagt, oder denkst du es dir?«

»Ich denke es mir.«

Virta übernahm das Fragen.

»Hat er sonst noch was gesagt?«

»Nichts, was von Bedeutung wäre.«

»Hast du seine Handynummer?«

»Nein.«

»Hat er gesagt, von wo er angerufen hat?«

»Bin ich Polizist oder Kassierer im Supermarkt?«

»Entschuldige.«

»Wir wären dir dankbar, wenn du uns informierst, falls er wieder anruft. Wenn wir die beiden ausfindig machen, versuchen wir, dranzubleiben.«

»Ich weiß, dass Kempas seine Sache versteht, aber ich begreife nicht, welchen Nutzen er sich davon verspricht, wenn ihr Nygren und Raid folgt, zumal sie wissen, dass die Polizei hinter ihnen her ist.«

»Offen gesagt, wir auch nicht, aber ich kenne Kempas' Logik. Er geht davon aus, dass man unterwegs viel sieht und dies und das hört. Vor Ort kann man auf einen Fall stoßen, am Schreibtisch bekommt man nur Hämorrhoiden.«

»Darin steckt eine gewisse Weisheit«, gab Jansson zu.

Jansson und Huusko sahen zu, wie Lunden und Virta zu ihrem Auto gingen, das auf dem Hof wartete. Die beiden sahen eher nach Handelsvertretern als nach Polizisten aus.

»Vielleicht sollte ich auch den Anzugzwang in der Abteilung einführen.«

»Und für die Frauen Minirockzwang«, ergänzte Huusko. »Allerdings ist Sanna Susisaari die Einzige bei uns, die Waden hat, die anderen haben Pfähle.«

»Das ist hässlich ausgedrückt, Hopo.«

»Aber wahr.«

Jansson ruhte nach dem Mittagessen in seinem Zimmer, als das Telefon klingelte. Es war Anna.

»Du hast dich wieder unter die Leute gewagt, wie ich höre.«

»Ich musste. Auf Wunsch des Publikums.«

»Ich würde gern etwas mit dir besprechen ..., ich bräuchte einen Rat.«

»In welcher Angelegenheit?«

»Ist es dir recht, wenn wir uns am Abend treffen?«

»Wo?«

»Passt es dir um sieben vor dem Haupteingang? Dann hast du gleich einen Abendspaziergang.«

»Abgemacht.«

Jansson legte auf, und das Telefon klingelte gleich wieder. Diesmal war es seine Frau.

»Eben war bei dir besetzt, wer hat angerufen?«

»Jemand aus der Abteilung«

»Lassen sie dich immer noch nicht in Ruhe, mein Schatz?«

»Was ist los?«

»Wieso? Kann ich nicht einfach mal anrufen?«

»Klar.«

»Lass es nicht an mir aus, wenn es dir dort nicht gefällt. Versuch die Sache durchzustehen wie ein erwachsener Mann.«

»Kommst du am Sonnabend?«

»Wenn du solche Laune hast, komme ich bestimmt nicht.«

»Ich verspreche, brav zu sein.«

»Hast du abgenommen?«

»Zwei Kilo.«

»Immerhin.«

»Bei zwanzig Kilo könntest du ›immerhin‹ sagen.«

»Der Mensch muss etwas haben, woran er sich festhalten kann.«

»Ich muss Schluss machen.«

»Warum?«

»Unten fängt der Tanz an.«

»Dort geht es ja richtig sündig zu. Denk dran, die Finger von den sechzigjährigen kichernden Girlies zu lassen.«

»Hier sind auch jüngere.«

»Von denen ebenfalls. Gucken darfst du, aber nicht anfassen.«

»Kommst du am Sonnabend?«

»Schon möglich.«

Jansson fühlte sich um dreißig Jahre in der Zeit zurückversetzt. Er bereitete sich auf ein Rendezvous vor und sollte die Frau treffen, die vergangene Nacht die Hauptrolle in seinem Sextraum gespielt hatte.

Jansson duschte, wusch sich die Haare und kämmte sie vor dem Spiegel, bis sie zu seiner Zufriedenheit lagen. Danach stutzte er mit der Schere seines Schweizer Taschenmessers die zu lang gewordenen Brauen und schnitt die aus den Ohren sprießenden Haare ab.

Seine scharfsichtige Frau behauptete stets, dass er bei all seiner Bescheidenheit äußerst eitel sei. Er kontrollierte noch, ob aus den Nasenlöchern keine Haare wuchsen, und rieb sich das Kinn mit einer angemessenen Menge Rasierwasser ein.

Er zog eine legere Hose, einen dicken blauen Pullover und eine sportliche Windjacke an.

Jansson war sieben Minuten vor sieben vor der Tür. Der Tanz begann gerade, und in der Halle versammelte sich das Publikum. Jansson verließ den Eingangsbereich und stellte sich unter den Ahornbaum, der vor dem Haus stand. Er wollte für sein Treffen keine Zeugen haben.

Anna bog zwei Minuten vor sieben Uhr um die Hausecke. Sie trug Jeans und eine dicke Schifferjacke.

Sie hängte sich ohne Umschweife bei Jansson ein und bestimmte die Richtung.

»Herrliches Wetter, mild wie im August.«

Jansson schwieg. Er genoss Annas Berührung, sperrte sich aber trotzdem dagegen.

»Wonach wolltest du mich fragen?«

»Einmal Polizist, immer Polizist. Gleich zur Sache.«

»Betrifft es Huusko?«

»Nein ..., meinen Exmann.«

Der Weg, der ins Dorf führte, war beleuchtet, aber rechts und links lagen nur Wald und Felder. In etwa einem halben Kilometer Entfernung blinkten die Lichter des nächsten Bauernhofs. Der Himmel war sternenklar.

»Was ist mit ihm?«

»Ich überlege, wie ich dir die Sache erzählen soll, damit du mich nicht falsch verstehst.«

»Erzähl sie so, wie sie ist.«

»Wir hätten uns sowieso scheiden lassen, auch wenn er nichts von meiner Affäre mit Huusko erfahren hätte. Ich hätte mich mit Huusko gar nicht so weit eingelassen, wenn unsere Ehe nicht schon am Ende gewesen wäre.«

Von Norden her näherten sich die Lichter eines Passagierflugzeugs. Es flog über ihre Köpfe hinweg in Richtung Süden. Anna blieb stehen.

»Wäre ich doch da oben, unterwegs in die südliche Sonne, weg von allem Traurigen und Düsteren.«

»Was ist mit deinem Mann?«

»Er hat mir gedroht ..., ich weiß nicht, was ich machen soll ...«

»Was meinst du mit ›gedroht‹, hat er gesagt, er will dich töten, dich misshandeln oder so etwas?«

»Er hat gesagt, dass es mir schlecht ergeht, wenn ich nicht in seine Forderungen einwillige.«

»Was fordert er denn?«

»Als wir uns scheiden ließen, stand er sich finanziell gut ..., ich bekam die Wohnung in Helsinki, und seitdem ich hier lebe, ist sie vermietet. Jetzt ist er in Geldschwierigkeiten geraten und will, dass ich die Wohnung verkaufe und wir uns das Geld teilen.«

»Wenn er dich bedroht hat, kannst du ihn anzeigen.«

Anna nahm Janssons Hand und drückte sie zwischen ihren beiden Händen.

»Muss das so formell sein ..., kann man das nicht anders regeln ..., inoffizieller?«

»Was meinst du?«

»Wenn sich zum Beispiel ein Polizeikommissar bei ihm meldet ..., bekommt er bestimmt einen Schreck, denke ich.«

»Meinst du mich?«

»Ja.«

Janssons Miene wurde verschlossen.

»Ich glaube nicht, dass das geht.«

»Ich würde dich natürlich für die Mühe entschädigen ..., ich habe vor, die Wohnung zu verkaufen, und dafür bekommt man zurzeit einen ganz guten Preis ...«

Janssons Miene wurde jetzt kalt. Die romantischen Gefühle waren mit einem Schlag dahin. Auf Annas Lippen lag ein viel versprechendes Lächeln, aber das wirkte nicht mehr.

Er entzog ihr seinen Arm und sagte übertrieben schroff: »Einen Polizisten kauft man nicht mit Geld, mich jedenfalls nicht.«

Anna merkte, dass sie einen Fehler gemacht hatte.

»Entschuldige ..., ich habe wirklich Angst vor ihm ..., ich wollte eigentlich nur deinen Rat, den Rat eines erfahrenen Polizisten.«

»Ich rate dir, dich an die Polizei zu wenden, auf dem Amtsweg.«

Drinnen spielte der erste Walzer des Abends.

»Wir sollten reingehen«, sagte Jansson.

Anna antwortete nicht, folgte ihm jedoch.

9.

Raid erwachte bereits um sieben Uhr morgens und machte seinen Kontrollrundgang um das Haus. Danach wusch er sich in der Sauna. Das Wasser, das in dem Behälter auf dem Ofen stand, war noch warm. Nachdem er gefrühstückt hatte, sah er nach dem Auto, er kontrollierte den Ölstand und die Kühlflüssigkeit und trat prüfend gegen die Reifen. Anschließend lud er den größten Teil des Gepäcks ein. Nygrens Flinte hatte er dabei ständig in Reichweite.

Auf dem Nachbarhof war ebenfalls schon Leben. Der Bauer fuhr Heuballen vom Feld in die Scheune. Der Winter nahte, die Zeichen erkannte man hier viel eher als in der Stadt. Das geschäftige Töttern des Traktors war das einzige Geräusch in der Umgebung.

Raid hatte seine Kindheit auf dem Land verbracht und erinnerte sich noch gut an die Rituale des Landlebens und das Verhältnis der Menschen zu den Jahreszeiten, zum Wetter und zur Arbeit. Jede Jahreszeit hatte ihre eigenen Arbeiten, die rechtzeitig erledigt werden mussten. Eine Verspätung wurde selten verziehen. Die Ernte wurde vom Frost vernichtet, vom Schnee zugedeckt, vom Regen durchfeuchtet, von der Hitze ausgedörrt. Immer musste man vor etwas Angst haben. Angesichts dieser vielen Gefahren hielt Raid es nahezu für ein Wunder, dass es im Land genug Brot und Gemüse gab.

Der Nachbar wollte sich mit seinem Heu nicht verspäten. Er hatte die Last in der Scheune abgekippt und fuhr gleich wieder los, um eine neue zu holen. Der Anhänger schaukelte auf dem holperigen Weg. Der Traktor fuhr eine plötzliche Kurve, wie ein Rennwagen, und ratterte auf dem Feld weiter.

Nygren wachte erst gegen zehn Uhr verkatert auf. Raid hatte den Küchentisch sauber gemacht und ein Frühstück für ihn bereitgestellt, Saft, Joghurt, Ei, Kaffee und Brot.

»Ist es dir recht, wenn ich in aller Stille an den Folgen meiner Dummheit leide?«, fragte Nygren.

»Ist es.«

Nygren tauchte den Kopf in den Wassereimer und trocknete sich das Haar mit dem Handtuch ab. Danach griff er zum Saftglas, trank es aus und goss es gleich wieder voll.

»Ich hab wahrscheinlich allerlei Zeug geredet.«

»Genau.«

»Die Absicht war gut, aber vielleicht blieb das Ziel ein bisschen unklar. Habe ich die Bibel zitiert?«

»Das auch.«

»Im Gefängnis habe ich jeden Tag darin gelesen. So etwas bleibt hängen. Außerdem ist die Bibel ein kluges Buch.«

Raid holte Kaffee vom Herd und schenkte Nygren ein.

Der Himmel war halb bewölkt, und es wehte ein kräftiger Wind. Durchs Fenster sah man die Schaumkronen auf dem See. Die zwanzig Kühe des Nachbarn zogen über das Feld zum Wasser. Für sie war es die letzte Gelegenheit ihre Freiheit zu genießen. Bald würden sie zum Winter im Stall eingeschlossen, als Verlängerung der Melkmaschine. Jene von ihnen, die wenig Milch gaben, bekämen das abschließende Urteil und eine gehörige Menge Volt als Abschiedsmahl.

Nygren hielt sich den Kopf.

»Das könnte man schon einen Kater nennen ..., es ist anstrengend, ein gastfreundlicher Hausherr zu sein ..., die Dorfleute sind so hinter dem Schnaps her.«

Nygren kramte im Küchenschrank und fand eine Schachtel Aspirin. Er schluckte zwei Tabletten und spülte mit Brunnenwasser nach.

»Essen hilft«, riet Raid ihm.

Nygren sah ihn an und lächelte.

»Mein lieber Junge. Dies ist nicht der erste Kater meines Lebens ..., aber vielleicht der letzte.«

Der Nachbar kam mit seinem Traktor wieder vom

Feld. Er schien nicht vom Kater geplagt. Nygren beobachtete ihn.

»Sonst ein netter Kerl, aber mächtig scharf auf Schnaps.«

Diesmal bog der Traktor nicht zur Scheune ein, sondern kam zu Nygrens Haus.

Nygren beobachtete das Geschehen über den Tassenrand hinweg.

»Was habe ich gesagt? Er will nachsehen, ob noch etwas übrig ist.«

Nygren hatte keine Lust, aufzustehen und vors Haus zu treten, sondern blieb am Tisch sitzen. Der Traktor hielt mit seinem Anhänger mitten auf dem Vorplatz an. Der Bauer stieg jedoch nicht herunter, sonder fummelte am Armaturenbrett herum.

Raid sah in das abwehrende Gesicht des Bauern und stieg mit der Flinte auf den Dachboden. Er spähte vorsichtig hinaus. Von schräg oben betrachtet, bot sich der Anhänger des Traktors wie auf dem Tablett dar.

Raid ging wieder nach unten. Nygren sammelte Kraft, um dem Gast entgegenzugehen.

»Bitte ihn herein«, riet Raid ihm.

Nygren streifte ihn mit einem Blick, gehorchte aber. Er öffnete die Haustür so weit, dass er seinen Kopf hinausstecken konnte.

»Wie wär's mit einem Schluck Kaffee?«

Der Nachbar schob das Gleitfenster des Traktors auf.

»Hast du zufällig einen Meißel? Beim Starten haut irgendwas nicht hin.«

»Ich glaube nicht.«

»Ein gewöhnliches Brotmesser tut es auch oder eine kleine Münze …, irgendwas zum Nachziehen …«

Raid reichte Nygren das Messer.

»Stell dich auf die rechte Seite des Traktors und gib es ihm.«

Nygren sah ihn erstaunt an, streifte sich aber die Stiefel über und trat vors Haus. Raid schlich sich durch den

Keller auf den Hinterhof. Er umrundete das Haus und gelangte so bis auf knapp zehn Meter an den Anhänger heran, links vom Haus aus gesehen. Nygren stand neben dem Traktor, der Bauer sprach mit ihm.

»Komisch, das hat er noch nie gehabt ...«

Raid machte ein paar schnelle Sätze und stand jetzt neben dem Anhänger. Er sah, dass der Nachbar ihn bemerkt hatte.

»Fahrt ihr heute wieder ab?«, fragte der Bauer und zwinkerte Nygren zu.

»Sowie der Kater nachlässt ...« Nygren spähte umher.

»Schade, ich hätte nichts gegen Gesellschaft gehabt, wir hätten zusammen angeln und jagen können ... Es gibt Hasen in rauen Mengen ...«

Raid schlich sich an die Rückwand des Anhängers und öffnete vorsichtig einen Haken der Ladeklappe. Als er den zweiten Haken öffnete, knallte die Klappe herunter, und er sah die ganze Ladefläche vor sich. Sariola kauerte an der Stirnwand hinter dem Traktor, Lehto an der Seite. Sariola war mit einer Pistole bewaffnet, Lehto mit einem Baseballschläger.

Sariola drehte sich um, so schnell er konnte, und schoss auf Raid. Der konnte ihm jedoch noch rechtzeitig einen Heuballen entgegenrollen. Die Kugel schlug im Heu ein und blieb darin stecken.

Raid trat zur Seite und sah, wie Nygren und der Nachbar sich hinter dem Traktor in Sicherheit brachten. Sariola schickte sich an, erneut zu schießen. Raid zögerte nicht länger und feuerte von schräg unten aus einem der beiden Flintenläufe. Sariolas Waffe und zwei seiner Finger prasselten gegen das Rückfenster des Traktors.

Raid trat so weit zurück, dass er Sariola auf der Ladefläche sehen konnte. Sariola versuchte aufzustehen, wobei er die linke Hand um die rechte presste. Blut sprudelte zwischen den Fingern hervor und rann ihm über den Ärmel.

»Den Baseballschläger«, rief Raid. »Wirf ihn runter.«

Lehtos Schläger flog sofort über den Rand der Ladefläche.

»Habt ihr noch andere Waffen?«

»Nein.«

»Kommt runter!«

Lehto zögerte nicht. Sariola schien den Befehl nicht gehört zu haben, er wankte hin und her und kämpfte gegen eine Ohnmacht. Der Anblick des eigenen Blutes war das Schlimmste, was er kannte.

»Er hat mehrere Finger verloren«, informierte Lehto.

Nygren hob Lehtos Baseballschläger auf und kam mit dem Nachbarn zu Raid geeilt. »Alles okay?«

»Ja, ja.«

»Ich dachte schon, er hat dich getroffen.«

»Den Heuballen.«

Raid sprang mit der Flinte im Anschlag auf die Ladefläche. Sariola lag auf einem Heuballen.

Der Nachbar spähte herauf, er wirkte schuldbewusst.

»Sie haben mich mit der Waffe bedroht ..., sie haben mir aufgelauert, als ich vom Feld kam. Ich habe versucht, euch zuzuzwinkern, aber mein Gesicht war wie ein Klumpen Eis.«

Sie hoben Sariola gemeinsam herunter und trugen ihn ins Haus. Nygren holte Verbandszeug und verband die zerfetzte Hand, so gut er konnte. Die Schrotkugeln hatten Zeige- und Mittelfinger der rechten Hand über dem mittleren Gelenk abgerissen und auch die anderen Finger verletzt. Einzelne Körner waren an der Hand vorbeigegangen und in die Schulter eingedrungen.

»Die Vene ist verletzt. Er muss ins Krankenhaus gebracht werden, oder er verblutet«, sagte Nygren.

»Wo habt ihr das Auto abgestellt?«, erkundigte sich Raid bei Lehto.

»Am Waldrand.«

»Du bringst deinen Kumpel ins Krankenhaus, die andere Alternative ist für beide Seiten unangenehmer, besonders für euch.«

»Okay, okay.«

Raid klatschte ihm auf die Wange.

»Kapiert?«

»Ja, sicher, kannst es glauben. Mir reicht die ganze Scheiße, ihr bleibt von jetzt an unbehelligt, und wenn ihr hundert Millionen hättet. Ich schwöre …«

Sie legten den zu sich kommenden Sariola auf die Ladefläche des Traktors und fuhren ihn zu dem abgestellten Auto. Lehto machte für seinen Kumpanen eine weiche Unterlage zurecht, auf die sie ihn gemeinsam betteten.

Raid schärfte ihm ein: »Denk dir unterwegs eine gute Erklärung aus, und zwar eine, in der wir nicht vorkommen.«

Der Nachbar gab einen Tipp.

»Eine Selbstentladung im Wald. Der Hund hat beim Herumtoben die Flinte umgestoßen, und ein Schuss ist losgegangen. So was ist schon vorgekommen.«

Lehto nickte und fuhr ab.

Der Bauer brachte Raid und Nygren mit dem Traktor zum Haus zurück. Dort angekommen, sprang er vom Fahrersitz und trat zu ihnen. Er hatte über das Geschehene nachgedacht.

»Ich habe nichts gegen euch, und ich will nicht wissen, worum es geht. Ich habe nichts gesehen, falls man mich fragt, und ich werde den Traktor von den Blutspuren reinigen.«

Nygren legte dem Mann die Hand auf die Schulter.

»Danke. Du bist ein guter Nachbar.«

Der Bauer sah Raid ehrfürchtig an.

»Ich muss sagen, du hast die beiden Burschen prima abgefertigt … Nicht mal im Film hätten sie das besser hingekriegt.«

»Danke.«

Raid ging in die Küche, um die Blutspuren zu beseitigen. Nygren öffnete eine Bierflasche, setzte sich an den Tisch und sah ihm zu.

»Ob sie jetzt genug haben?«

»Hoffentlich.«

»Stört es dich, wenn ich mir einen antrinke? Ich bin gerade so gut in Fahrt.«

»Nein.«

Raid warf den blutigen Lappen in den Herd, wo vom morgendlichen Kaffeekochen noch ein wenig Glut übrig war. Der Lappen entzündete sich und verbrannte.

»Dir scheint das alles nicht viel auszumachen ..., du schießt dem Kerl ein paar Finger weg, machst hinterher sauber, so als würdest du schmutziges Geschirr abwaschen, und damit ist die Sache erledigt.«

»Genau.«

10.

Kriminalkommissar Kempas flog nach Kuopio, nicht mit dem Hubschrauber, sondern mit einem gewöhnlichen Linienflugzeug. Virta und Lunden erwarteten ihn im Flughafencafé und beobachteten, wie er aus der Maschine stieg, begleitet vom neugierigen Blick der Stewardess.

»Er hat wieder in seinen Erbklamotten gestöbert.«

Kempas trug einen Hut mit schmaler Krempe, einen dunkelgrauen langen Mantel, ein weißes Hemd und eine schmale Krawatte, in der Hand hielt er einen kleinen Koffer. Er sah aus wie ein Gangster aus einem englischen Kriminalfilm der sechziger Jahre.

Kempas hatte in einem schwachen Moment verraten, dass er die Hinterlassenschaft seines Onkels geerbt hatte, etwa zehn fast ungetragene Anzüge sowie andere Kleidungsstücke. Der begüterte Onkel hatte die Anzüge in den Kleiderschrank verbannt, wenn sie aus der Mode gekommen waren, aber Kempas ließen die Trends kalt.

»Willst du erst ins Hotel und anschließend ins Krankenhaus?«, fragte Virta.

»Gleich ins Krankenhaus.«

Lunden setzte sich ans Steuer, Virta auf den Beifahrersitz, Kempas hatte die Rückbank für sich allein.

»Wie geht es Sariola?«

»Seine Hand wurde operiert, die Schulter hat nur eine Fleischwunde abbekommen. Kein Grund zur Sorge.«

»Aber er redet nicht?«

»Er behauptet, dass er nicht weiß, wer auf ihn geschossen hat, und er kennt auch keinen Grund.«

»Und Nygren samt Kumpan?«

»Werden die ganze Zeit gesucht, sind aber noch nicht gefunden worden. Falls Nygren ein Handy hat, läuft es jedenfalls nicht unter seinem Namen.«

»Toller Erfolg, die Räuber lachen sich ins Fäustchen.«

»Jansson sagt, dass dieser Raid ihn von einer geheimen Nummer aus angerufen hat. Ich glaube, er sagt die Wahrheit.«

»Irgendetwas verheimlicht er, ich weiß nicht warum, aber ich spüre es.«

»Wie lange machen wir noch weiter?«, wagte Virta zu fragen. »Es ist bloß, weil meine Frau in drei Tagen vierzig wird.«

»Solange es nötig ist.«

Kempas war nicht in Gesprächslaune, und Lunden und Virta hielten es für klüger zu schweigen. Kempas zog einen Notizblock aus der Tasche und schrieb mit unzugänglicher Miene etwas darauf nieder. Ab und zu markierte er Wörter mit kräftigen Strichen.

»Wird Sariola bewacht?«, fragte Kempas, ohne von seinem Notizblock aufzusehen.

»Nein. Wir haben keine Ermächtigung oder Begründung, er ist ein Opfer, er dürfte nichts zu befürchten haben.«

»Einer von euch beiden hätte als Wache dableiben können, ich brauche nur einen Fahrer.«

Wenn Kempas schlechte Laune hatte, war er wie eine Ehefrau, die jede Schwäche ihres Mannes kannte und den Finger immer auf die schlimmste Stelle drückte.

»Und der andere Typ, Lehto?«

»Wird gesucht.«

»Oh, er wird richtig gesucht. Es wäre schön, wenn er auch noch gefunden würde.«

Lunden kam wegen Kempas' Äußerungen aus dem Konzept und schaltete so ungeschickt, dass der Gang knirschte.

»Liegt es am Auto oder am Fahrer?«, kam es sofort von Kempas.

Lunden musste an einen gefürchteten Lehrer in der Grundschule denken. Der grimmige Mann hatte in ähnlichem Ton gesprochen und ihn noch untermalt, indem er die Schüler an den Ohren gezogen oder am Nacken geschüttelt hatte. Lunden strich sich instinktiv über das Ohr. Er konnte sich lebhaft erinnern, wie sich die Züchtigung angefühlt hatte.

»Das Auto ist jedenfalls totale Scheiße«, sagte er.

»Auch du hättest keine Chance, ins Rallyeteam der Polizei zu kommen.«

»Sonst schon, aber ich habe nicht die richtigen Sponsoren gefunden.«

Kempas' Miene zeigte Anzeichen der Lockerung. Lunden sah es im Rückspiegel und dankte sich selbst für die gelungene Bemerkung.

Man hatte das Krankenhauspersonal überreden können, Sariola ein Privatzimmer zu geben. Er lag mit bandagiertem Oberkörper im Bett. Auch der rechte Oberschenkel war umwickelt. Auf dem Nachttisch standen eine Kanne mit Saft und ein Becher, daneben lagen eine Banane und eine Schachtel mit Salmiakpastillen. Kempas nahm sich einen Stuhl und setzte sich zu Sariola ans Bett. Lunden und Virta blieben stehen.

»Entschuldige, dass wir keine Blumen mitgebracht haben. Wie geht's?«, fing Kempas an.

»Scheiße.«

»Bekanntes Gefühl. Ich bin Kriminalkommissar Kempas aus Helsinki. Du interessierst mich nicht, und die Schießerei eigentlich auch nicht, ich bin hinter Nygren her.«

»Richtig so.«

»Hilf mir. Ich will ihm einen Riesenärger machen.«

»Das ist noch richtiger.«

»Was plant Nygren?«

»Woher soll ich das wissen?«

»Du hast mit ihm gearbeitet, du kennst ihn.«

»Ich bin trotzdem kein Gedankenleser, und Gedankenlesen wird vor Gericht nicht als Beweis anerkannt.«

»Wer hat auf dich geschossen?«

»Wenn ich's wüsste, wär' ich schlauer.«

»Ich hätte gedacht, du kannst es mit Nygren aufnehmen, er ist ja fast sechzig, und es heißt, du bist ein harter Bursche.«

»Denken kannst du, was du willst.«

»Und ihr wart außerdem zu zweit. Ziemlich mieses Ergebnis.«

Virta musste zugeben, dass Kempas eine Verachtung in seine Stimme legen konnte, der ebenso schwer zu widerstehen war wie dem Kratzen bei Juckreiz.

»Wir haben Lehto gefasst«, log Kempas flott. »Willst du ihn treffen?«

»Warum, zum Teufel!«

»Ich dachte, ihr seid Kumpels, weil ihr zusammen unterwegs wart. Lehto ist eine empfindsame Seele, er macht sich Sorgen um dich.«

Sariola antwortete nicht.

»Weißt du, wer der Kerl in Nygrens Begleitung ist? Der Typ, der dir heißen Kaffee auf die Eier gegossen hat?«

In Sariolas Augen blitzte es auf, aber er antwortete nicht.

»Wir wissen es. Willst du es hören?«

Sariola nickte.

»Ich weiß nicht, ob ich es erzählen will. Der Kerl hat eigentlich eine gute Tat getan.«

»Leck mich.«

»Wie geht's übrigens deinem Sack? Juckt er? Warum kratzt du nicht?«

Kempas nahm sich frech eine Hand voll Salmiakpastillen aus Sariolas Schachtel.

»Wer ist es?«, fragte Sariola gepresst.

»Dir ist der älteste Fehler unterlaufen. Du hast dich mit dem Falschen angelegt.«

»Wer ist es?«

»Ihr habt Streit ums Geld gehabt, wie man hört. Hat Nygren euch gelinkt?«

»Sag erst, wer der Kerl ist.«

»Willst du es wirklich wissen?«, spannte Kempas ihn auf die Folter.

»Sag schon.«
»Man nennt ihn Raid.«
»Raid! War der Kerl etwa Raid, *der* Raid?«
»Danke deinem Schöpfer, dass du am Leben bist. Das sind nicht viele nach einer Begegnung mit Raid.«
»Nygren hat behauptet, es ist ein Verwandter.«
Kempas stieß eine meckernde Lache aus.
»Ein Verwandter. Man hat dich gründlich reingelegt. Für einen Verbrecher ist Nygren ein schlauer Mann. Ihr seid in den Knast gewandert, aber Nygren hat das Geld arbeiten lassen.«
Sariola presste seine gesunde Hand zur Faust.
»Willst du Kaffee?«
»Nein.«
»Zigaretten?«
»Nein.«
»Salmiak?«
Kempas schüttelte die Schachtel.
»Die ist ja leer.«
Kempas sah Virta an.
»Wann kann Lehto hier sein?«
Virta sah seinerseits Lunden an.
»Ich kann telefonieren gehen.«
»Mach das. Wenn er brav ist, darf er seinen Kumpel treffen.«
»Ich will die Flasche nicht sehen.«
»Warum nicht?«
»Es muss reichen, wenn ich sage, ich will nicht. Dies ist ja wohl kein Gefängnis, dies ist ein Krankenhaus, und man verdächtigt mich auch in keiner Sache, oder?«
»Nein, keiner Tat, höchstens der Dummheit. Hilf uns, Nygren zu kriegen, dann hast du so was wie eine Entschädigung.«
»Wie denn?«
»Wir buchten ihn ein.«
»Warum, was hat er getan?«
»Das frage ich dich ja gerade. Gib uns einen Grund, ihn

einzubuchten. Man kann ihn zumindest wegen versuchten Totschlags rankriegen, und Raid auch.«

»Ich weiß nichts über seine Pläne. Irgendwas hat er wohl vor, wenn er diesen Typ mitgenommen hat.«

»Was hat er in dem Café zu euch gesagt?«

»Was soll er gesagt haben?«

»Weswegen kam es zum Streit?«

»Ich habe ihn um eine kleine Anleihe gebeten.«

»Und Nygren wollte einem alten Kumpel nicht helfen?«

»Ich habe zwei Schusswunden, ich brauche Ruhe.«

»Wo ist Nygren?«

»Keinen Schimmer.«

»Wo hat Raid auf dich geschossen?«

Sariola verfiel wieder in Schweigen.

»Okay, das kriegen wir raus, wenn wir mit Lehto reden. Ich hätte nur in deiner Spalte ein kleines Plus vermerken können. Solche Pluspunkte sind harte Valuta, wenn man mal die Hilfe eines Polizisten, zum Beispiel meine, braucht. Mit einem Pluspunkt kann man eine Empfehlung für 'nen Hafturlaub und andere nette Sachen kriegen, aber wenn du das nicht zu schätzen weißt, gebe ich es Lehto. Ich kann mir vorstellen, dass er Pluspunkte sammelt.«

»Wer hat gesagt, dass Raid auf mich geschossen hat?«

»Das braucht keiner zu sagen.«

»Aber ich weiß vielleicht trotzdem, wo sie sind.«

Kempas wandte sich an Virta.

»Kari, hol uns doch mal Kaffee und ein paar Stücke Kuchen.«

Er sah Sariola fragend an.

»Mit Sahne oder schwarz?«

»Mit Sahne und drei Stücken Zucker.«

»Mit Sahne und drei Stücken Zucker«, wiederholte Kempas. »Und bring uns gleich eine gute Landkarte mit.«

Kempas, Virta und Lunden waren binnen einer guten Stunde auf Nygrens Anwesen. Sie hielten hinter einem Hügel und beobachteten das Haus durch den Feldstecher.

»Keine Bewegung zu sehen, auch kein Auto, es sei denn, es steht im Kuhstall.«

Sie warteten etwa fünfzehn Minuten, aber als nichts geschah, ging Kempas auf das Haus zu, wobei er die Hand auf der Waffe hielt. Seine Vorsicht war überflüssig. Das Haus war leer. Kempas schlug ohne Bedenken das Glas der Verandatür ein und öffnete.

Im Haus hatte eindeutig erst unlängst jemand gewohnt. Das Erdgeschoss war sauber gemacht worden, und neuer Staub hatte sich noch nicht angesammelt.

Kempas sah in den Kühlschrank. Der einzige Inhalt waren ein paar Dosen Bier, eine Tube Senf und eine Packung Butter. Auf dem Wohnzimmertisch lag die Abendzeitung, sie war zwei Tage alt.

»Sind gerade weg«, sagte Lunden.

Kempas stieg nach oben, untersuchte jeden Winkel und spähte in die Dachkammer.

Anschließend verließ er das Haus und ging zum Kuhstall.

Dort brauchte er nicht einzubrechen, die Tür war eingeklinkt, aber nicht verschlossen. Kempas stieg auf den Boden und stocherte mit den Füßen im Heu. In einer Wandspalte fand er ein Männerjournal namens ›Cocktail‹ aus den flotten sechziger Jahren, das jemand dort versteckt hatte. Kempas blätterte ein paar vergilbte Seiten um. Die nackten Frauen sahen wie deutsche Hafenhuren aus. Kempas warf die Zeitschrift in die Ecke.

Er sah sich auch noch in der Sauna um. Im Umkleideraum standen drei leere Bierflaschen, und auf der Schwitzbank war eingetrocknete Seife zu erkennen.

»Der Nachbar weiß vielleicht, wann sie abgefahren sind«, sagte Lunden. »Die Straße führt direkt an seinem Haus vorbei.«

Der nächste Nachbar wohnte zweihundert Meter entfernt. Auf dem Hof standen ein orangefarbener Lada und ein schwarzes Moped. Der angeleinte Hund rannte bellend auf die Besucher zu, und die Gardine bewegte sich.

Kempas klopfte ein paar Mal an die Tür und trat ein. Der Hausherr kam ihm schon entgegen.

»Tag«, sagte Kempas.

Der Bauer nickte. Er hatte anscheinend Mittagsruhe gehalten, denn er wirkte schläfrig.

»Polizei, Kriminalkommissar Kempas. Ihr Nachbar interessiert uns, aber er ist schon abgefahren. Können Sie sagen, wann?«

Der Bauer kratzte sich sein stoppeliges Kinn.

»Um welchen Nachbarn geht es denn?«

Kempas durchschaute die Verzögerungstaktik des Mannes, ließ sich aber nicht beeindrucken.

»Am Hang, zum See hin.«

»Ach der?«

»Genau der.«

»Gestern waren sie noch da.«

»Und heute?«

»Hab heute keinen gesehen.«

»Sind Sie den ganzen Tag hier gewesen?«

»Das würde ich nicht sagen. Ab sieben Uhr morgens habe ich im Wald hinter dem Unterfeld Bäume ausgeästet. Von dort sieht man das Haus nicht.«

»Um welche Zeit haben Sie die Nachbarn gestern zuletzt gesehen?«

»Das war wohl am Nachmittag.«

»Und wen haben Sie gesehen?«

»Den Besitzer selber, Nygren also, den anderen kannte ich nicht.«

»Ist sonst noch jemand ins Haus gekommen?«

»Wenn, dann habe ich ihn nicht gesehen.«

»Haben Sie irgendetwas Ungewöhnliches gehört, Schüsse oder dergleichen?«

»Absolut nicht.«

Die Versicherung kam so prompt, dass Kempas wusste, dass der Bauer log.

»Absolut nicht, ein robuster Ausdruck«, lobte er.

»Gehört Nygren der Hof?«, fragte Virta.

»So denke ich jedenfalls, falls er ihn nicht verkauft hat.«

»Wann hat er ihn gekauft?«

»Das war vor mindestens fünf Jahren.«

»Kommt er oft?«

»Zuletzt war er vor fast zwei Jahren hier, glaube ich ..., warum sind Sie hinter dem netten Mann her?«

Kempas starrte dem Bauern in die Augen.

»Schwören Sie mir an Eides statt, dass Sie sonst nichts wissen?«

»Ich stehe bisher in dem Ruf, ein ehrlicher Mann zu sein.«

»Dann haben Sie nichts zu befürchten. Mit welchem Auto waren die beiden unterwegs?«

»Mit Nygrens altem Mercedes.«

»Sie haben mir einen Eid darauf geschworen, dass Sie alles erzählen. Wo blieb der Mercedes?«

»Was war das gleich für ein Eid?«

»Gibt es sonst noch etwas?«

»Nein, welcher Eid ...?«

»Der Eid eines grundehrlichen Finnen.«

Kempas ging und ließ seine Worte im Raum stehen.

Auf dem Hof wurden sie wieder vom Hund in Empfang genommen. Lunden hob einen Stock auf und warf ihn hinter die Hütte. Der Hund würdigte den Stock keines Blickes.

»Den Leuten vom Land kann man nicht trauen.«

Im Hotel hielt Kempas sich gar nicht erst damit auf, seine wenigen Sachen auszupacken, sondern begann sofort mit der Befehlsausgabe. Er nahm seinen Notizblock zur Hand.

»Kari, du findest heraus, auf welchen Namen Nygrens Hof eingetragen ist. Seppo, du organisierst vor Ort eine gründliche Durchsuchung, Männer, einen Hund und einen Minensucher. Sariola ist wahrscheinlich dort angeschossen worden. Ich rede mit Nygrens Tochter …, wenn er hier in der Gegend gewesen ist, können wir davon ausgehen, dass er sie besucht hat.«

»Womit begründen wir die Durchsuchung gegenüber den Einheimischen?«, fragte Lunden.

»Versuchter Totschlag, eventuell Drogenkriminalität. Der Bauernhof ist möglicherweise ein Versteck für gestohlene Ware, oder dort wird Schnaps gebrannt, irgendwas in der Art.«

Lunden brach auf, blieb aber in der Tür noch einmal stehen.

»Eine Frage. Hast du persönlich irgendwas gegen Nygren?«

Kempas starrte Lunden scharf an.

»Ja.«

»Darf ich fragen, was?«

»Du darfst, aber ich werde nicht antworten.«

11.

Der Junge, etwa sechs Jahre alt, schaukelte wild. Unten holte er jedes Mal Schwung, und seine Füße in den Gummistiefeln flogen schon über den Querbalken hinweg. Der Junge trug eine rote Schirmmütze und einen dicken Schutzanzug.

Die Schaukel stand auf dem Hof eines mehrstöckigen Wohnhauses, das aus den siebziger Jahren stammte. Ringsum standen weitere graue Plattenbauten, und zwischen ihnen wuchsen vereinzelte Kiefern. Auf jedem Hof gab es gekennzeichnete Autostellplätze, die Wagen darauf repräsentierten untere Mittelklasse. Neben den Parkplätzen befanden sich jeweils die überdachten Müllcontainer. Der Spielplatz mit Schaukel und Sandkasten gehörte drei Häusern gemeinsam und lag zwischen ihnen.

Nygren hatte das Autofenster halb heruntergekurbelt und beobachtete den Jungen.

»Macht einen munteren Eindruck.«

»Er mag das Tempo.«

Nygren hatte ein Foto in der Hand, auf dem eine dreißigjährige Frau den schaukelnden Jungen im Arm hielt. Das Foto war in Särkänniemi aufgenommen worden, im Hintergrund sah man die Anlagen des Vergnügungsparks und den Aussichtsturm Näsinneula. Der Junge trug auf dem Foto dieselbe rote Schirmmütze wie jetzt beim Schaukeln. Die Frau hatte die Arme um ihn geschlungen, so als fürchtete sie, ihn im Menschengewühl zu verlieren.

Der Junge bremste ein wenig und sprang in den Kieshaufen, der vor dem Sandkasten aufgeschüttet war.

Nygren steckte das Foto in die Brieftasche und nahm ein anderes heraus. Es war ein altes Farbfoto mit verblassten Farben, und es zeigte ein sieben- bis achtjähriges Mädchen, das ein schwarzweißes Kätzchen im Arm hielt.

»Ich habe ihr die Katze zum siebten Geburtstag geschenkt. Sie hieß Miumau. Ein paar Jungen aus Jaanas Verwandtschaft haben sie später im Teich ertränkt. Sie haben sie mit einem Stein beschwert und ins Wasser geworfen. Jaana hat mir einen Brief geschrieben und mich gebeten, zu kommen und die Jungen zu verprügeln.«

»Hast du's gemacht?«

»Lust hätte ich schon gehabt. Ich wollte ihr eine neue Katze kaufen, aber sie lehnte ab.«

»Wann habt ihr euch zuletzt gesehen?«

»Als sie konfirmiert wurde, das ist fünfzehn Jahre her.«

Nygren stieg aus, Raid nicht. Nygren sah sich nach ihm um.

»Ich werde dort nicht gebraucht.«

»Ich traue mich nicht allein hin. Einfach aufzutauchen, nach so langer Zeit.«

Der Junge war dabei, den Kieshaufen mit einem Plastikspaten noch weiter zu erhöhen. Er arbeitete so eifrig, dass er die Ankömmlinge nicht bemerkte.

»Hei«, sagte Nygren.

Der Junge drehte sich um. Er schob die Schirmmütze auf den Hinterkopf und kniff die Augen zusammen.

»Hei.«

»Ich habe dich beim Schaukeln beobachtet. Ich habe noch keinen gesehen, der so hoch fliegen kann.«

»Mika ist noch besser«, sagte der Junge, freute sich aber über Nygrens Lob.

»Ist deine Mama zu Hause?«

»Ja. Ich gehe bald essen. Es gibt Nudelauflauf.«

»Ist wohl dein Leibgericht.«

»O ja.«

Der Junge stieß schüchtern mit den Füßen gegen den Kieshaufen.

»Wer bist du?«

»Jari!«

Der Ruf kam vom nächststehenden Haus her. Eine Frau in Rock und Pullover stand unter dem Vordach und schaute zu ihnen herüber. Dann kam sie zum Spielplatz. Es war die Frau von dem Särkänniemi-Foto. Sie trat zu dem Jungen und sah Nygren an. Er lächelte steif.

»Hei, Jaana.«

Sie zog den Jungen beschützend an sich.

»Was gibt's?«

Sie versuchte, sachlich zu bleiben, aber ihre Stimme bebte.

»Wer ist der Onkel?«

»Der Großvater.«

»Mein Opa?«

»Du hast mich also erkannt.«

Nygren und die Frau sahen einander an.

»Ich bin auf der Fahrt nach Norden und wollte dich besuchen.«

Nygren nickte in Raids Richtung.

»Wir beide.«

Die Frau blickte kurz zu Raid, wandte sich aber wieder Nygren zu.

»Wir fahren gleich weiter ..., ich wollte dich nur sehen, mehr nicht ..., und natürlich den Jungen. Er ist genauso lebhaft wie du, als du klein warst.«

Die Frau fasste an die goldene Kette, die sie um den Hals trug. Der Anhänger war ein kleiner Engel mit ausgebreiteten Flügeln.

»Du hast ihn immer noch.«

»Es ist fast zwanzig Jahre her ..., du bist nicht gekommen, hast keine Karten geschickt, nicht angerufen ..., plötzlich tauchst du auf, wenn dein Enkelkind schon sechs Jahre alt ist ...«

»Ich wollte euer Leben nicht durcheinander bringen. Ich habe mich bei Eila nach dir erkundigt und Fotos bekommen ..., du glaubst es vielleicht nicht, aber ich habe oft abends für dich gebetet.«

»Im Gefängnis?«

»Auch dort.«

»War der Opa im Gefängnis?«, fragte der Junge.

»Du gehst jetzt besser.«

Nygren zog einen dicken Briefumschlag und ein gefaltetes Blatt Papier aus der Manteltasche. Er schlug das Blatt auseinander. »Ich habe das hier gefunden, als ich meine Papiere ordnete ..., ich habe es für dich geschrieben, als du ein Jahr alt warst.«

Nygren starrte auf das Blatt und sammelte Mut.

»Der Sandmann kommt, der Tag geht zur Ruh, kleine Jaana, mein Engel, schlaf jetzt auch du ...«

Nygren schluckte und räusperte sich.

»Morgen gibt es wieder Licht und Sonnenschein, du kannst spielen, lachen und glücklich sein ...«

Der Rest war fast nur noch ein Flüstern.

»Die Blumen, die Bäume, die Vögel, der Wind sind deine Freunde und lieben dich so wie ich, mein Kind. «

Nygren faltete das Blatt zusammen und überreichte es der Frau zusammen mit dem Umschlag.

»Ich möchte dir dies geben. Öffne es erst drinnen.«

Nygren drückte ihr den Umschlag in die Hand. Sie zögerte, nahm ihn aber an. Nygren hob die Hand und strich ihr leicht über die Wange. »Adieu.«

Sie senkte den Kopf.

»Ich möchte, dass der Opa zu uns reinkommt. Ich möchte ihm mein neues Auto zeigen.«

Nygren beugte sich zu dem Jungen und nahm ihn bei der Hand.

»Ein andermal. Der Opa fährt jetzt nach Lappland, ins Weihnachtsmannland. Ich werde dem Weihnachtsmann erzählen, dass du brav gewesen bist und dass er dir viele Geschenke bringen soll.«

»Ich möchte ein neues Playmobil.«

»Ich sage es dem Weihnachtsmann, aber du musst lieb zu deiner Mama sein.«

Nygren versagte die Stimme, er richtete sich auf und ging zum Auto. Jetzt ging er ein wenig gebeugt, so wie andere Männer in seinem Alter.

Raid nickte der Frau zu und folgte Nygren.

Raid und Nygren aßen im Hotelrestaurant zu Abend. Nygren bestellte eine Flasche Rotwein und trank sie bis auf ein Glas allein aus. Zum Kaffee nahm er Kognak.

Es war kurz nach sieben Uhr, und die Hotelband stimmte im Nebensaal ihre Instrumente. Die Geräusche erzürnten Nygren ganz offensichtlich. Er trank zügig aus seinem Glas und rutschte unruhig auf dem Stuhl herum. Raid sah, dass er von der Begegnung mit seiner Tochter nicht loskam. Er versuchte, sie durch Trinken zu vergessen.

»Wie viel muss ich bezahlen, damit du die Kerle alle erschießt, das ganze Orchester?«

»Du kriegst Großhandelsrabatt.«

Nygren nahm wieder einen Schluck aus seinem Kognakglas und sah Raid an.

»Noch ein paar Tage. Bleibst du ganz bestimmt dabei?«

»In diesem Job verliert man seinen Ruf, wenn man anfängt, Verträge zu brechen.«

»Bedeutet dir dein Ruf etwas?«

»Alles.«

»So habe ich auch mal gedacht. Dann habe ich gemerkt, dass der Ruf wie eine Frau ist. Wenn du zu viel Interesse zeigst, verschwindet er, aber wenn du gleichgültig bist, hängt er an deinem Jackenschoß und bettelt um deine Aufmerksamkeit. In einer Zeit, als mir alles scheißegal war, konnte ich mich mit dem Ruf vorn und hinten bekleistern. Er kam von allen Seiten. Ich meine den Ruf, den man in dieser Branche kriegt.«

»Ich werde es mir merken.«

»Ich meine es ernst.«

»Ich auch.«

»Dein Vater war ein unterhaltsamer Plauderer, und deine Mutter war auch nicht auf den Mund gefallen, wieso in aller Welt bist du so einsilbig?«

»Ich bin ein guter Zuhörer.«

»Das bist du, zugegeben … Wie haben dir meine Tochter und ihr Junge gefallen?«

»Du kannst auf beide stolz sein.«

»Das Treffen hat mich ein bisschen mitgenommen …, aber wahrscheinlich würde sich jeder wundern, wenn sein Vater nach zwanzigjähriger Abwesenheit plötzlich vor ihm steht.«

»Stimmt.«

»Wenn ich mich vorher gemeldet hätte, wäre sie …, dann wäre sie vielleicht nicht gekommen, und ich hätte sie trotzdem verstanden. Ich habe seinerzeit eine Wahl getroffen, und die war nicht sie, und auch nicht ihre Mutter.«

Der Schlagzeuger des Orchesters trommelte ein wildes Solo. Es dröhnte in den Ohren, als wäre die Schallmauer durchbrochen worden.

»Herrgott, ist das zum Kotzen …«

Nygrens Satz brach ab, und er griff sich an den Bauch. Sein Gesicht verzerrte sich qualvoll. Er versuchte aufzustehen, fiel aber hintenüber, sodass der bereits eingedeckte Nachbartisch umkippte. Nygren atmete stoßweise und wimmerte ununterbrochen.

Raid stoppte den erstbesten Kellner, der vorbeikam.

»Eine Ambulanz! Schnell!«

Er schob den Kellner weg und beugte sich zu Nygren hinunter.

»Mein Bauch … tut so verdammt …«

Aus den Worten wurde wieder ein Wimmern.

An der Wand stand ein Sofa, Raid holte ein Kissen und legte es Nygren unter den Kopf. Nygren zitterte wie im Fieber, versuchte sich aber trotzdem hochzukämpfen.

»Bleib liegen«, bestimmte Raid und drückte ihn wieder hinunter.

Er hielt Nygren fast zehn Minuten am Boden, bis die Männer von der Ambulanz mit einer Trage angerannt kamen.

Einer der Männer beugte sich zu Nygren hinunter.

»Was hat er?«

»Starke Schmerzen im Bauch.«

Nygren wurde auf die Trage gelegt. Raid folgte.

Der Kellner stoppte ihn in der Tür. »Wer bezahlt die Rechnung? Es macht fast fünfhundert Mark.«

Raid holte ein paar Scheine aus der Tasche und warf sie über seine Schulter.

Das Café der Klinik war ein trister Ort. Raid saß am Fenster und trank seine zweite Tasse Kaffee in Gesellschaft zweier Patienten in Bademänteln. Hinter der Theke stand eine junge Frau und ordnete Kekspackungen. Sie sah Raid an und zeigte auf die Wanduhr. Es war wenige Minuten vor neun.

»Wir schließen bald«, sagte sie sicherheitshalber. »Möchten Sie noch etwas?«

Raid kaufte einen Riegel Schokolade und Apfelsinensaft im Tetrapack, dann ging er ins Wartezimmer. Dort saßen etwa zehn Menschen. Eine dunkelhäutige Mutter hatte zwei Kinder bei sich, das eine, noch nicht mal ein Jahr alt, hielt sie auf dem Schoß, das andere, drei, vier Jahre alt, lief durch die Gänge. Zumindest das Letztere schien keine Behandlung nötig zu haben.

Unter den wartenden Patienten war eine ältere Frau, die sich mit irgendeinem undefinierbaren Stoff umhüllt hatte. Auf dem Kopf trug sie eine riesige Strickmütze. Sie hielt eine Kunstledertasche, anscheinend eine Einkaufstasche, auf den Knien. Ab und zu murmelte sie etwas vor sich hin, aber so leise, dass es nicht zu verstehen war.

Außerdem saßen zwei junge Burschen im Zimmer, der eine hatte sich im Gesicht verletzt und blutete, der andere war anscheinend nur zur Begleitung mitgekommen. Abseits von den anderen saß ein Säufer mit wettergegerbtem Gesicht, er trug einen dicken grauen Mantel und einen abgewetzten Hut. Er hatte irgendwelche Meinungsverschiedenheiten mit den jungen Burschen.

»Solche Typen sollte man gleich in der Wiege ersticken, damit sie gar nicht erst groß werden und Schandtaten begehen können ...«

»Häng dich auf, Opa«, antwortete der Begleiter des Verletzten.

Eine Ambulanz fuhr mit heulenden Sirenen vor dem Haupteingang vor, und zwei Pfleger rannten ihr entgegen. Aus dem Innern des Wagens wurde eine Trage mit einem blutenden Mann geschoben. Vor allem sein Kopf war mit Blut bedeckt, er war jedoch bei Bewusstsein und schrie mit lauter Stimme:

»Verdammt noch mal, gebt mir die Flinte wieder, dann beende ich dieses Narrenspiel. Ich will nicht, dass mich die konservativen Scharfmacher ernähren. Der beste Arbeitslose ist ein toter Arbeitsloser.«

Der Mann versuchte mit solcher Kraftanstrengung, aufzustehen, dass aus seinen Kopfwunden Blutspritzer und undefinierbare Partikel nach allen Seiten flogen. Ein paar Spritzer landeten zu Füßen der jungen Burschen. Der Begleiter beugte sich vor.

»Scheiße! Der Klumpen stammt aus seinem Gehirn.«

»Hör auf«, sagte der andere.

»Guck selber.«

»Quatsch, das ist irgendwelcher Eiter oder Rotz.«

»Du hast nicht gesehen, dass sein halber Kopf weg war. Er hat seine Flinte zurückverlangt, hat sich also in den Kopf geschossen. Das hier ist Hirn, graue Hirnzellen, wollen wir wetten?«

Die Trage mit dem schreienden Patienten entfernte sich, und seine Stimme wurde immer leiser.

Raid trat ans Fenster. Draußen regnete es. Das Krankenhaus stand etwas erhöht, und vor dem Hügel begann die Stadt. Direkt gegenüber des Krankenhauses, hinter einem Rasenplatz, befand sich die Feuerwache, daneben eine Tankstelle, und dann kamen die ersten Häuserzeilen. Auf den regennassen Straßen waren nur wenige Autos unterwegs.

»Menschenskinder ... Der Kerl scheißt sich in die Hosen, die Scheiße läuft schon unten raus!« Der junge Bursche sprang auf und ging zu der Frau an der Anmeldung.

»Der Asi hat sich in die Hosen geschissen, es stinkt wie die Pest, das hält keiner aus.«

Die Frau spähte durch ihr Fenster.

»Um diese Zeit sind keine Reinigungskräfte mehr hier.«

»Ich will das auch nicht sauber machen. Du bist hier beschäftigt, unternimm was. Hier kann man nicht atmen.«

Der Gestank breitete sich in der ganzen Halle aus. Die dunkelhäutige Frau nahm ihre beiden Kinder und suchte sich einen Platz auf dem Gang. Die jungen Burschen gingen in den Windfang.

Nur der Verursacher der Aufregung ließ sich von der Situation nicht beirren. Er schüttelte seine Hosenbeine, sodass auch noch die letzten Reste herausfielen. Die Situation entlockte ihm eine philosophische und melancholische Stellungnahme.

»Scheiße sind wir letzten Endes alle, nur um die Seele muss man sich kümmern, die muss rein bleiben.«

Die Frau an der Anmeldung hielt es schließlich für ihre Pflicht, einzugreifen. Sie kam hinter ihrem Schalter hervor und sah sich die Bescherung an.

»Die Toilette ist da drüben, nur fünf Meter weiter. Mussten Sie das Geschäft hier erledigen?«

»Musste ich, ganz genau hier. Es ist der Protest eines privaten Bürgers und ehemaligen Steuerzahlers. Sie haben mich einen halben Tag hier sitzen lassen, und ein Ende ist nicht in Sicht, Sie verhöhnen einen Mann, der im Krieg gewesen ist ...«

Der Blick des Säufers trübte sich, und aus seinen Augen rannen Tränen.

»Man wird nicht mal mehr als Mensch behandelt ...«

Im selben Moment kam aus einem Nebenzimmer mit energischen Schritten ein stämmiger Mann im weißen Kittel. An seinem Beruf bestand kein Zweifel. Er trug an der Brusttasche ein Namensschild aus Plastik, demzufolge er Rimpinen hieß.

»Wer von Ihnen hat Nygren begleitet?«

»Ich«, sagte Raid.

Der Arzt schnupperte in der Luft und führte Raid in sein Zimmer. »Sind Sie ein Verwandter?«

Raid nickte.

»Haben Sie nicht gewusst, dass er Magenkrebs im fortgeschrittenen Stadium hat?«

»Wie weit fortgeschritten?«

»Verbleibende Lebenszeit ein paar Wochen bis ein paar Monate. Da ist nichts mehr zu machen, tut mir Leid.«

»Kann ich ihn sehen?«

»Nur kurz. Er hat ein starkes Schmerzmittel bekommen ..., eigenartig, dass er Ihnen nichts erzählt hat. Er ist schon seit langem in Stockholm in Behandlung und bekommt ständig Schmerzmittel ...«

»Ein paar Worte«, sagte Raid.

Der Arzt führte ihn in Nygrens Zimmer. Der Raum war klein, und es lagen noch fünf weitere Patienten darin. Zwischen den Betten standen transportable Plastikschirme. Der Arzt nickte und entfernte sich.

Es schien, als schliefe Nygren, aber als Raid seine Hand berührte, öffnete er sofort die Augen.

»Wie ist dein Befinden?«

»Es war schon mal besser, ich weiß bloß nicht mehr, wann.«

»Warum hast du kein Medikament genommen?«

»Ich dachte, es geht ohne. Es ging nicht. Die Hoffnung war schnell passé.«

»Wahrscheinlich ist auch unsere Fahrt jetzt passé.«

»Ist sie nicht.«

»Was hat der Arzt gesagt?«

»Egal, was er gesagt hat, ich verschwinde von hier, und zwar schnell. Und du hilfst mir dabei.«

»Wie?«

»Notfalls, indem du mich rausträgst.«

Eine Schwester erschien in der Tür und zeigte auf die Uhr. Raid nickte.

»Komm später wieder, nach Mitternacht, dann sind nur noch ein paar Schwestern und ein Bereitschaftsarzt hier. Sie können uns nicht hindern.«

»Bist du sicher, dass du hier wegwillst?«

»Ja ..., da ist nur eine Sache.«

»Welche?«

»Die Wirkung des Schmerzmittels lässt gegen Morgen nach. Ich brauche Nachschub für unterwegs.«

»Aspirin reicht wahrscheinlich nicht.«

»Morphium, ich brauche Morphium.«

Raid kehrte kurz nach Mitternacht zurück. Er fuhr möglichst dicht an den Haupteingang und beobachtete das Krankenhaus fast zehn Minuten lang aus dem Auto. Durch die Glastüren des Eingangs konnte er in die Empfangshalle sehen. Dort befanden sich nur ein paar Patienten und die Mitarbeiterin an der Anmeldung.

Raid ließ die Wagentüren offen und marschierte hinein, an der Anmeldung vorbei und direkt zu Nygrens Zimmer. Die Frau am Schalter wurde erst aufmerksam, als er schon auf dem Gang war, und rannte hinter ihm her.

»Sie müssen sich hier anmelden«, sagte sie.

»Ich bin kein Patient. Ich will meinen Onkel besuchen.«

»Sie verstehen wohl, dass jetzt keine Besuchszeit ist. Die Patienten schlafen.«

»Doktor Rimpinen hat mich angerufen. Er glaubt, dass mein Onkel nur noch wenige Stunden zu leben hat.«

»Rimpinen hat also angerufen ..., er hat mir gar nichts gesagt ..., er ist im Moment nicht erreichbar ..., wie war der Name des Patienten?«

»Ich weiß, wo er liegt.«

Raid ging weiter. Diesmal folgte ihm die Frau nicht.

Nygren lag vollständig bekleidet unter der Decke und setzte sich sofort auf, als er Raid sah. Der Patient im Nachbarbett wurde vom Lichtschein wach und murmelte irgendetwas vom Morgen.

»Es ist nicht Morgen, schlafen Sie nur weiter«, sagte Raid.

Nygren hielt sich am Bettrand fest, um sich an die aufrechte Haltung zu gewöhnen. Er machte ein paar Probeschritte und wurde zuversichtlich.

»Es klappt gut, wir können losgehen.«

»Setz dich wieder hin und warte. Ich hole erst ein paar Aspirin.«

Raid folgte dem Gang. Vor einer Tür auf der linken Seite blieb er stehen, dort hing ein Schild mit dem Namen K. Rimpinen. Ein schmaler Lichtstreifen schimmerte unter der Tür hindurch.

Raid trat ein und sah K. Rimpinen, der sich für die langen Nachtstunden einen angenehmen Zeitvertreib gesucht hatte. Die junge Nachtschwester lag halb nackt unter ihm auf dem Behandlungstisch. Sie hatte sich nicht ausgezogen, die Kleidungsstücke aber geöffnet und beiseite geschoben. Ihre großen Brüste wogten im Takt von Rimpinens Bewegungen.

Die Frau sah Raid zuerst. Sie war so verwirrt, dass sie kein Wort herausbrachte. Raids Eintreffen riss sie jedoch aus der Stimmung, sodass Rimpinens heftige Anstrengungen ins Leere gingen.

»'n Abend«, sagte Raid mit lauter Stimme.

Rimpinen erschrak dermaßen, dass er beinah vom Behandlungstisch heruntergefallen wäre. Er versuchte sich die Hose hochzuziehen, aber in liegender Stellung gelang es ihm nur schlecht. Die Krankenschwester erwachte aus ihrer Erstarrung und schob den Arzt von sich herunter.

Rimpinen raffte seine Hose hoch und strich sich die Haare aus der Stirn.

»Verzeihung, aber der Patient braucht ein Schmerzmittel«, sagte Raid.

Rimpinen schielte zu der Krankenschwester, die sich ihren BH von der Taille hochschob, und folgte Raid auf den Gang. »Welcher Patient ..., und wer, zum Teufel, sind Sie?«

Dann erinnerte er sich an Raid. »Sie sind Nygrens Verwandter.«

»Er braucht ein Schmerzmittel für unterwegs. Wir müssen unsere Fahrt fortsetzen.«

»Der Mann ist todkrank. Er kann die Klinik noch nicht verlassen.«

»Darf ein Sterbender nicht selbst entscheiden, wo er sterben möchte?«

»Es handelt sich um ein rezeptpflichtiges Medikament, es ist sehr stark, eine Droge faktisch, ich kann es nicht jedem x-Beliebigen aushändigen.«

Raid zog die Pistole aus dem Mantel und drückte sie Rimpinen an die Schläfe.

»Hier ist das Rezept.«

Rimpinen sah auf die Waffe. Es dauerte einen Augenblick, ehe er begriff, dass er sich in einer beschissenen Situation befand.

»Das Medikamentenlager ist im ersten Stock.«

Raid folgte ihm die Treppe hinauf. Die Eingangstür zum Lager war aus Metall und wirkte robust. Rimpinen zog einen großen Sicherheitsschlüssel aus der Tasche seines Kittels.

»Dies ist ein ernstes Vergehen, das verstehen Sie hoffentlich.«

Raid folgte ihm ins Lager. Das Morphium und die anderen starken Medikamente wurden in einem verschlossenen Schrank aufbewahrt, und Rimpinen brauchte einen zweiten Schlüssel.

»Es gibt Tabletten oder auch eine Flüssigkeit, die direkt in die Vene gespritzt wird.«

»Beides.«

Rimpinen entnahm dem Schrank je eine Packung.

»Eine Spritze«, befahl Raid.

Rimpinen suchte eine Spritze und ein Päckchen mit Nadeln heraus.

»Danke.«

Raid verschloss die Tür und sperrte Rimpinen im Lager ein.

Nygren hörte Raids Schritte und kam ihm entgegen.

Gemeinsam gingen sie in die Wartehalle. Raid winkte der Angestellten am Schalter zu. Bevor sie reagieren konnte, waren die beiden schon draußen.

»Wir müssen weit genug weg sein, ehe sie bei der Polizei Anzeige erstattet haben. Du kannst auf der Rückbank liegen und dich ausruhen.«

»An mir soll es nicht liegen, fahr zu.«

12.

Als Kommissar Kempas in der Kurklinik eintraf, litt Jansson gerade in einem Vortrag, der die Wechseljahre und die durch sie verursachten psychophysischen Veränderungen zum Thema hatte. Jansson wollte seinen Augen nicht trauen, als die Referentin Gleitmittel aus ihrer Mappe holte und erklärte, dass diese halfen, wenn die eigenen Sekrete versiegten.

Jansson war geradezu erleichtert, als Kempas erschien.

»Entschuldige, dass ich dich mitten in einem interessanten Vortrag störe.«

Sie gingen ins Café. Kempas holte sich eine kleine Tasse Kaffee, und sie setzten sich an einen Fenstertisch. Kempas trug einen einreihigen Nadelstreifenanzug. Der Schnitt stammte eindeutig aus den sechziger Jahren. Die weinrote Krawatte war schmal und hatte ein Muster aus kleinen Vierecken.

Jansson hatte beinah Mitleid mit seinem Kollegen. Er wusste, dass Kempas geschieden war, aber selbst wenn er es nicht gewusst hätte, dann hätte er es geahnt. An seinem ganzen Habitus war zu erkennen, dass keine Frau nach ihm sah.

»Ich dachte, es ist am besten, wir treffen uns persönlich. Ich war in Kuopio und musste sowieso hier vorbei.«

»Virta und Lunden waren schon hier.«

»Das ist nicht dasselbe.«

»Ich habe ihnen gesagt, dass ich nichts Neues weiß.«

»Ich möchte es selbst hören.«

»Jetzt hast du es gehört.«

»Warum hat Raid dich angerufen?«

»Er wollte mir etwas sagen.«

»Dass man sie in Ruhe lässt. Klingt nicht glaubhaft. Wenn sie Ruhe haben wollen, warum schießen sie dann Sariola zwei Finger und ein Stück von der Schulter weg.«

»Ist mir neu.«

»Sariola liegt in Kuopio im Krankenhaus. Ich habe ihn besucht, aber der Kerl redet nicht ..., oder er redet, aber nicht genug.«

»Wo fand die Schießerei statt?«

»Auf Nygrens Bauernhof in der Nähe von Kuopio. Der Hof ist allerdings auf einen Freund eingetragen.«

»Was hat Sariola da gemacht?«

»Sagt er nicht.«

»Sariola und Lehto haben schon mal versucht, Nygren Geld abzuluchsen. Wäre es nicht natürlich, dass es sich um einen neuen Versuch handelt? Nygren ist nur ein zu harter Brocken für sie.«

»Kann sein.«

»Wird nach Nygren gefahndet?«

»Ja, wegen versuchten Totschlags, und nach Raid ebenfalls.«

»Irgendwelche Hinweise?«

»Nein. Wir haben das Gehöft auf den Kopf gestellt, aber nichts gefunden. Der Nachbar hatte Nygren und Raid noch am selben Tag gesehen, an dem die Schießerei stattfand. Er behauptet, dass er nichts von dem Vorfall weiß, aber ich bin sicher, dass der Kerl lügt.«

Kempas sah Jansson erwartungsvoll an. »Die Situation hat sich also seit neulich wesentlich verändert. Glaubst du, dass Raid sich noch mal bei dir meldet?«

»Schwer zu sagen.«

Kempas beobachtete einen beinlosen Kriegsveteranen, der am Fenster vorbeirollte.

»Wir alle haben in diesem Krieg etwas verloren, der eine das Bein, der andere den Arm, und wieder andere die Seele oder die Zukunft.«

Auf Janssons Handy kam eine SMS an. Er rief sie ab.

»Brauchst du Hilfstruppen? Huusko.«

Jansson sah sich um und entdeckte Huusko im Eingangsbereich des Obergeschosses. Er tippte eine Antwort: »Noch nicht.«

Kempas sah ihm wortlos zu.
»Spielen wir zusammen oder getrennt?«
»Lieber zusammen.«
»Kommt mir nicht so vor.«
»Nein?«
»Hast du irgendwas gegen mich?«
Jansson musste eine Weile überlegen, weshalb Kempas' Art ihn jedes Mal zum Widerspruch reizte. Er beschloss, nicht auf die Frage zu antworten.
»Weißt du, warum man mich nicht mag?«, fragte Kempas. Seine stechenden Augen bohrten sich in die Janssons.
»Wer mag dich nicht?«
»Die Kollegen.«
»So würde ich es nicht ausdrücken.«
»Der Grund ist, dass ich vierundzwanzig Stunden am Tag Polizist bin. Ich mache diese Arbeit mit vollem Einsatz. Amateure mögen keine Profis, weil sie nicht daran erinnert werden wollen, was sie leisten könnten, wenn sie es ernst meinten. Den Wahrheitspropheten will niemand hören.«
»Ich schon.«
»Deshalb befindest du dich auch in demselben Dilemma wie ich ..., mit weit über fünfzig nur Kommissar, wo unbedeutendere Männer schon Abteilungsleiter oder in noch höheren Rängen sind.«
»Ich will gar nicht Abteilungsleiter sein.«
»Das ist es ja! Sollen die unbedeutenden Typen nur deshalb befördert werden, weil sie es wollen?«
»Keiner wird Chef, der es gar nicht will.«
Kempas überging Janssons Bemerkung.
»Ich bin auf Hunderten von Abteilungsbesprechungen, Direktorentagungen und Weiterbildungsveranstaltungen gewesen. Da wird über Belanglosigkeiten verhandelt und die Wahrheit ausgespart, und es werden Leute gelobt, die kein Lob verdienen. Wenn einer es wagt zu sagen, wie die Dinge wirklich sind, dann hört ihm niemand zu. Sie ste-

cken die Finger in die Ohren wie kleine Kinder. Die Wahrheit ist für die meisten eine zu bittere Pille.«

»Was meinst du mit der Wahrheit?«

»Dass Bedeutungslosigkeit und Inkompetenz tonangebend sind. Zu viel Können und zu viel Einsatz sind gefährlich.«

Kempas suchte in Janssons Blick Unterstützung, fand sie aber nicht.

»Alle denken, du vielleicht auch, dass ich verbittert bin, weil ich noch keine höhere Position erreicht habe. Darum geht es nicht. Ich will keinen höheren Rang. Lieber löse ich einen schwierigen Fall anständig, als dass ich für den Rest meines Lebens mit dem Abzeichen des Oberkommissars herumlaufe. Deshalb bin ich gefährlich und muss ausgelacht werden. Je mehr du lachst, desto mehr applaudiert man dir.«

Jansson hätte nie geglaubt, einmal Kempas' Seelentherapeuten spielen zu müssen, und das auch noch im nüchternen Zustand.

»Man hält dich für einen guten Polizisten.«

»Ich bettle nicht um Mitleid. Ich will nur sagen, wie es wirklich ist. Ich will, dass wenigstens wir beide einer Meinung über die Dinge sind.«

»Das sind wir, weitgehend«, gab Jansson zu.

»Ich schätze deine Arbeit und hoffe, dass du die meine schätzt.«

In Janssons Hirn rastete etwas ein, und alles wurde ihm schlagartig klar. Der einzige Zweck von Kempas' Ausbruch war es, ihn weich zu klopfen. Kempas' Methoden überstiegen sämtliche Skalen der Hinterhältigkeit um ein Vielfaches. Aus irgendeinem Grunde akzeptierte Jansson das jedoch. Er freute sich fast, als er Kempas' nächsten Schachzug erriet.

»Ich brauche deine Hilfe. Wenn wir Raid kriegen, kriegen wir auch Nygren.«

Kempas holte einen Straßenatlas aus der Tasche. Er hatte mit roter Tusche hier und dort Kreuze eingezeichnet. Er tippte mit dem Finger in die linke untere Ecke. »Turku. Dort war Nygren mit Raid zuerst. Wir wissen, dass er einen ehemaligen Kumpanen aufsuchte, der dort eine selbst gegründete Religionsgemeinschaft leitet. Von Turku fuhr er weiter in Richtung Kuopio.«

Kempas tippte auf das nächste Kreuz.

»Hier stießen sie das erste Mal auf Sariola und Lehto. Anschließend fuhren sie hierher, auf Nygrens Landgut. Dort enden die Spuren.«

Auf der Karte waren auch mehrere rote Fragezeichen eingezeichnet.

»Sie markieren die Wohnorte von Nygrens ehemaligen Kumpanen. Ein paar von ihnen sind schon befragt worden.«

Jansson sah sich die Karte an. Das nördlichste Fragezeichen befand sich in der Nähe von Rovaniemi.

»Von wo stammt Nygren?«

Kempas zeigte es ihm auf der Karte.

»Aus dieser Gegend.«

»Wenn er eine Abschiedstour macht, sollte man denken, dass er die Landschaft seiner Kindheit besucht.«

»Hab ich mir auch überlegt, aber das Problem ist, dass wir nicht genau wissen, wo diese Landschaft ist. Er hat bis zu seinem zehnten Lebensjahr an drei verschiedenen Orten gewohnt.«

»Und die Tochter? Nygren hat eine erwachsene Tochter.«

»Das ist mir auch schon eingefallen, wir haben denselben Gedanken.«

Janssons Handy klingelte. Der Anrufer war Raid.

»Kannst du reden?«

»Moment.«

Jansson stand auf und entfernte sich einige Meter vom Tisch.

»Ihr werdet wegen versuchten Totschlags gesucht.«

»Deshalb rufe ich an. Es war Notwehr. Sariola hat zuerst auf uns geschossen.«

»Es ist das Beste, du erscheinst mit Nygren, und ihr erklärt die Sache.«

»Das können wir nicht.«

»Warum nicht?«

»Wir müssen vorher ein paar Dinge erledigen.«

»Wann sind sie erledigt?«

»In zwei Tagen.«

»Zehn Meter von mir entfernt sitzt ein Polizist, der Jagd auf dich und Nygren macht. In zwei Tagen kann er viel erreichen.«

»Grüß ihn von mir.«

»Wo bist du?«

»Schwer zu sagen, noch.«

»Wann ist es leicht zu sagen?«

»Hab Geduld. Du erfährst es als Erster. Glaub mir, wenn ich dir sage, dass wir das Richtige tun.«

»Du vergisst, dass ich Polizist bin. Du verlangst zu viel von mir.«

»Du vergisst, dass ich ein Räuber bin. Ich verlange noch mehr von mir selbst. Ich rufe morgen wieder an.«

»Besser ist es.«

Jansson kehrte zu Kempas zurück.

»Meine Frau, sie will mich am Sonnabend besuchen.«

Kempas' Miene verriet nicht, ob er Jansson glaubte. Er hatte ein neues Thema gefunden.

»Wann hast du Nygren zuletzt getroffen?«

»Das ist mindestens drei Jahre her, es war damals, als er wegen des Banküberfalls in Stockholm verdächtigt wurde.«

»Du hast auch die Spielhöllen-Schießerei untersucht, bei der Nygren verwundet wurde ...«

»Das ist fast zwanzig Jahre her.«

»Als du Nygren vor drei Jahren getroffen hast, hat er da irgendwas Neues über die Spielhöllensache erzählt?«

»Warum sollte er, wo er es nicht mal vor zwanzig Jahren getan hat?«

»Die Sache war verjährt. Er hatte nichts mehr zu befürchten.«

»Er hat nichts erzählt.«

»Hat keine Namen genannt?«

Jansson schüttelte den Kopf. Er verstand nicht, was Kempas wollte.

Kempas merkte, dass er Jansson eine Erklärung schuldete.

»Ich suche nach Namen. Ich bin überzeugt, dass Nygren alte Bekannte treffen will. Ich habe einen Hinweis bekommen, der mit der Spielhöllensache zusammenhängt ...«

Anna kam mit Huusko aus der Schwimmhalle. Kempas' Blicke bohrten sich in sie. Anna drehte sich zu Jansson um und entdeckte Kempas. Sie machte auf dem Absatz kehrt und eilte fort, ohne sich umzudrehen. Huuusko wunderte sich und folgte ihr dann.

»Was hatte sie auf einmal?«, fragte Jansson verwundert.

»Manchmal erschrecke ich selbst davor, wie ich auf Frauen wirke.«

Jansson musste über Kempas' Bemerkung lachen, ob er wollte oder nicht.

Kempas stand auf, knöpfte seine Jacke zu und reichte Jansson die Hand.

»Danke.«

Sowie er weg war, erschien Huusko bei Jansson.

»Was für ein blöder Anzug.«

»Was war mit Anna los?«

»Die Frauen! Ihr war irgendeine dringende Sache eingefallen.«

»Was ist das Thema des Nachmittags?«

»Viagra und andere luststeigernde Stimulantia. Für Zuhörer unter fünfzig verboten.«

»Du lügst.«

»Stimmt. Es gibt etwas viel Interessanteres. Die Wirkung ballaststoffreicher Nahrungsmittel auf die Darmtätigkeit. Für Zuhörer unter sechzig verboten.«

»Du lügst.«

»Dir ist wohl gar nichts recht?«

»Was gibt es zum Mittag?«

»Regenbogenforelle und gratinierten Kürbis. Was wollte Kempas?«

»Dasselbe.«

»Nämlich was?«

»Du warst damals dabei, als Nygren wegen des Stockholmer Bankraubs verhört wurde. Hat er irgendwas von seinen alten Sachen erzählt?«

»Ich erinnere mich bloß noch, dass er ein lustiger Kerl war. Wir mussten wahnsinnig lachen. Ihm waren die komischsten Dinge passiert. Einmal hatte er ...«

»Und die Spielhöllensache?«

»Daran erinnere ich mich nicht. Was ist damit?«

»Nygren hatte dort gespielt, als plötzlich geschossen wurde. Er hatte eine Kugel in den Bauch bekommen und wäre beinah gestorben. Ich habe das damals untersucht ...«

»Das hat er nicht erwähnt.«

»Kempas fragte mich eben danach, obwohl die Geschichte uralt ist.«

»Warum?«

»Er sagte etwas von einem Hinweis.«

»Wenn du den Fall untersucht hast, müsstest du ja Bescheid wissen ..., wem gehörte das Lokal?«

»Masa Salme. Wir hatten ein paar zuverlässige Tipps bekommen, aber die Beweise fehlten. Wir konnten am Ende nicht klären, wer auf Nygren und einen zweiten Spieler geschossen hatte.«

»Vielleicht haben sie sich gegenseitig beschossen?«

»Wir haben keine Waffen gefunden, und keiner von beiden hat gegen den anderen ausgesagt.«

»Und andere Augenzeugen gab es nicht?«

»Nein ...«

Jansson kramte in seinen Erinnerungen.

»Doch, irgendjemand, es war wohl der Hausmeister. Er hatte die Schüsse gehört und beobachtet, wie die Leute aus dem Lokal rannten. Er rief den Krankenwagen ...«

Jansson rieb sich die Schläfen. Ihm kamen langsam die Erinnerungen.

»Der Hausmeister wurde nur flüchtig gecheckt, es schien unwahrscheinlich, dass er irgendwas mit der Spielhölle zu tun hatte.«

Jansson zückte sein Handy und tippte eine Nummer ein, die er auswendig kannte.

»Susisaari.«

Ihre Stimme war stets gleichbleibend kühl und sachlich. Damit bremste sie wirksam die Gefühlsausbrüche der Anrufer.

»Ich bin's. Würdest du mir einen kleinen Gefallen tun?«

»Wie klein?«

»In meinem Arbeitszimmer stehen im unteren Schrankteil Pappordner. Such den Ordner heraus, der mit ›Schießerei in der Annankatu‹ beschriftet ist.«

»Und dann?«

»In der Sache wurde ein Hausmeister befragt, der die Schüsse gehört hatte. Notier dir den Namen, finde he raus, wo er sich heute aufhält, und gib mir Bescheid.«

»Eilt es?«

»Nicht auf die Sekunde.«

»Also so schnell wie möglich.«

»Ja.«

13.

Nygren lag erschöpft auf der Rückbank. Raid hatte ihm eine Dosis Morphium gegeben, doch die Erschöpfung war nicht nur physischer Art. An seinen Augen konnte man sehen, dass bei den letzten Sonderangeboten des Lebens der Wunsch nach Verzicht in den Vordergrund trat. Raid wusste, dass es schwer war, den Menschen zurückzurufen, wenn er einmal erkannt hatte, wie leicht es war, den Griff zu lockern und loszulassen.

»Wir sind bald in deinem Dorf.«

In Nygren kam wieder Leben. Er raffte sich auf und drückte sein Gesicht förmlich ans Seitenfenster.

»Der Mensch muss einen weiten Bogen schlagen, ehe er wieder nach Hause kommt.«

»Der Bogen ist noch nicht vollendet«

»Aber schon auf den letzten Metern.«

Das Dorf tauchte wie ein heruntergelassener Vorhang auf. Hinter einem kleinen Laubwald ging es steil zum Fluss hinunter, das Dorf lag unmittelbar dahinter.

»Halt an!«

Raid fuhr an den Straßenrand und stoppte den Wagen.

Nygren staunte.

»Es sieht noch fast genauso aus. Ist die Zeit stehen geblieben?«

Raid sah auf die Uhr.

»Nein.«

»Als ich mit vierzehn von zu Hause wegging, kam ich hier herauf. Ich stand fast genau an dieser Stelle und blickte zurück. Ich hatte den alten Rucksack meines Vaters bei mir, darin eine Ersatzhose und ein paar Ersatzstrümpfe. Meine Mutter hatte mir Butterbrote und eine Schnapsflasche mit Milch eingepackt. Auf dem Kopf trug ich eine Schirmmütze, und in der Tasche eine Mundharmonika, die ich dem Nachbarsjungen geklaut hatte. Als ich von hier oben aufs Dorf heruntersah, hätte ich beinah geheult ..., mein Trotz erlaubte mir nicht, umzukehren ..., auf diesem Weg bin ich immer noch.«

Nygren räusperte sich und sah Raid an.

»Ich hätte nie gedacht, dass ich mal solchen sentimentalen Scheiß rede.«

»Ich höre gern zu.«

»Fahr weiter.«

Hinter dem Hang kam der neue Teil des Dorfes in Sicht, niedrige Geschäftshäuser und mehrere Wohnblöcke.

»Dort waren mal Felder ..., die Brücke wirkte früher viel größer!«

Raid hielt mitten auf der Brücke an.

»Unten am Brückenpfeiler gab es immer Fische, jetzt bestimmt nicht mehr.«

»Sieh nach.«

Nygren blickte ihn fragend an.

»Sieh nach, ob dort Fische sind, dann belastet es dich nicht mehr.«

»Warum eigentlich nicht.«

Nygren stieg aus und trat ans Geländer. Raid sah, wie er hinunterspähte. Er starrte eine Weile ins Wasser und kam dann wieder ins Auto.

»Keine da ..., ist auch besser so.«

Im alten Zentrum standen große Holzhäuser und einige Gebäude aus Stein.

»Die Bank, der Stoffladen, der Gemischtwarenladen, das Papiergeschäft.«

Nygren zeigte auf den Feuerwehrturm, der hinter einem Holzhaus aufragte.

»Die Schule ist hinter der Feuerwache.«

Raid fuhr um das Holzhaus herum. Dahinter befand sich der Gemeindesaal der Zeugen Jehovas, keine Schule.

»Sie ist abgerissen worden.«

Nygren wirkte enttäuscht. Ihm waren jahrelange Erinnerungen genommen worden, ohne dass man ihm etwas davon gesagt hatte.

»Zum Friedhof«, sagte er. »Wenn der nicht auch abgerissen worden ist.«

Nygren ging zielstrebig auf den Wegen zwischen den Gräbern entlang. Er schien sich auszukennen.

»Ich war zuletzt vor dreißig Jahren hier, als mein Vater gestorben war. Es war Winter, es herrschten fast dreißig Grad Frost, und ich kam ohne Hut. Ich fand das stilvoll. Alle anderen Trauergäste waren Dorfleute in Kartoffelsäcken. Ich kam mir vor wie ein Filmstar aus der großen Welt. Ich spürte, wie mich die Leute anstarrten und miteinander flüsterten. Ich genoss es.«

Ein kleiner Schaufelbagger hob die künftige Wohnung des nächsten Kunden aus, eine Einzimmerwohnung mit weniger als zwei Quadratmetern. Raid blickte in die Gruft. Der Boden war ideal zum Graben, gelb und weich, aber haltbar. Baumwurzeln stachen heraus.

Die Kirche mit der Holzkuppel hatte die Form eines Kreuzes. Nygren umrundete sie und nahm dann Kurs auf den östlichen Rand des Friedhofes, unmittelbar vor der Mauer, die aus großen Quadern errichtet war, machte er Halt. Hier stand ein niedriger, aber breiter Grabstein, darauf zwei Namen:

Aini Sofia Nygren
geb. 17.7.1911
gest. 14.9.1953

Eero Veikko Nygren
geb. 16.2.1907
gest. 8.2.1970

Der Stein war ungepflegt, man konnte die Namen unter dem Moos nur schwer erkennen. Für das Stutzen des Rasens auf dem Grab hatte die Kirchengemeinde gesorgt, Blumen gab es nicht. Der Busch, der einmal dort gepflanzt worden war, war abgestorben und völlig vertrocknet.

»Vater und Mutter.«

Nygren hielt seine gefalteten Hände nach unten. Es sah aus, als betete er.

»Ein Sohn kommt einmal in zwanzig Jahren ans Grab seiner Eltern und bringt nicht einmal Blumen mit.«

Auf einem benachbarten Grab wuchs ein üppiger Rosenstrauch. Raid schnitt eine Blüte ab und brachte sie Nygren. Der legte die Blüte aufs Grab.

»Es ist verdammt einfach, über den Tod zu reden, solange man noch Zeit hat. Wenn der Tod vor der Tür steht und unausweichlich ist, dann ist Schluss mit dem Gequatsche, und du stehst allein mit deiner Angst da. Dir fällt kein einziger schlauer Spruch mehr ein, obwohl du früher den ganzen Kopf davon voll hattest.«

Der Arbeitstag des Totengräbers war beendet. Das Rattern des Baggers verstummte.

»Du fragst dich nur noch, ob es wehtut, wenn sich eine Fliegenmade durch dein Gehirn frisst, und ob du sehen kannst, wenn deine Augen auf die Größe von zwei Popeln zusammenschrumpfen ...«

Nygren blickte Raid an. »Hässlich und erbärmlich, oder? Ich könnte natürlich daran denken, dass im Sommer auf meinem Grab schöne Blumen wachsen, dass im Herbst der rauschende Wind darüber weht und dass ich im Winter unter einer schneeweißen Decke liege, wenn Liebende auf Skiern über mich hinweggleiten ...«

»Genau.«

»Früher war ich sicher, dass ich in jedem Fall würdevoll und ohne Furcht sterben würde. Ich stellte mir vor, wie ich ernst in den Sonnenuntergang blicken und sagen würde: *It's a good day to die.* Das war so feierlich und schön, dass ich den Tod fast herbeisehnte.«

»Bist du jetzt nicht mehr sicher?«

»Ich bin mir allmählich sicher, dass es so nicht sein wird, sondern dass ich vor Angst winseln und mich einen Dreck um meine Würde scheren werde. Fehlt bloß noch, dass ich mit dem Teufel eine Verlängerung aushandle.«

Nygren sah Raid fragend an.
»Schwer zu sagen«, antwortete der.
»Meine Mutter war schon viele Jahre tot, als ich das erste Mal ihr Grab besuchte. Ich zupfte das Unkraut aus und pflanzte den Busch, den du dort siehst ... Eine alte Frau blieb bei mir stehen und sagte: Ein guter Ruheplatz für einen frommen Menschen. Die Alte lächelte mich an und ging weiter. Die Sache beschäftigte mich lange. Ich hätte gern gewusst, woher sie meine Mutter kannte, ob sie vielleicht Schulkameradinnen gewesen waren. Ich weiß auf jeden Fall, dass sie das nicht nur so dahergesagt hatte, sondern mit dem frommen Menschen meine Mutter gemeint hatte ..., meine Mutter war ...«
Nygren unterbrach sich.
»Lass uns gehen.«
Links neben dem Grab der Eltern war ein unbenutzter Streifen. Dort stand kein Stein, aber der Streifen gehörte eindeutig zum selben Ensemble. Nygren bemerkte Raids Blick.
»Der Platz ist für mich reserviert.«
Die Entfernung bis zu Nygrens Elternhaus betrug gut einen Kilometer. Das Zentrum der Ortschaft endete allerdings gleich hinter der Kirche. An der Straße standen nur zweistöckige Holz- und Ziegelhäuser, alte und neue im Wechsel. Rechts gab es eine Werkstatt für Kleingeräte, eine Schneiderei, ein Café und eine Drogerie, links hinter einem lichten Kiefernwald erhob sich die weiß getünchte Schule, die aus den siebziger Jahren stammte.
»Als ich das letzte Mal über diese Straße fuhr, war hier noch kein Asphalt – und keine Schule«, bemerkte Nygren. »Ich saß in einem feuerroten Porsche, den ich mir von der letzten Beute gekauft hatte. Die Leute starrten mich so neugierig an, dass ich ein Zelt hätte errichten und Eintritt nehmen können.«
Die Häuserreihe an der Straße endete vorübergehend. Rechts lag ein Feld und links ein kiefernbestandener Hang.

Hinter dem Feld waren neu erbaute Reihenhäuser zu sehen. Die Straße stieg an und führte in einer sanften Biegung nach rechts.

»Oben auf dem Hügel scharf nach rechts.«

Die Straße endete hinter einem hellgelben Haus. Auf dem Hof stand ein verrosteter Kleintransporter.

»Den Anbau gab es damals nicht ..., und das Haus war rot.«

Raid schaltete den Motor aus.

»Die Espe haben sie gefällt.«

»Welche Espe?«

»Über dem Erdkeller stand eine große Espe. Wir hatten darin eine Hütte.«

»Möchtest du dir das Haus näher ansehen?«, fragte Raid, aber Nygren schien nicht zuzuhören.

»Der Schuppen stand links vom Haus, und die Sauna am unteren Rand des Grundstücks ...«

Nygren verstummte und betrachtete den Hof.

»Die Apfelbäume hat meine Mutter gepflanzt. Ich erinnere mich noch daran. Meine Mutter pflanzte für jedes Kind einen eigenen Baum. Der hinterste war Hannus Baum, der in der Mitte gehörte Irja, und meiner war der letzte, der zum Haus hin steht.«

Nygrens Baum wirkte ungesund. Ein Teil der Zweige war vertrocknet, und nur ein paar kümmerliche Äpfel hingen daran. Die beiden anderen Bäume schienen gut zu gedeihen, und sie trugen reichlich Früchte. Eine Sorte war hell, die andere dunkelrot.

Raid stieg aus dem Auto und ging auf den Hof. Hinter dem Verandafenster stand eine Frau mit einem Kind im Arm. Raid winkte ihr zu und pflückte von jedem Baum zwei Äpfel. Die Frau öffnete die Tür und trat auf die Stufen hinaus.

»'n Tag«, sagte Raid.

Die Frau nickte ängstlich.

Raid zog einen Hunderter aus der Tasche und gab ihn der Frau.

»Sechs Äpfel für einen Hunderter, ist es recht?«

Raid entfernte sich, und die Frau starrte verwundert auf den Geldschein.

Nygren befühlte die Äpfel und schnupperte mit geschlossenen Augen daran.

»An den Duft erinnere ich mich.«

Er hielt einen Apfel von seinem Baum in der Hand. Der Apfel war klein und hatte schwarze Flecken von irgendeiner Krankheit. Nygren biss hinein und schnitt eine Grimasse, dann öffnete er die Autotür und warf den Apfel hinaus.

»Fahren wir.«

Im Dorf gab es nur eine einzige Übernachtungsmöglichkeit, ein kleines Hotel, das im alten Zentrum stand. Im Erdgeschoss des verputzten Ziegelhauses war früher eine Bank gewesen. Jetzt befanden sich in diesen Räumen die Gaststätte und die Rezeption des Hotels. In der oberen Etage gab es etwa zehn Zimmer, Nygren hatte ihnen zwei nebeneinander liegende reserviert.

Der Schrei weckte Raid kurz vor drei Uhr morgens. Auf den Schrei folgte ein abgerissenes Wimmern und Schluchzen, das fast ganz abebbte und dann wieder stärker wurde.

Raid zog sich die Hose an und ging auf den Flur. Er hatte den Schlüssel zu Nygrens Zimmer und öffnete die Tür.

Im Bad brannte Licht, durch den Türspalt fiel ein Lichtstreifen auf die gegenüberliegende Wand. Raid schaltete auch im Flur das Licht an. Nygrens Zimmer war genauso eingerichtet wie sein eigenes, ein großes Bett und ein kleiner Nachttisch, ein Fernseher und eine Minibar. Bei Raid war sie voll, bei Nygren leer. Auf dem Nachttisch standen Batterien kleiner Flaschen, aufgestellt wie Schachfiguren. Nygrens Hose hing säuberlich zusammengefaltet über der Stuhllehne.

Nygren hatte sich halb aufgerichtet und starrte zwischen seinen Knien hindurch, ohne etwas zu sehen. Er atmete tief und stoßweise. Seine Haare standen wirr nach allen Seiten, und auf seinem Gesicht glänzte Schweiß.

In der Minibar stand noch eine ungeöffnete Flasche mit Saft, mehr nicht. Raid öffnete die Flasche, füllte das Glas, das auf dem Nachttisch stand, und reichte es Nygren.

»Hattest du einen Albtraum?«

Nygren blickte auf. Seine Augen waren zunächst trübe, aber dann kehrte er langsam wieder in die Gegenwart zurück. Er rieb sich die Arme, so als ob er fröre.

»Nein ..., es war die Hölle.«

Er nahm den Saft, den Raid ihm reichte, und trank ihn in einem Zug aus.

Raid öffnete das Fenster. Von Süden wehte ein sanfter Wind, der den Geruch frisch gemähten Korns mitbrachte.

Nygren stieg aus dem Bett und kam ebenfalls ans Fenster. Er steckte den Kopf hinaus und atmete tief. Er trug kurze Unterhosen, sein Oberkörper war nackt. Für sein Alter war er in guter körperlicher Verfassung, schlank und sehnig. Nur am Hals und im Gesicht zeigten sich Spuren des Alters. Um den Hals trug er eine dünne Goldkette mit einem Kreuz daran. Auf den rechten Bizeps war ein steil nach oben fliegender Falke tätowiert.

»Möchtest du wissen, wie die Hölle ist?«

»Nicht unbedingt.«

»Es ist ein Albtraum, aus dem man nur in einen anderen, noch schlimmeren Albtraum erwacht, und die Kette ist endlos. Das einzige Gefühl ist Angst, und alle Sinne sind geschärft, dir Qual zu bereiten. In der Hölle kann man nicht die Augen schließen und sich die Ohren verstopfen oder die Pistole nehmen, sich eine Kugel in den Schädel schießen und sagen, jetzt ist Schluss. Ich hatte schon gedacht, dass ich den Traum los bin, aber dieser eben war der Schlimmste von allen bisherigen. Mir ist, als wären meine Innereien vereist.«

»Möchtest du irgendetwas?«

»Es reicht, wenn du so lange hier bleibst, bis mein Blut wieder zirkuliert.«

»Wie war der Traum?«

»Du willst es nicht wissen.«

»Aber du möchtest es erzählen.«

Nygren drückte seine Zigarette aus und warf sich die Decke um die Schultern.

»Ich war gestorben, und bei dem Leben, das unsereiner geführt hat, kommt man in die heißere Abteilung. Überall wimmelte es von denselben Wesen, die früher in der Kindheit unter dem Bett hervorkrochen, wenn das Licht gelöscht worden war. Sie umringten mich neugierig und kamen immer näher. Ich versuchte zurückzuweichen, aber der Fußboden war glitschig, und meine Füße klebten fest. Eines der Wesen kam zu mir, und aus seinem Maul schoss eine speerförmige Zunge, mit der es meinen Bauch durchbohrte, dann riss es meine Gedärme heraus und fing an, sie zu fressen.«

Nygren griff sich instinktiv an den Bauch.

»Irgendwie begriff ich, dass es nur ein Albtraum war, und zwang mich aufzuwachen. Ich wachte auch auf, befand mich aber in einem zweiten Albtraum. Ich war in der Steppe, und in der Nähe waren Männer, die wie Hunnensoldaten aussahen und damit beschäftigt waren, ihre Gefangenen mit großen Säbeln zu zerhacken. Ich sah alles ganz genau, sah die Kleidung der Soldaten, die Sattelverzierungen der Pferde und die Angst und die Qual in den Augen der Sterbenden, alles wirkte real.

Ich fürchtete, die Soldaten könnten mich entdecken, und zwang mich wieder, aufzuwachen ...«

Nygren zog die Decke fester um sich. Raid hatte den Eindruck, dass Nygren ihn misstrauisch ansah, so als fürchtete er, in einen dritten Albtraum geraten zu sein.

Raid hob die Hand, und Nygren fuhr zurück. Dann merkte er, was er tat, und zwang sich, Raids Hand zu berühren.

»Geplapper eines alten Mannes.«

Nygren nahm eine Zigarette vom Nachttisch und zündete sie mit zitternden Fingern an.

»Glaubst du, dass ich mich kein bisschen schäme, wenn ich gestehe, dass ich Angst habe?«

»Ich glaube es.«

»Wenn man die Dinge getan hat, die ich getan habe, und all die vielen Jahre gelebt hat, schämt man sich nicht mehr, jedenfalls nicht für das, wofür sich andere schämen würden. Heute schäme ich mich für ganz andere Dinge.«

Raid nahm einen Stuhl und setzte sich neben Nygren.

Nygren sah ihn an.

»Mir fallen Ereignisse ein, die sich irgendwann vor fünfzig Jahren zugetragen haben und die mir damals einen Scheißdreck bedeuteten. Jetzt schäme ich mich für sie und komme nicht von ihnen los. Sie sind wie Spürhunde der Vergangenheit, denen befohlen wurde, mir bis ans Grab zu folgen. Ich kann sie nicht abschütteln, und sie lecken mir auch nicht die Hand, selbst wenn ich das gern hätte.«

Nygren schlug sich mit den Händen an die Schläfen und wandte sich dann zu Raid um.

»Magst du eine Geschichte anhören?«

Raid nickte.

»Ich war in einer der letzten Klassen der Volksschule, als eine Familie ins Dorf zog, die aus dem tiefsten Hinterwald kam. In der Familie gab es neun Kinder. Der Vater arbeitete als Totengräber. Er trank und schaufelte Gräber. Einmal zu Beginn des Winters schlief er unten in einer Grube ein und die Füße froren ihm ab. Einer der Jungen kam in die Klasse unter mir, so ein kleines und mageres, immer schlecht gekleidetes Bürschchen. Einmal hatte er neue Schuhe an, neue und saubere, aber so verdammt große Kähne, dass sie sich fast um seine Füße drehten. Sein großer Bruder war zwei Klassen höher, und wir hörten von seinen Klassenkameraden, dass die Schuhe eigentlich ihm gehörten und er sie abwechselnd mit dem kleinen Bruder benutzte. In jeder Pause ärgerten wir den

Jungen wegen seiner Schuhe und traten ihm auf die Zehen. Als wir ihn wieder einmal ärgerten, zog er die Schuhe aus und ging auf Strümpfen nach Hause. Es war November, und die Erde war mit Schneematsch bedeckt. Der Junge fiel auf dem Weg hin, aber er sah sich nicht um. Wir standen alle still da und sahen zu, wie der Junge mit den Schuhen unter dem Arm davonging. Er kam nicht mehr in die Schule, und die Familie zog fort.«

Die Erinnerungen machten Nygren so zu schaffen, dass er aufstehen musste. Er trat ans Fenster und atmete die Nachtluft ein.

»Teil zwei der traurigen Geschichte vom Jungen mit den zu großen Schuhen: Als ich in den achtziger Jahren in Oulu einsaß, war der Junge auch dort. Ich hörte, dass er irgendwo in der Gegend von Pudasjärvi zwei ihm völlig unbekannte Frauen getötet hatte, mit denen er nach einer Weihnachtsfeier noch ein bisschen hatte weiterfeiern wollen. Er hatte lebenslänglich bekommen. Es standen große Artikel über ihn in der Zeitung, und einer der Verfasser äußerte sich zu seinen Gunsten ..., schrieb über seine schwere Kindheit und so weiter. Ich erkannte ihn sofort, aber er erkannte mich nicht, und ich hatte keine Lust, gemeinsame Erinnerungen aufzuwärmen ... Morgen ..., heute ist ein harter Tag, ich gehe schlafen.«

Raid stand auf. Nygren hielt ihn noch einmal an.

»Danke.«

14.

»Er ist mir mehr als zwanzig Jahre lang kein Vater gewesen. Ein Vater ist jemand, der zu Hause wohnt, der sein Kind auf den Schultern trägt, es abends zudeckt, ihm eine Geschichte vorliest und einen Gutenachtkuss gibt. Ich war sechs Jahre alt, als er von zu Hause wegging. Zwei Jahre später kam er noch einmal zu Besuch, und dann wieder, als ich konfirmiert wurde. Danach habe ich ihn nicht ..., und jetzt kommen Sie und fragen mich nach ihm, so als ob ich wüsste, wo er sich aufhält.«

»Sie sind immerhin seine Tochter.«

»Das bin ich die ganze Zeit gewesen, und er ist trotzdem nicht gekommen.«

Kempas stand im Flur, und die Frau machte keine Anstalten, ihn in die Wohnung zu bitten. An der Flurgarderobe hingen Kindersachen, und auf dem Fußboden standen mehrere Paar Kinderschuhe und blaue Gummistiefel. An der Wand stand ein Telefontisch, daneben hing ein Spiegel. Ein schmaler Streifen vom Wohnzimmer war sichtbar, ein gelbes Sofa stand darin.

»Hat er sein Enkelkind gar nicht gesehen?«

»Warum fragen Sie nach ihm? Was hat er getan, oder was hat er wieder getan?«

»Wir möchten ihn nur in einer Sache befragen.«

»Bei der Sache handelt es sich wohl um ein Verbrechen?«

Nygrens Tochter war schlank und dunkelhaarig. Kempas erkannte Nygrens Züge in ihrem Gesicht.

»Ja.«

»Ich möchte wissen, was er getan hat.«

»Es wurde auf einen Mann geschossen, Ihr Vater ist möglicherweise in die Sache verwickelt.«

»Ist er tot, der Mann?«

»Nein.«

»Er ist nicht gewalttätig.«

»Wer, Ihr Vater?«

»Ja.«

»Ein Kaffee könnte nicht schaden, und drinnen ließe sich besser reden.«

Die Frau war nicht so leicht umzustimmen.

»Ich kann Ihnen nicht helfen ..., und warum sollte ich auch. Er ist trotz allem mein Vater.«

»Was machen Sie, das heißt, was arbeiten Sie?«

»Gehört das hierher?«

»Ich bin Polizist, und ich untersuche ein ernstes Verbrechen, da sei mir ein gewisses Maß an Neugier gestattet.«

»Ich arbeite im Reisebüro. Hilft Ihnen das?«

»Sie verkaufen Reisen?«

»Ja.«

»Es ist ehrenwert, wenn der Mensch ehrliche Arbeit leistet. Unsereiner würde nicht gebraucht, wenn sich alle durch ehrliche Arbeit ernähren würden. Leute, die ehrlich arbeiten, helfen der Polizei, Verbrechen aufzuklären. Sie haben ein Kind, einen Jungen anscheinend, aus der Farbe der Stiefel zu schließen. Wie alt?«

»Sechs.«

»Ich möchte, dass die Welt ein besserer Ort für die Kinder ist, auch für Ihr Kind. Deshalb bin ich Polizist, und deshalb versuche ich die Verbrecher daran zu hindern, neue Verbrechen zu begehen.«

»Mein Vater ist vielleicht ein Verbrecher, aber er ist kein böser Mensch.«

»Wann haben Sie ihn zuletzt gesehen?«

»Ist dies ein offizielles Verhör?«

»Nein. Sie können sich weigern zu antworten, oder Sie können lügen, aber ich hoffe, Sie tun es nicht.«

Die Frau senkte den Kopf. Es dauerte einen Augenblick, ehe sie ihre Entscheidung getroffen hatte.

»Vor ein paar Tagen.«

»Wo?«

»Hier …, oder auf dem Hof. Er war auf der Durchreise und wollte mich sehen …, das Treffen dauerte nur ein paar Minuten. Er kam nicht mal ins Haus.«

»Auf der Reise wohin?«

»Er sagte, in den Norden oder nach Lappland, nichts Genaueres.«

»Was wollte er hier?«

»Er wollte wohl …, er wollte mich … und sein Enkelkind treffen.«

»Worüber haben Sie gesprochen?«

»Wir haben nicht viel geredet …, er hat sich dafür entschuldigt, dass er ein schlechter Vater gewesen ist …, dann las er mir ein Gedicht vor und ging.«

»Er las ein Gedicht?«

»Er hatte ein Gedicht für mich geschrieben, als ich ganz klein war. Er hatte es aufbewahrt und gab es mir jetzt.«

»Und sonst?«

»Er sagte zu meinem Sohn, dass er nach Lappland fährt und den Weihnachtsmann grüßen will …, dann ging er.«

Kempas beobachtete sie genau, die Bewegung ihrer Augen, ihr Stirnrunzeln, ihre Hände.

»Gibt es noch etwas?«, fragte er. So pflegte er sicherheitshalber zu fragen. Es hatte ihm viele Zusatzinformationen verschafft. Diesmal wusste er, dass die Frau noch etwas zu erzählen hatte.

»Er gab mir … Geld.«

»Geld? Wie viel?«

»Hunderttausend Mark.«

»Oho!«, rief Kempas. »Eine große Summe. Hat er erzählt, woher das Geld stammt?«

»Er gab mir ein kleines Päckchen, ich habe es erst drinnen geöffnet. Ich dachte, es ist ein Spielzeug für Jari …, sonst hätte ich es nicht genommen.«

»War noch mehr in dem Päckchen?«

»Ein Zettel.«

»Was für ein Zettel?«

»Darauf stand eine Botschaft …, eine Botschaft für mich …«

»Ja?«

»Darauf stand …, dass er mich liebt …«

Ihr versagte die Stimme, sie drückte die Hand auf die Augen.

Kempas legte ihr leicht die Hand auf die Schulter.

»Sie waren eine große Hilfe. Ich hätte noch ein paar Fragen …, wenn Sie erlauben.«

Sie wischte sich die Augen und nahm sich zusammen. Kempas beeilte sich nicht.

»Hat er Ihnen irgendwelche persönlichen Angaben hinterlassen, eine Adresse, eine Telefonnummer oder einen Namen?«

Sie schüttelte den Kopf. Sie schluchzte und wischte sich noch einmal die Augen.

»Wissen Sie, ob er Bekannte oder Verwandte im Norden hat?«

»Nein, und falls er welche hat, kenne ich sie nicht. Wir haben nicht besonders viel Familiensinn.«

»Und seine frühere Frau, Ihre Mutter?«

»Sie wohnt in Espoo. Ich glaube nicht, dass mein Vater sie aufgesucht hat. Wir haben gestern telefoniert, sie hätte es bestimmt erwähnt.«

»Haben Sie ihr erzählt, dass Nyg…, dass Ihr Vater hier war?«

»Habe ich.«

»Was hat sie gesagt?«

»Dass es zu ihm passt, aufzutauchen und nach fünf Minuten wieder zu gehen.«

Kempas überlegte kurz. Der Hut klebte ihm am Kopf und die Haut juckte. Er kratzte sich am Haaransatz. Schuppen rieselten auf seine Schultern. Auf dem dunklen Mantelstoff waren sie deutlich zu sehen.

»Was mache ich mit dem Geld?«

»Wo ist es?«

»Hier …, ich habe noch nichts davon genommen.«

»Verwenden Sie es, wie Sie möchten. Wir haben keine Erkenntnisse, dass es aus irgendeinem Verbrechen stammt.«

»Darf ich ..., darf ich wirklich ...?«

Kempas hob zwei Finger der rechten Hand wie zum Schwur.

»Die Polizei lügt nicht. Ich gebe Ihnen die Erlaubnis, das Geld zu verwenden.«

Zum ersten Mal lächelte die Frau.

»Eine Sache noch, war er allein?«

»Nein.«

»War ein Mann namens Raid bei ihm?«

Die Frau nickte.

»Hat er etwas gesagt?«

»Nein, kein Wort.«

»Uns interessiert besonders, woher Ihr Vater ihn kennt.«

Die Frau sah Kempas ein wenig erstaunt an.

»Wissen Sie es wirklich nicht?«

Nygrens Tochter wohnte in der vierten Etage. Kempas beschloss, die Treppe hinunterzugehen, obwohl der Fahrstuhl wartend bereitstand.

Durch die Fenster auf den Treppenabsätzen sah man den Hof mit dem Kinderspielplatz. Eine Schar kleiner Jungen war damit beschäftigt, im Sandkasten eine Autorennbahn zu bauen. Kempas trat zu den Jungen und sah ihnen zu.

»Ist jemand von euch Jari?«

Ein Junge mit einer Schirmmütze blickte auf.

»Bist du Jari?«

»Hm.«

»Möchtest du mir in einer Angelegenheit der Geheimpolizei helfen?«

»Welche Angelegenheit?«

Kempas holte seine Dienstmarke heraus.

»Kannst du lesen?«

»Ja. Ich gehe in die erste Klasse.«

»Was steht da?«

Der Junge entzifferte das Wort.

»Po…, Pol…, Polizei. Bist du ein richtiger Polizist?«

»Bin ich. Ich stelle dir ein paar geheimpolizeiliche Fragen …, vielleicht gehen wir ein bisschen beiseite, da, zur Schaukel.«

Kempas setzte sich auf eine Schaukel. Der Junge zögerte, setzte sich dann aber aufs benachbarte Brett.

»Dein Opa war vor ein paar Tagen hier, stimmt's?«

»Ja …, der Opa hat versprochen, dass er dem Weihnachtsmann Grüße bestellt.«

»Hat dir der Opa etwas gegeben?«

»Nein, aber er bittet bestimmt den Weihnachtsmann darum. Der Opa hat gesagt, dass er ein guter Kumpel von ihm ist.«

»Hat der Opa gesagt, wohin er fährt?«

»Ins Weihnachtsmannland.«

»Zum Berg Korvatunturi, oder?«

»Ja, in die Berge.«

»Hat er sonst noch etwas gesagt?«

»Nein …, ich glaube, ich mag den Opa nicht, weil er gemacht hat, dass meine Mama weinen musste …«

»Das tun Mamas manchmal.«

»Gut finde ich am Opa, dass er wirklich reich ist.«

»Mag sein …, kannst du telefonieren?«

»Das ist ja ganz leicht.«

»Wir vereinbaren jetzt etwas ganz Geheimes. Wenn dir dein Opa eine Karte oder ein Geschenk schickt, dann rufst du mich gleich an. Zur Belohnung bekommst du etwas von der Geheimpolizei.«

»Einen Revolver?«, fragte der Junge interessiert.

»Nicht direkt, aber etwas anderes Spannendes. Was würdest du zu Handschellen sagen? Damit kann man Räuber gefangen nehmen.«

»O ja, ich möchte Handschellen!«, freute sich der Junge.

Kempas unterstrich die Handynummer auf seiner Visitenkarte und gab sie dem Jungen.

»Aber kein Wort zu deiner Mama. Geheimpolizeiangelegenheiten darf man niemals der Mama erzählen.«

15.

Der Mann stieg aus seinem schwarzen amerikanischen Wagen und sah sich nach allen Seiten um. Er war jünger als vierzig. Sein kurzes Haar war blond gefärbt, und im rechten Ohr trug er einen goldenen Ring. Der schwarze Popelinemantel saß sehr eng, und nach Art der Kraftprotze hielt er beim Gehen die Arme vom Körper ab. Er hatte es nicht nötig, im Menschengewühl Platz zu machen.

»Rusanen leidet unter Verfolgungswahn und hat Angst, dass er beobachtet wird«, sagte Nygren. Er sah mit dem Feldstecher durchs Rückfenster des Mercedes.

»Das fürchte ich auch«, sagte Raid.

»Er wird nicht beobachtet. Ich weiß es.«

»Woher?«

»Es stand im Horoskop.«

Der Mann rührte sich nicht vom Fleck und sah mal nach links, mal nach rechts. Er verharrte in dieser Haltung bereits seit zehn Minuten, trotz des Nieselregens. Einmal hatte er sich für kurze Zeit in seinen Wagen gesetzt.

Der Mercedes stand so weit weg, dass keine Gefahr bestand entdeckt zu werden.

»Geh schon rein, wir haben nicht den ganzen Tag Zeit«, murmelte Nygren vor sich hin.

Der Mann traf seine Entscheidung und ging zu der moosgrünen zweistöckigen Baubaracke. Die Baracke stand auf einem eingezäunten Gelände, auf dem Baugerüste, zerlegte Kräne, Hebebühnen, verrostete Stahlteile und Brunnenringe aus Beton herumlagen. Neben dem Zaun stand eine grau gestrichene Lagerhalle aus Blech. Im Nieselregen wirkte das Gelände besonders schäbig.

»Die Baufirma ist auf einen Strohmann eingetragen, so wie auch Rusanens sämtlicher anderer Besitz.«

»Also dann los.«

Raid startete den Motor und fuhr zu derselben Stelle, an der der Kraftprotz gerade gestanden und umhergespäht hatte.

Nygren stieg aus, Raid ebenfalls.

»Bist du dir deiner Sache sicher?«

»Bin ich. Dies ist nicht die Eingebung eines Augenblicks.«

Raid nickte und ging zur Baracke. Davor stand ein blauer Volvo. Er hatte dort schon gestanden, als Raid und Nygren eingetroffen waren und die Baracke beobachtet hatten. Trotz des zweiten Autos befand sich außer dem Kraftprotz niemand in der Baracke.

Raid öffnete die Tür und trat ein. Die Baracke war als Büro eingerichtet. An den Wänden standen Regale und vor den Fenstern zwei Schreibtische, die mit Bauzeichnungen und Mappen bedeckt waren. Der Kraftprotz stand neben dem Spülbecken und füllte die Kaffeemaschine.

Er drehte sich um.

»'n Tag.«

Der Mann starrte Raid wortlos an.

»Brauchen Sie einen tüchtigen Arbeiter?«

»Du bist falsch hier, zieh Leine.«

Der Mann trat dicht an Raid heran und stieß ihm mit seinem dicken Zeigefinger an die Brust.

»Was für ein verdammter Clown bist du eigentlich?«

»Mein Kumpel hat ein Anliegen.«

»Welcher Kumpel?«

»Ein alter Kumpel.«

»Sag deinem Kumpel, er soll reinkommen ..., und du verschwinde wieder.«

Raid trat näher.

»Beobachten die Bullen das Gelände?«

»Und wenn schon, sollen sie doch. Was geht es mich an.«

Raid klopfte ans Fenster. Nygren kam herein.

Der Mann erkannte ihn sofort.
»Nygren!«
»Rusanen.«
Rusanen wog die Situation ab. Nygren war ein ernst zu nehmender Gegner, es war besser, ihn nicht zu erzürnen.
»Was führt dich nach Oulu?«
»Bin auf der Durchreise.«
»Und da hast du diese Firma ganz zufällig gefunden. Du verscheißerst mich.«
»Jemand hat's mir wohl erzählt.«
»Wenn du etwas willst, dann sag es. Ich habe zu tun.«
»Ich möchte mich für ein paar Freunde einsetzen. Du behandelst sie schlecht.«
»Dann kannst du gleich wieder gehen. Wenn die Kerle irgendwas zu sagen haben, dann sollen sie selber kommen ... Wahrscheinlich hat Hiltunen sich bei dir ausgeweint ...«
»Keine Namen.«
»Der Lahmarsch braucht eine kleine Belehrung.«
»Du brauchst eine.«
Rusanen sah plötzlich so aus, als wären zwei Bar Druckluft in ihn gepumpt worden. Er hielt einen Augenblick die Luft an, dann explodierte er.
»Verfluchter alter Drecksack! Zisch ab, solange gutes Wetter herrscht!«
»Das ist auch meine Absicht.«
»Ich warte. Dann fliegst du mit dem Arsch zuerst raus.«
Rusanen sah auf seine protzige Uhr. Ihr Gefunkel ließ nicht erkennen, ob sie purer Schund war oder aus Gold und Edelsteinen bestand.
Nygren beobachtete ihn kühl.
»Wie lange soll ich noch warten?«
Rusanen griff sich das Brotmesser, mit dem er gerade einen Weizenzopf aufgeschnitten hatte.
»Gar nicht mehr.«
Er ging auf Nygren los und fuchtelte mit dem Messer, so wie er es im Film gesehen hatte. Im wirklichen Leben

funktionierten die Mittel des Films jedoch nicht. Raid ließ den Mann eine Weile agieren. Der vergaß in seiner Wut, dass Nygren nicht allein war.

Raid zog die Waffe und zielte dem Mann auf die Stirn.

»Halt!«

Der Mann schielte zur Seite und sah die Waffe. Die Hand mit dem Messer erstarrte in Angriffsstellung.

»Zwei gegen einen, und ihr kommt nicht mal ohne Waffe aus.«

»Du hast gesagt, Hiltunen braucht eine Belehrung, und ich sage, dass du eine brauchst. Wer von uns hat Recht?«

»Haben wir zwei irgendein Problem?«

»Jetzt ja.«

»Wenn Hiltunen das Maul aufgerissen hat, muss man ihm eine Lehre erteilen. Vielleicht hat er dir ja was vorgesponnen?«

»Du erteilst niemandem mehr eine Lehre. Dich gibt es nicht mehr.«

Rusanen versuchte einzulenken.

»Wenn du Bauchschmerzen wegen deines Zellenkumpans hast, so gebe ich zu, dass es ein Ausrutscher war, ein bloßes Versehen.«

»Du bist ein bloßes Versehen.«

»Schaffen wir die Sache dadurch aus der Welt, dass ich dich am Geschäft beteilige. Du kriegst was ab von der ganzen Chose. Das nützt uns beiden, und keiner trägt dem anderen etwas nach.«

Nygren streckte die Hand aus, und Raid gab ihm die Waffe.

Nygren zielte Rusanen zwischen die Augen. Der sah, dass Nygren es ernst meinte.

»Im Panzerschrank liegen hunderttausend Mark. Nimm sie und verschwinde.«

Nygren antwortete nicht. Rusanen schluckte trocken.

»Was spielst du hier eigentlich den Heiligen? Alle wissen, was du getrieben hast. Sariola sagt, du hast ihn gelinkt.«

»So, sagt Sariola das?«

»Ich wiederhole nur, was er gesagt hat, das heißt nicht unbedingt, dass ich ihm glaube. Du stehst im Ruf, korrekt zu sein. Hunderttausend sofort, und dann Anteile am Geschäft. Ich habe direkte Kontakte nach Russland, nach Holland und zu den Amis. Du machst mehr Gewinn als mit den Aktien von *Sonera* oder sonst wem.«

»Kein Interesse. Was du tust, ist zum Untergang verurteilt.«

»Woran hast du dann Interesse? Sag es, und wir machen Nägel mit Köpfen. Nehmt Kaffee, im Schrank ist Kognak. Wir gießen uns einen auf die Lampe und reden über alte Zeiten.«

»Du kriegst hiermit einen auf die Lampe.«

Nygren schwenkte die Pistole.

Rusanen versuchte zu scherzen, aber es gelang ihm nur schlecht.

»Willst du den Bullen eine Freude machen?«

»Mir selbst und vielen anderen.«

Raid trat ans Fenster und spähte hinaus. Er drehte sich um und nickte.

Nygren drückte den Abzug, die Kugel schlug in Rusanens Stirn, er fiel gegen das Spülbecken und rutschte auf den Fußboden.

Raid nahm die Waffe aus Nygrens Hand.

»Gehen wir.«

»Wir brauchen einen Vorsprung. Wir müssen die Leiche verstecken.«

Nygren ließ sich nicht umstimmen. Raid wickelte die Leiche in eine Plane, die er in der Lagerhalle fand. Sie trugen sie gemeinsam nach draußen und warfen sie auf einen Haufen Gerümpel am Rande des Platzes.

Anschließend fuhr Raid direkt auf die Autobahn nach Norden. Nygren saß wortlos auf der Rückbank.

16.

Jansson erwartete den Besuch seiner Frau und fürchtete sich zugleich davor. Sein Gewissen plagte ihn, auch wenn er nur im Traum mit Anna geschlafen hatte, wenn überhaupt.

Vor allem fürchtete er, Anna zu begegnen, wenn er mit seiner Frau unterwegs war. Ihr würde sofort die geringste Abweichung von seinem normalen Verhalten auffallen.

Und selbst wenn nicht, Anna war der Typ, der bei Ehefrauen Unruhe hervorrief, vermutlich sogar bei seiner Frau.

Jansson ging nach dem Frühstück schwimmen. Er schwamm mehr als einen halben Kilometer. Anschließend ging er in den Konditionssaal und drehte, zog, hob und trat Geräte, die Muskeln entwickeln sollten, von deren Existenz er früher nicht einmal etwas geahnt hatte.

Er genoss es, dass am Wochenende kein Trainer da war und er sich im Saal austoben konnte, wie er wollte. Außer ihm war nur noch Huusko anwesend.

»Es fehlt bloß noch ein Trainingsprogramm für den Schließmuskel«, bemerkte Huusko.

Er drückte die Stangen zum Training der Schulter- und Brustmuskulatur zwanzigmal schnell hintereinander zusammen.

»Hast du immer noch Heimweh?«

»Zwei Wochen in diesem Haus sind zu viel.«

»Stimmt. Auch mir hätte eine Woche genügt, wenn ich es recht bedenke.«

»Meine Frau kommt mich besuchen«, sagte Jansson.

»Und erlebt die Überraschung ihres Lebens.«

»Wieso?«, fragte Jansson verwundert.

»Wenn der Kriminalkommissar, der sich selbst und seinen Liebesknüppel in Topform gebracht hat, sie aufs Laken wirft und die Wollust in ungeahnte Höhen treibt.«

»Hopo, hat dir schon mal jemand gesagt, dass du manchmal verdammt geschmackloses Zeug redest?«

»Klar, du auch schon mehrmals.«

Im Allgemeinen nahm Jansson ihm sein Geflachse nicht übel. Er wusste, dass Huusko es nicht böse meinte, allerdings meinte er es auch nicht gut. Er meinte nichts. Nach seiner Lebensphilosophie musste man den Dingen die amüsante Seite abgewinnen, jedenfalls amüsant nach seinem Verständnis. Andererseits war das Gelästere seine Art zu zeigen, dass er und Jansson Kumpel waren. Mit einem Kumpel konnte man herumlästern, ohne dass der andere Grund hatte, böse zu werden. Und man lästerte immer, um zu amüsieren, nicht, um zu beleidigen.

»Hat man schon deine Beine gemessen?«, fragte Huusko.

»Wieso?«

»This is not humour. Beine von unterschiedlicher Länge verursachen Rückenbeschwerden, deshalb werden bei jedem die Beine gemessen. Ich war gestern dran, mein linkes Bein ist einen halben Zentimeter kürzer als das rechte. Da musste ich erst so alt werden, ehe sich herausstellte, warum ich immer nach links kippe.«

»Und was wurde dir für deine unterschiedlich langen Beine empfohlen, ein Arzt, oder?«

»Ein Schuster. Der linke Schuh bekommt eine dickere Sohle.«

»Wäre es nicht einfacher, den rechten Schuh wegzulassen? This is not humour.«

Ein Veteran, der ein Bein und den rechten Arm eingebüßt hatte, kam in den Saal. Er ging zum Zuggerät und begann, mit einer Hand Gewichte hochzuziehen.

Huusko kletterte, gleich Jansson, auf das Fahrradergometer.

»Gibt es etwas Neues von Raid?«

»Nein.«

»Du bist nicht sehr daran interessiert, Kempas bei Nygrens Festnahme zu helfen?«

»Ich helfe, wenn es einen Anlass gibt.«

»Du glaubst nicht, dass Nygren und Raid etwas planen?«

»Natürlich planen sie etwas, aber nicht das, was Kempas denkt.«

»Was dann, hat Raid es nicht erzählt?«

»Nein.«

»Vertraust du ihm mehr als Kempas?«

»In diesem Fall.«

Janssons Handy klingelte, es war Sanna Susisaari.

»Bist du gerade an einem ungünstigen Ort?«, fragte sie.

»Auf dem Fahrradergometer.«

»Kannst du mit einer Hand fahren?«

»Kann ich, und auch noch gleichzeitig dabei reden.«

»Was sind die Männer doch geschickt ... Die Kollegen aus Oulu haben angerufen. Der lokale Gangsterkönig ist erschossen aufgefunden worden. Sie glauben, dass Nygren und Raid dahinter stecken.«

»Warum?«

»Warum erschossen oder warum sie das glauben? Sollte ein Scherz sein. Weil jemand einen alten Mercedes in der Nähe des Tatorts gesehen hat.«

Jansson hatte aufgehört zu treten und konzentrierte sich aufs Zuhören.

»Welche Art von Gangster war der Erschossene?«

»Ein skrupelloser Drogendealer. Er stand im Verdacht, den Drogenhandel von ganz Nordfinnland in der Hand zu haben. Hat mal ein Fitnessstudio betrieben, galt als äußerst gewalttätig.«

»Hatte Nygren etwas mit dem Mann zu tun?«

»Offenbar haben sie zur gleichen Zeit im Ouluer Bezirksgefängnis eingesessen.«

»Und Raid?«

»Kannte den Mann vermutlich nicht. Oulu hat sich an uns gewandt, weil du Raid und Nygren kennst. Sie glauben, dass es zur Schießerei kommt, wenn die beiden gestellt werden, und dann brauchen sie einen Unterhändler.

Ich habe versprochen, dass du auf jeden Fall anrufst, Leiter der Ermittlungen ist Kommissar Jaatinen ..., kennst du ihn?«

»Ich weiß Bescheid. Gibt es sonst noch etwas?«

»Du hast nach dem Hausmeister in der Spielhöllensache gefragt. Der Mann heißt Keijo Hiltunen, wohnt derzeit in Rovaniemi.«

Jansson prägte sich die Adresse ein, die Sanna Susisaari ihm nannte.

»Danke.«

»Wie läuft es bei euch?«

»Bin langsam übertrainiert.«

»Und Hopo?«

Huusko hört seinen Namen und drückte das Ohr ans Handy. Jansson schob ihn weg.

»Hat total schlappgemacht, wer hätte das von einem so jungen Mann gedacht.«

»Grüß ihn.«

»Mach ich.«

Jansson beendete das Gespräch.

»Hast du alles gehört?«

»Ungefähr. Der Himmel belohnt meine guten Taten. Ich habe einen Gedanken.«

»Erzähl.«

»Wir haben jetzt die Gelegenheit, hier abzuhauen. Wir haben eine Bitte um Amtshilfe bekommen, und als anständige Polizisten helfen wir natürlich den Vettern vom Lande. Wir suchen nach Nygren und Raid.«

»Wie?«

»Das können wir uns auf der Fahrt nach Oulu überlegen.«

Jansson ging in den Umkleideraum und rief zu Hause an. Er erreichte seine Frau, als sie gerade gehen wollte.

»Bist du enttäuscht, wenn wir uns nicht treffen?«

»Natürlich bin ich das. Was ist passiert, hast du eine gefunden, die meinen Charme überbietet?«

»So eine gibt es nicht.«

»Dafür verzeihe ich dir viel.«

»Wir haben ein Amtshilfeersuchen aus Oulu bekommen. Eine Mordsache.«

»Mordsache nennt man das also jetzt.«

»Ich kenne die Männer, die als Täter verdächtigt werden, und …«

Seine Frau unterbrach ihn.

»Ich habe nur Spaß gemacht. Natürlich fährst du, wenn man dich dort weglässt.«

Huusko trat in den Umkleideraum.

»Ich komme dann von Oulu direkt nach Hause«, sagte Jansson.

»Hauptsache, du warnst mich rechtzeitig, damit ich all die jungen Adonisse rauswerfen kann.«

»Ich verspreche es.«

»Fahr vorsichtig.«

»Huusko fährt.«

»Dann kann ich mir die Worte sparen. Übrigens hatte ich einiges mit dir vor. Ich habe mir neue Dessous gekauft, schwarz und sündig.«

»Danke, ich probiere sie gleich aus, wenn ich nach Hause komme.«

»Quatsch. Ich habe sie für mich selbst gekauft.«

»Quatsch. Du bist meine große Liebe.«

»Raspel, raspel, jetzt hören wir auf.«

»Okay.«

Huusko warf seine Sachen in die abgenutzte Sporttasche.

»Redet ihr immer so?«

»Oft.«

»Zum Glück bist du nicht zuckerkrank. Wann fahren wir?«

»Sofort.«

Jansson ging in sein Zimmer, um zu packen. Er war gerade damit fertig, als das Telefon klingelte. Es war Raid.

»Wir haben vereinbart, dass ich anrufe, wenn etwas passiert.«

»Ja.«
»Es ist etwas passiert.«
»Was?«
»Jemand ist tot.«
»Hast du ihn getötet?«
»Nein.«
»Nygren also?«
»Ja.«
»Warst du dabei?«
»Schwer zu sagen.«
»Sprichst du von einem Ouluer Gangster namens Rusanen?«
»Gut geraten.«
»Nygrens Auto wurde in der Nähe des Tatortes gesehen. Ich will gerade wegen dieser Sache nach Oulu fahren. Ihr werdet gesucht.«
»Ich weiß. Wir müssten uns treffen.«
»Wo bist du?«
»Ich rufe am Abend noch mal an.«
»Du hast versprochen, nichts zu tun, was ich nicht auch tun würde.«
»Hab ich auch nicht.«
»Aber Nygren.«
»Finde ich nicht.«
»War es Notwehr?«
»Gewissermaßen.«
»Ihr seid trotzdem zu weit gegangen.«
»Wenn du Rusanen gekannt hättest, hättest du dasselbe gemacht.«
»Kaum.«
»Ich habe noch eine Bitte.«
»Welche?«
»Das erzähle ich, wenn wir uns treffen. Ich rufe am Abend an.«
Huusko erschien mit seiner Tasche in der Tür. Jansson griff nach seinem nagelneuen Samsonite.
»Noch mal lockst du mich nicht hierher«, sagte er.

Auf dem Parkplatz kam ihnen Anna entgegen.
»Hast du einen Augenblick Zeit?«, fragte sie Jansson.
Huusko stieg diskret ins Auto. Jansson trat ein paar Schritte zur Seite.
»Ja?«, sagte er.
»Ich möchte nicht, dass du einen falschen Eindruck von mir behältst. Ich habe dich nicht angesprochen, damit du deine Stellung als Polizist zu meinen Gunsten einsetzt. Ich habe es getan, weil ich dich mag. Du hast so was … Beschützendes.«
Jansson antwortete nicht.
»Was hat Kempas, dein Kollege, über mich gesagt?«, fragte Anna.
Jansson erinnerte sich an ihre Kehrtwendung bei Kempas' Anblick.
»Kennst du ihn?«
»Ich ahne, dass er schlecht über mich gesprochen hat.«
»Er hat überhaupt kein Wort über dich gesagt.«
Anna schien nicht zu hören.
»Überall gibt es missgünstige Menschen, die Klatsch und Lügen verbreiten.«
»Er hat nicht über dich gesprochen«, sagte Jansson erneut.
Anna beugte sich vor und küsste ihn auf die Wange.
»Vielleicht ein andermal«, flüsterte sie.
»Vielleicht«, hörte Jansson sich murmeln.
Anna drehte sich um und ging auf das Hauptgebäude zu.
»Muss Liebe schön sein!«, sagte Huusko.
»Sei still.«
Huusko sah verwundert Janssons strenge Miene und verstummte.

17.

Raid bog auf eine Nebenstraße ab und hielt in einem lichten Kieferngehölz. Er packte eine Einwegspritze aus und füllte sie mit Morphium. Nygren presste die Arme um seinen Körper, als fürchtete er, auseinander zu fallen. Raid drückte ihn gegen die Lehne der Rückbank, um ihm das Morphium zu spritzen.

Der Schmerz war schon vor zwei Stunden zurückgekehrt, aber Nygren hatte dagegen angekämpft, bis er sich beugen musste. Mit bleichem, schweißnassem Gesicht hatte er Raid gebeten, irgendwo anzuhalten, wo es ruhig war. Das Morphium wirkte schnell, und Nygrens qualvolles Gesicht entspannte sich.

Raid bot ihm Apfelsinensaft aus dem Tetrapack an, Nygren saugte die ganze Packung leer.

»Besser?«

Die Farbe kehrte in Nygrens Gesicht zurück.

»Es ist ungerecht, wenn man in diesem Alter und mit diesem Hintergrund feststellen muss, dass man gar nicht so hart ist, wie man geglaubt hatte.«

»Du brauchst niemandem etwas zu beweisen.«

»Doch, mir selbst. Die anderen kann man bescheißen, aber sich selbst nicht, ich jedenfalls nicht. Und du wahrscheinlich auch nicht.«

»Stimmt.«

»Fahr jetzt los. Ich möchte die nächste Nacht in sauberer Bettwäsche schlafen.«

Raid drehte und fuhr wieder auf die Hauptstraße. Nygren kauerte in halb liegender Stellung auf der Rückbank und starrte aus dem Fenster.

»Wie fühlst du dich?«, fragte Raid.

»Mürbe wie Knäckebrot.«

Der Krankheitsanfall hatte Nygren für etwa vierundzwanzig Stunden außer Gefecht gesetzt. Zunächst hatte er fast zehn Stunden geschlafen. Danach war er wach gewesen, hatte aber still und in sich gekehrt auf der Rückbank gelegen. Raid sehnte sich inzwischen fast nach seinem Geplauder.

»Du warst mit der Geschichte des Autos noch nicht fertig.«

»Willst du sie wirklich hören?«

»Ja, wenn du die Kraft zum Erzählen hast.«

Nygren dachte darüber nach, ob er erzählen und ob Raid zuhören wollte.

»Wahrscheinlich willst du wirklich.«

»Leg los.«

»Ich war bei dem Ökobauern stehen geblieben, der das Auto von der Witwe gekauft hatte. Der Wagen stand fast zehn Jahre in der Garage, denn der Kerl fuhr nur höchst selten damit. Er hatte für den Alltag ein anderes Auto, einen zwanzig Jahre alten beschissenen Datsun. Dann kam der Tod und raffte den habgierigen und geizigen Mann dahin, sodass er letzten Endes gar nicht viel von dem Mercedes hatte. Gleichzeitig bewies sich wieder einmal das gerechte Gesetz, dass du in die Hölle keinen Mammon mitnehmen kannst, nicht mal einen Mercedes.«

»Aber einen Lada.«

Nygren sah Raid ein wenig erstaunt an.

»Stimmt es nicht, dass in der Hölle der Mercedesbesitzer mit dem Lada gefahren wird?«

Nygren lachte und hustete gleich darauf. Er krächzte und röchelte, bis er die Lunge wieder frei hatte.

»Und wie es so oft in dieser gerechten Welt zugeht, bekommt das Geld und den Besitz derjenige, der keinen einzigen Schweißtropfen dafür vergossen hat. Der Mann hatte einen nichtsnutzigen Sohn, der sein Studium abgebrochen hatte und vom Geld seines Vaters lebte. Da er der einzige Sohn war, erbte er den Hof und das Auto.«

Die Sonne ging unter, und am westlichen Horizont bildete sich ein orangefarbener Streifen. Die Kiefern zu beiden Seiten der Straße glühten im Abendrot.

»Ich hatte irgendeine Kleinigkeit in Rovaniemi zu erledigen und übernachtete im Hotel *Pohjanhovi*. Der bewusste Sohn hielt sich gerade mit ein paar Kumpanen dort auf. Er bildete sich ein, ein gewiefter Kartenspieler zu sein, und suchte nach Mitspielern. Ich hatte zufällig fünfzig Tausender lose in der Tasche.«

»Du hast das Auto gewonnen«, vermutete Raid.

Nygren warf ihm einen finsteren Blick zu.

»Wenn dir jemand eine Geschichte erzählt, dann verdirb sie nicht, indem du vorher das Ende zu raten versuchst.«

»Verzeihung.«

»Wir spielten die ganze Nacht hindurch. Die anderen waren nach zwei Stunden raus, aber der junge Mann hielt mit. Um sechs Uhr morgens hatte er sein ganzes Geld verloren und obendrein noch vierzigtausend Mark Schulden gemacht. Er lernte hintenherum, dass die Welt auch mancherlei Prüfungen bereithält.«

»Hast du ihn betrogen?«

»Unterbrich mich nicht. Wir vereinbarten, dass wir ein paar Stunden schlafen und uns um zwölf Uhr in der Hotelhalle treffen ...«

Nygren kramte mühsam eine Schachtel Zigaretten aus der Tasche und zündete sich mit seinem alten Benzinfeuerzeug eine Zigarette an. Er nahm einen Zug und blies den Rauch ans Autodach, noch ein paar Züge, dann warf er die Zigarette aus dem Fenster.

»Ich habe beschlossen, Schluss zu machen ... mit dem Rauchen.«

Er sah Raid an. Der nickte.

»Das war ein Scherz.«

»Hab verstanden.«

»Alles endet zu seiner Zeit.«

»Die Geschichte ist noch nicht zu Ende.«

»Du hörst anscheinend tatsächlich zu ... Als ich an den verabredeten Ort kam, war der Bursche nirgends zu sehen. Ich erkundigte mich am Empfang und hörte, dass er sich schon beim ersten Hahnenschrei mit seinen Kumpanen aus dem Staub gemacht hatte. Zum Glück war er leicht zu finden. Alle kannten den Nichtsnutz und schlimmsten Verschwender des Ortes. Ich musste ein wenig Gewalt anwenden, um ins Haus zu gelangen. Der Kerl lag in seinem Schlafzimmer im Obergeschoss, pennte seelenruhig zwischen den Seidenlaken seines gustavianischen Bettes. Ich weckte ihn ein bisschen unsanft und schüttelte ihn ordentlich durch, aber er behauptete, dass er im Moment kein Geld hätte. Das Kapital musste angeblich erst realisiert werden. Ich hatte zu der Zeit gerade kein Auto und fragte, wie es bei ihm stand. Er besaß sogar zwei, einen Porsche und diesen Mercedes. Ich wählte den Letzteren. Das ist schon sieben Jahre her, und das Auto hat mir treue Dienste geleistet.«

»Interessante Geschichte, aber hast du den Burschen betrogen?«

»Und lehrreich«, ergänzte Nygren, so als ob er Raids Frage nicht gehört hätte.

»Du scheinst zu glauben, dass ich Lehren nötig habe.«

»Jeder hat das.«

»Genau.«

»Was weißt du zum Beispiel über Frauen?«, fragte Nygren.

»Ich bin schon ein großer Junge.«

»Jeder Mann glaubt, alles über die Frauen zu wissen, auch wenn er nicht mal die Haken des Büstenhalters aufkriegt. Eine Frau macht das Leben eines Mannes entweder zum Himmel oder zur Hölle oder zu beidem gleichzeitig. Ich rate dir, die Sache mit dem gebührenden Ernst anzugehen.«

»Das tue ich ja.«

»Wenn du das tätest, dann hättest du ein Mädchen.«

»Ich hatte eines.«

»Aber jetzt nicht mehr.«

»Interpretationsfrage. Hast du eines?«

»Richte dich nicht danach, was ich tue, sondern was ich dir rate.«

»Wie oft warst du verheiratet?«
Nygren zählte es an den Fingern ab. »Dreimal.«
»Du bist die Sache nicht mit dem gebührenden Ernst angegangen.«
»Nein. Die erste Ehe dauerte sechs Jahre, die zweite und dritte jeweils weniger als ein Jahr. Die dritte brauche ich eigentlich gar nicht mitzuzählen. Die Frau war Gefängnispsychologin und viel eher behandlungsbedürftig als ich. Ein Räuber taugt nun mal nicht zum Ehemann.«
»Stimmt.«
»Ich bin über sechzig, du etwa halb so alt. Ich habe auf Grund meines Alters doppelt so viel Lebenserfahrung wie du und bin bereit, sie dir zur Verfügung zu stellen. Nimm sie, wenn du sie schon umsonst kriegen kannst. Frag mich, was du willst.«
»Wo übernachten wir?«
»Im Hotel.«
»Was machen wir hier?«
»Wir treffen einen alten Freund von mir.«
Raid konzentrierte sich wieder aufs Fahren.
»Das waren schon alle Fragen? Schwache Vorstellung. Die Beschäftigung mit dem Sinn des Lebens ist mein Spezialgebiet. Im Gefängnis gibt es eine gute Bibliothek und viel Zeit, wenn man auch noch andere Interessen hat, als nur seine Räubermuskeln zu entwickeln. Hast du ›Ist das ein Mensch?‹ von Primo Levi gelesen?«
»Nein, dafür aber Tolstois ›Sieben Brüder‹.«
»Hast du Mark Twains ›Kapitän Stormfields Besuch im Himmel‹ gelesen?«
»Nein, aber ich kenne Graham Greenes ›Wir Kriegshelden‹.«
Nygren gab nicht auf.
»Du wehrst dich wie früher als kleiner Junge. Willst du immer noch keine Ratschläge annehmen?«
»Lass hören.«
»Man muss lesen. Lesen ist der direkte Weg zu allem. Du erfährst, was zehn Generationen über den Sinn des

Lebens herausgefunden haben, verschnürt in einem einzigen Paket.«

»Denkst du, ich lese nicht?«

»Tust du es denn?«

»Na klar.«

»Was hast du gemeint, als du sagtest, es ist eine Interpretationsfrage, ob du ein Mädchen hast?«

»Genau das.«

»Ich habe schon deutlichere Aussagen gehört. Entweder du hast ein Mädchen oder du hast keins. Ja oder nein?«

»Geht dich nichts an.«

»Was du nicht sagst.«

»Erzähl erst, ob du den Burschen betrogen hast.«

»Habe ich, aber es wäre nicht nötig gewesen. Der Kerl spielte wie ein Hinterwäldler. Jetzt bist du dran.«

»Ich habe ein Mädchen ..., sie wartet auf mich.«

»Ist sie ein guter Mensch?«

»Ja.«

»Was arbeitet sie? Nicht dass es eine Bedeutung hätte.«

»Es hat keine Bedeutung.«

»Ich kann fast erraten, wie ihr euch kennen gelernt habt.«

»Du hast richtig geraten.«

»Wie lange wartet sie schon?«

»Ein halbes Jahr.«

»Hast du mit ihr Kontakt gehalten?«

»Ich habe ihr eine Karte geschickt.«

»Nur eine?«

»Ja.«

»Halte sie fest, falls sie noch auf dich wartet. Eine Karte ist nicht viel.«

»Genau.«

»Weiß sie, was du machst?«

»Ja.«

»Und wartet trotzdem? Noch einmal, halte sie fest!«

»Du kennst vielleicht ihren Vater.«

»Tatsächlich?«

»Falls du Uki kennst.«
»Uki?«
»Ja.«
»Der Uki?«
»Ja.«
»Die Welt ist klein, zu klein. Uki hat mir bei einem Coup geholfen, hat eine Tür geöffnet, nämlich die zu einer Stahlkammer. Ein Profi. Und du bist mit Ukis Tochter befreundet. Halte die Tochter fest, aber halte Abstand zum Vater. Das als kostenlosen Rat für dich.«

Nygren studierte die Karte und gab Anweisungen.
»An der nächsten Kreuzung nach rechts. Und dann nach links. Dort vorn ist schon das Schild.«
Raid fuhr auf den Hof der Werkstatt. Sie bestand aus einer Reparaturhalle und einem kleinen Café. Das aus den sechziger Jahren stammende Gebäude war mit weißen Kunststoffplatten abgedeckt, die teilweise eingerissen waren. Nygren sah sich um. Auch an anderen Stellen fanden sich Zeichen des Verfalls.
»Sieht nicht gerade erhebend aus.«
An der Kasse stand ein junger Mann von etwa zwanzig Jahren. Er hatte lange Haare, die zum Pferdeschwanz gebunden waren.
»Hiltunen? Ist der hier?«
Der junge Mann betrachtete die Besucher zunächst abschätzend, ehe er antwortete.
»In der Reparaturhalle. Ich kann ihn holen.«
»Danke. Wir finden ihn schon.«
Hiltunen, der einen blauen Overall und eine Schirmmütze trug, untersuchte das Kühlaggregat eines Autos, das über der Montagegrube stand. Nygren musste sich erst räuspern, ehe Hiltunen die Besucher bemerkte.
»Grüß dich«, sagte Nygren.
»Nygren!«
Hiltunens Alter ließ sich schwer schätzen. Er war klein und dürr. Seine braunen Augen waren lebendig und

freundlich, blickten jetzt aber besorgt. Raid vermutete, dass er und Nygren der Grund für die Besorgnis waren.

»Wir wollen nach Norden, um gemahlenes Rentiergeweih zu kaufen, und da dachte ich, ich besuche dich mal.«

Hiltunen wirkte nicht begeistert.

»Woher hast du die Adresse?«

»Jemand hat sie mir gesagt. Hast du Zeit für einen Kaffee? Ich lade dich ein.«

Hiltunen zögerte einen Augenblick, nahm dann aber das Angebot an.

Er hängte seine Mütze an einen Nagel, behielt den Overall aber an. Er riss ein Stück Papier von einer Rolle und wischte sich die Schuhe ab. Sie waren nagelneu und glänzten, sodass sie überhaupt nicht zu seinem Arbeitsanzug passten.

Draußen regnete es, und der Wind trieb den Regen über den Asphalt. Über den Zapfsäulen war ein kleines Dach, das jetzt aber nicht viel Schutz bot. Gerade tankte eine Frau ihr Auto auf, und ihr wurde der Hut weggerissen, er rollte unter einen Kleintransporter, der auf dem Hof der Werkstatt geparkt war.

Hiltunen beendete die Kurzfassung seines Lebens nach dem Gefängnis.

»Ich mache das hier seit sieben Jahren. Der Besitzer geht in Rente und will den ganzen Laden verkaufen. Mal sehen, was aus mir wird. Ich bin in dem Alter, dass wahrscheinlich als einzige Alternative das Arbeitsamt bleibt.«

»Wie läuft das Geschäft?«

»Nicht schlecht, auch wenn es von außen nicht so wirkt. Der Alte ist bloß zu geizig, die Werkstatt herrichten zu lassen. Der Standort ist gut. Wenn man ein bisschen in die Renovierung und in die Ausstattung investieren würde, dann würde der Laden gut laufen. Der Junge ist ein Fachmann auf dem Gebiet …, hat sich von klein auf für Motoren interessiert.«

Hiltunen nickte in Richtung des jungen Mannes an der Kasse.

»Ist er dein Sohn?«

Hiltunen wirkte fast ängstlich, so als hätte er zu viel verraten. »Ja.«

»Und deine Frau?«

»Arbeitet in der Küche des Zentralkrankenhauses …, und du?«

»Bin in Rente.«

Hiltunen musterte Raid verstohlen. Nygren bemerkte es.

»Ein Verwandter, er ist als Chauffeur und Wildmarkführer dabei, wir fahren nach Lappland. Warum kaufst du den Laden nicht?«

»Womit? Bei meinem Hintergrund krieg ich ohne eigene Anteile keinen Kredit.«

»Wie viel würdest du brauchen?«

»Wieso?«

»Ich könnte dir was leihen.«

Hiltunen schüttelte den Kopf.

»Ich habe nichts gegen dich, aber ich will in nichts mehr reingezogen werden. Ich habe versucht, zu den Knastkumpels Abstand zu halten, auch wenn sie noch so nette Typen sind …«

»Und Rusanen?«

»Was ist mit dem?«

»Machst du etwas für ihn?«

»Kleine Sachen …, ich bin gezwungen.«

»Nicht mehr.«

»Wieso?«

»Er ist tot. Jemand hat ihn gestern erschossen.«

»Das kann nicht …«

»Ist es aber.«

»Die beste Nachricht des Tages …, stand sie schon in der Zeitung?«

»Nein, aber sie ist in Umlauf.«

»Es wurde auch Zeit, dass ihn jemand von seinen Qualen erlöste …, ich hatte schon selbst daran gedacht, hatte aber nicht den Mumm dazu.«

»Noch mal zu der Anleihe, du hast es vielleicht falsch verstanden. Ich will mich nicht bei dir reinhängen, sondern dir nur Geld leihen.«

»Warum?«

»Irgendwo muss man sein Geld ja anlegen. Mäßige Zinsen genügen.«

»Was sind für dich mäßige Zinsen?«

»Fünf Prozent.«

»Zweihunderttausend. Den Rest würde ich von der Bank kriegen.«

»Genügt das?«

»Es muss.«

Nygren reichte ihm die Hand. »Abgemacht?«

»Was ist das für Geld?«

»Aus dem Rentenfonds.«

»Und die Sicherheiten?«

»Mach die Firma rentabel, das genügt als Sicherheit.«

Hiltunen blickte immer noch ungläubig.

»Abgemacht?«

Hiltunen beschloss, das Wagnis einzugehen. Ihm fiel zumindest nichts mehr ein, was die Situation verschlimmern konnte.

»Abgemacht.«

»Das Geld ist morgen auf deinem Konto.«

Nygren trank seinen Kaffee aus und stand auf.

»Also gut, wir fahren weiter.«

Hiltunen begleitete sie zum Auto. Er reichte Nygren die Hand.

»Danke.«

Nygren drückte seine Hand.

Hiltunen verabschiedete sich auch von Raid.

Als sie abfuhren, stand Hiltunen mitten auf dem Hof und betrachtete sein zukünftiges Reich. Er stand gerade aufgerichtet und schien zehn Zentimeter größer als beim Eintreffen der Gäste. Der Regen prasselte auf seine Schuhe, konnte aber ihrem Glanz nichts anhaben und perlte herunter.

Nygren saß auf der Rückbank und las die Nachmittagszeitung. Er wirkte gut gelaunt.

»Wer ist Hiltunen?«, fragte Raid.

»Hab ihn im Gefängnis kennen gelernt.«

Raid fuhr zehn Minuten, ohne ein Wort zu sagen. Nygren faltete die Zeitung zusammen und legte sie neben sich auf den Sitz.

»Wer Hiltunen ist?«

»Ja.«

»Hiltunen ist der Junge, der zu große Schuhe trug.«

18.

Jansson und Huusko trafen gegen sechs Uhr abends in Oulu ein. Huusko hatte unterwegs die Geschwindigkeitsbegrenzung ungefähr hundertmal überschritten, oder nur einmal – während der ganzen Fahrt.

Der Abbruch der Kur quälte Jansson. Er hatte das Gefühl, als wäre er auf der Flucht und bekäme, nachdem man ihn gefasst hätte, eine verschärfte Strafe. Huusko schien das Ganze nichts auszumachen.

»Sorge dich nicht heute um Dinge, um die du dich morgen sorgen kannst«, sagte er.

Zu Janssons Überraschung lüftete er ein wenig den Schleier über seiner sorgsam gehüteten Vergangenheit.

»Ich war ungefähr zehn, als ich mit meinem Bruder ins Ferienlager fahren musste, obwohl ich den Sommer lieber in der Stadt mit den Kumpels verbracht hätte. Nach einer Woche hatte ich genug von dicker Milch, Mischbrot und Dillfleisch und haute zusammen mit einem Freund ab. Wir kamen nur ein paar Kilometer weit, dann wurden wir geschnappt. Wir waren getrampt und hatten das Auto des Lagerleiters angehalten. Der Kerl war so hinterhältig gewesen, ein anderes Auto zu benutzen, das wir nicht kannten. Jetzt fühle ich mich so ähnlich.«

Die Polizeiwache befand sich am Bahnhofsplatz unmittelbar im Stadtzentrum. Huusko parkte schwungvoll neben einem Polizeiwagen. Er zog die knirschende Handbremse an und war auch schon draußen.

Jansson war steif und müde, obwohl er unterwegs ein bisschen geschlafen hatte. Er stieg aus und angelte sich die Jacke vom Rücksitz.

Sie drückten auf den Summer und gelangten ins Haus. Jaatinen erwartete sie im Beratungszimmer der oberen Etage. Dort standen Kaffee und belegte Brötchen bereit. Auch zwei von Jaatinens Mitarbeitern waren anwesend.

Alle gaben einander die Hand.

»Es kommen noch mehr Leute von euch«, sagte Jaatinen.

»Wer denn?«, fragte Jansson verwundert.

»Kommissar Kempas und noch ein paar Helsinkier Herren. Kempas hat angerufen und erzählt, dass sie die Burschen schon seit einiger Zeit jagen. Er und seine Leute sind vor zwei Stunden in Kuopio abgefahren, sie werden also gegen acht, neun Uhr hier sein.«

»Wie schön«, bemerkte Huusko.

Sein Tonfall entging Jaatinen nicht.

»Gibt es etwas, das ich wissen müsste?«

»Nein, war nur ein Insiderwitz.«

»Ihr habt dann wirklich einen kleinen Insiderkreis.«

Jaatinen zeigte auf seine beiden Mitarbeiter.

»Hier ist mein Insiderkreis, Sundell und Heikkilä.«

Sundell schenkte allen Kaffee ein und ließ den Korb mit den belegten Brötchen herumgehen. Huusko wählte eine Hälfte mit Schinken, Jansson eine mit Käse.

»Ich bin dankbar, dass ihr kommen konntet. Falls die beiden, die wir nach wie vor verdächtigen, wirklich die Täter sind, kann es eine heiße Jagd werden. Von Nygren weiß ich einiges, aber der andere hat anscheinend mehr in Schweden gewirkt. Natürlich gab es auch über ihn Gerüchte, aber da wusste man nie so recht, ob es sich um Märchen oder die Wahrheit handelte. Die Geschichten waren immer reichlich sonderbar.«

»Wahrscheinlich die Wahrheit«, sagte Jansson.

»Dann ist auch er eine harte Nuss. Sundell hat aus Schweden Informationen über ihn angefordert, aber die sind noch nicht eingetroffen. Du kannst uns bestimmt auch in der Sache helfen, aber fangen wir von vorn an.«

Jaatinen schaltete den Diaprojektor ein, und an der Wand erschien ein Bild vom Tatort.

»Die Leiche wurde auf dem Lagerplatz einer Baufirma gefunden, die Rusanens Strohmann gehört. Über der Leiche war allerlei Gerümpel aufgehäuft, aber zum Glück kamen Leute, um einen zerlegten Kran abzuholen, und sie mussten sich den Weg frei räumen. Nach den ersten Untersuchungsergebnissen wurde Rusanen gestern Nachmittag in der Bürobaracke, die sich auf dem Gelände befindet, durch einen Schuss getötet, der ihn in die Stirn traf. Niemand hat den Schuss gehört, sodass möglicherweise ein Schalldämpfer benutzt worden ist. Rusanen hatte selbst auch eine Waffe bei sich, kam aber nicht dazu, sie zu benutzen.

Rusanen war offensichtlich freiwillig gekommen, denn sein Auto stand abgeschlossen vor dem Gelände. Er war zuletzt gegen Mittag im Stadtzentrum lebend gesehen worden, zu dem Zeitpunkt verließ er dort seine Wohnung.«

Als Nächstes zeigte Jaatinen eine Aufnahme von der Blutlache in der Baracke.

»Wurde in der Baracke Geld aufbewahrt?«, fragte Jansson.

»Eine gewisse Menge schon, allerdings nur ein paar Tausender. Wir glauben trotzdem nicht, dass es sich um Raub handelt. Wir haben den Verdacht, dass der Mord mit Rusanens Drogengeschäften zusammenhängt. Unter dem Fußboden in der Baracke fanden wir fünf Kilo Amphetamin. Wir sind ziemlich sicher, dass Rusanen auf dem Gebiet die Nummer eins in ganz Nordfinnland und zum Teil sogar in Schweden war. Rusanen hatte gute Beziehungen zur estnischen und russischen Mafia. Wir sind zurzeit gemeinsam mit dem Landeskriminalamt an einer Sache dran. Vor einiger Zeit sind mindestens zwanzig Kilo in Estland hergestellten Amphetamins ins Land gebracht worden. Der Stoff ist von Tallinn nach Helsinki gekommen, und bezahlt wurde er mit Autos und Motorschlitten, die zuvor in Finnland gestohlen worden waren. Vor einem Monat wurden bei einem von Rusanens Kurieren drei Kilo Amphetamin gefunden.«

Sundell schenkte Jansson und Huusko erneut Kaffee ein. Huusko nahm sich dazu eine weitere Brötchenhälfte.

»Die schmecken ausgezeichnet«, murmelte er.

»Es gibt Hinweise, dass Rusanens Geschäfte nördlich des Polarkreises zu groß wurden und dass er auf dem Markt im Süden einsteigen wollte. Das sahen die dortigen Bosse aber nicht gern.«

Jaatinens nächstes Bild zeigte die Leiche selbst. Der Tote lag bäuchlings unter einem Bretterhaufen. Eine Hand ragte zwischen Brettern mit Betonspritzern hervor.

»Nygren ist kein Befehlsempfänger von Drogenbossen, der in ihrem Auftrag Konkurrenten ausschalten würde«, bemerkte Jansson.

Jaatinen nickte.

»Auch nach unserer Auffassung passt Nygrens Anwesenheit nicht ins Bild, aber dieser andere Bursche wäre ein sehr gut geeigneter Kandidat für einen Mord. Was meinst du?«

»Kann sein, aber Raid tötet nicht zum eigenen Vergnügen. Wenn er jemanden tötet, muss es auch jemanden geben, der zahlt. Andererseits hat Raid seine eigenen Moralvorstellungen. Er lehnt Drogen ab. Vielleicht ist in der Baracke schlicht und einfach ein Streit ausgebrochen, und Nygren oder Raid war gezwungen, sich zu verteidigen.«

»Welches Motiv es auch geben mag, auf jeden Fall war einer von beiden dort. Wir haben eine zuverlässige Zeugenaussage zu dem Mercedes. Der Wagen wurde kurz vor dem geschätzten Todeszeitpunkt in unmittelbarer Nähe des Geländes gesehen. Das Kennzeichen stimmt mit ziemlicher Sicherheit überein. Nach Aussage des Zeugen saßen in dem Wagen zwei Personen, aber Einzelheiten konnte er nicht erkennen.«

Heikkilä meldete sich zum ersten Male zu Wort.

»Rusanen war allerdings ein ziemlich unangenehmer Zeitgenosse, der viele Feinde hatte. Wenn das Auto nicht gesehen worden wäre, hätten wir mindestens ein Dutzend anderer Kandidaten.«

»In welcher Hinsicht unangenehm?«, fragte Huusko.

»Äußerst gewalttätig. Nach unseren Informationen ist ein Teil der Kuriere durch Androhung von Gewalt zum Mitmachen gezwungen worden. Sie wurden teilweise sogar schwer misshandelt, und auch ihre Angehörigen wurden bedroht.«

»Dann hat der Mörder also uns und vielen anderen einen Gefallen getan.«

»So kann man es auch sehen, aber nur als Privatperson«, gab Jaatinen zu.

»Ist Nygrens Mercedes danach nirgendwo aufgetaucht?«, fragte Jansson.

»Komischerweise nicht«, sagte Jaatinen. »Wir dachten, das Auto wäre leicht zu finden, aber dem war nicht so. Der Wagen ist wahrscheinlich versteckt worden.«

»Wer hatte ihn gesehen?«

»Auf dem Nachbargrundstück befindet sich ein Schrottplatz. Ein Arbeiter war gerade auf dem Hof damit beschäftigt, ein Auto mit dem Schneidbrenner zu zerlegen, und er entdeckte den Mercedes. Der Mann ist zufällig ein Fan alter Mercedes, er identifizierte das Modell und, auf Grund des Geräusches, auch den Motor. Das Auto hatte einen V-8 für 3,5 Liter, genau wie Nygrens. Auch die Farbe stimmte überein.«

Die nächste Aufnahme stammte aus der Pathologie. Rusanen lag nackt und tot auf dem Untersuchungstisch. Beide Arme waren tätowiert, vom Handgelenk bis zum Bizeps. Die Einschüsse waren deutlich zu sehen.

»Laut Kempas' Einschätzung planen Nygren und dieser Raid irgendeinen großen Coup. Mir scheint, dass sie auf einer Art Finnlandtournee sind, deren Anlass wir noch nicht kennen. In Turku haben sie im Gebetsraum einer Sekte gewütet und den Chef der Sekte mit der Waffe bedroht. Dann haben sie zwei Knastologen in einem Café misshandelt. Die beiden hatten anscheinend von Nygren Geld verlangt. Beim dritten Mal haben sie einen der beiden auf Nygrens Landgut angeschossen, und jetzt der Mord an Rusanen. Ich glaube, es wird ein regelrechter

Amoklauf, wenn man sie nicht bald stoppt. Unser Ziel ist, alle nur erdenklichen Informationen zu sammeln, damit wir ihren nächsten Zug voraussehen können. Die beiden fahren nicht zufällig in der Gegend herum, sondern sie verfolgen eindeutig einen Plan und eine Route.«

Es nervte Jansson, sich wiederholen zu müssen.

»Ich habe Kempas bereits meine Meinung dargelegt, aber offenbar stimmt sie nicht mit seinen Ansichten überein. Nygren ist todkrank und möchte eine Art Abschiedsrundfahrt machen. Sariola und Lehto haben anscheinend davon erfahren und wollten ihn schon vorzeitig beerben. Raid und Nygren bestraften die beiden angemessen und setzten ihre Runde fort. Wie Rusanens Ermordung ins Bild passt, kann ich mir nicht erklären. Vielleicht hatte Rusanen Schulden bei Nygren, der wollte die Schulden eintreiben, und Rusanen widersetzte sich.«

Jaatinen wirkte enttäuscht. Er hatte von Jansson Informationen erwartet, die die Ermittlungen voranbrachten.

»Kempas hält es für möglich, dass er die Geschichte von seiner Krankheit selbst in Umlauf gebracht hat, damit er in Ruhe agieren kann.«

»Ach ja? Ich hatte es so verstanden, dass die Krankheit von der Klinik bestätigt worden ist, somit müsste Nygren den Arzt bestochen und die Laborergebnisse gefälscht haben.«

»Kempas kennt Nygren anscheinend von uns allen am besten. Er hat mir erzählt, dass er das Treiben des Mannes seit über zwanzig Jahren beobachtet.«

»Stimmt«, gab Jansson zu.

Es klopfte. Ein junger uniformierter Polizist kam herein, er brachte mehrere Seiten Papier.

»Ein Fax aus Stockholm.«

Jaatinen nahm die Papiere und begann darin zu blättern. »Informationen über Nygren.«

Er blätterte weiter, fand etwas Interessantes und las konzentriert.

»Hier heißt es, dass Nygren und Raid sich schon in Schweden kannten. Sie wurden bereits vor fünfzehn Jahren verdächtigt, am Überfall auf die Wettkasse einer Rennbahn beteiligt gewesen zu sein.«

»Interessant zu hören, aber die Information hilft uns nicht weiter«, sagte Huusko.

»Nygren hat eine Wohnung in Stockholm und eine zweite in Spanien. Laut Angaben der schwedischen Polizei ist er vor knapp einem Monat nach Finnland gefahren ..., wurde im Karolinska-Krankenhaus wegen Magenkrebs behandelt ...«

»Die Schweden haben anscheinend nichts, was wir nicht schon wissen.«

Huusko suchte sich ein drittes belegtes Brötchen aus dem Korb und goss sich die Tasse mit Kaffee voll.

Jaatinen legte die Papiere beiseite.

»Es ist wohl am besten, wir warten auf Kempas und treffen uns dann zu einer weiteren Besprechung.«

»Stimmt«, sagte Huusko. Er blickte in den leeren Korb. »Könnt ihr zu der Besprechung noch mehr von diesen ausgezeichneten Brötchen besorgen?«

Jansson und Huusko quartierten sich in einem Hotel in unmittelbarer Nähe der Polizeiwache ein.

»Gibt es eine Minibar?«, fragte Huusko als Erstes.

»Nein.«

»Tanz?«, fragte Huusko dann.

»Nein.«

»Und einen Sexkanal?«

Die junge Hotelangestellte betrachtete ihn kühl.

»Gegenüber ist der Zeitungskiosk. Dort finden Sie Zeitschriften für den erwachsenen Geschmack.«

Jansson und Huusko bekamen nebeneinander liegende Zimmer, die sich in der obersten Etage befanden.

»Hopo, wenn du deine Sachen eingeräumt hast, dann komm zu mir rüber. Wir halten eine kleine Beratung ab, bevor Kempas auftaucht.«

»Mir fällt erst jetzt etwas ganz Wichtiges ein«, sagte Huusko.

»Was denn?«

»Laufen die Überstunden?«

Huusko hatte seine Sachen in zehn Minuten ausgepackt. Danach klopfte er an Janssons Tür.

»Besser als mein Zimmer«, fand er, als er sich umsah. »Was wolltest du mit mir beraten?«

»Wie es weitergeht.«

»Und wie?«

»Dieser Hausmeister der Spielhölle, ich habe von Sanna Susisaari seinen Namen bekommen.«

»Was ist mit ihm?«

»Wir besuchen ihn.«

»In Helsinki etwa?«, wunderte sich Huusko.

»Er wohnt jetzt in der Nähe von Rovaniemi.«

»Glaubst du, dass er etwas über Nygren weiß?«

»In Kempas' Karte waren alle Bekannten Nygrens eingezeichnet. Ein Kreuzchen befand sich in der Nähe von Rovaniemi.« Jansson las den Namen, den er auf der Rückseite seiner Visitenkarte vermerkt hatte.

»Keijo Hiltunen, betreibt in der Gegend eine Autowerkstatt. Sagt dir der Name etwas?«

»Nein.«

»Sollte er aber. Der Mann hat zwei Personen, zwei junge Mädchen, in Pudasjärvi getötet. Es war einer der spektakulärsten Fälle in den sechziger Jahren. Unsere schlauen Soziologen werteten ihn als ein Beispiel für die Wechselwirkung von Kindheit beziehungsweise sozialem Umfeld und Kriminalität. Eine schwere Kindheit birgt für die Betroffenen das Risiko, straffällig zu werden. Der Mann kam irgendwann Ende der siebziger Jahre frei.«

»Was hat er mit Nygren zu tun.«

»Ich kam eines Tages mit Hedenius vom Angeln im Teno, als wir eine Tankstelle anfuhren. Hede war damals als junger Wachtmeister bei der Untersuchung des Falls dabei gewesen und erkannte den Mann sofort. Ich erkannte ihn nicht, ich konnte keine Verbindung zwischen dem Hausmeister einer Spielhölle in Helsinki und einem Tankstellenwart in Rovaniemi herstellen. Außerdem lagen zwanzig Jahre dazwischen.«

»Wurde Hiltunens Hintergrund nicht gründlich gecheckt, als ihr die Schießerei untersucht habt?«

»Wir hielten es nicht für notwendig. Aus jetziger Sicht ist es komisch, dass niemand Hiltunen erkannte, obwohl er vor Jahren eine Berühmtheit gewesen war. Vielleicht ist der Name zu häufig. Allerdings tauchte sein Name damals nicht einmal auf. Sanna Susisaari hat jetzt seinen Hintergrund ermittelt, als sie mir die Adresse heraussuchte.«

»Wie hängt das mit diesem Fall zusammen?«

»Als Hede mir Hiltunens Geschichte erzählte, erwähnte er auch, dass Hiltunen und Nygren zusammen eingesessen hatten. Nygren soll den Mann später, als er selbst schon frei war, im Gefängnis besucht und auch regelmäßig Geld in die Gefangenenkasse überwiesen haben.

Hede hatte sich darüber gewundert und nachgeforscht. Es hatte sich herausgestellt, dass Nygren und Hiltunen aus demselben Dorf stammten und zusammen zur Schule gegangen waren. Nygren war ein paar Jahre älter. Wahrscheinlich hat Nygren dem Mann auch den Job als Hausmeister besorgt.«

»Warum nimmst du an, dass Nygren ihn aufsuchen wird?«

»Weil Nygren mit seinem Leben abrechnet, sich bei einigen Leuten rächt und andere belohnt. An Prediger Koistinen rächte er sich, indem er ihn vor seiner Gemeinde als Schwindler bloßstellte. Danach besuchte er wahrscheinlich seine Tochter, die er einst verlassen hatte, und schenkte ihr eine große Geldsumme. Als Nächstes war wieder Rache an der Reihe. Sie richtete sich gegen Rusanen, den er aus dem Gefängnis kannte. Das Motiv kenne ich nicht. Nygren und Raid bewegen sich in nördliche Richtung, und Rovaniemi liegt da am Weg.«

»Schlussfolgerungen à la Sherlock Holmes«, sagte Huusko. »Warum hast du Jaatinen nichts von Hiltunen erzählt?«

»Ein bisschen Konkurrenz muss sein.«

»Und ich dachte, ich würde dich kennen. Du hast wahrscheinlich auch Kempas nichts erzählt.«

»Natürlich nicht.«

19.

Jansson war zuletzt vor ein paar Jahren im Hotel *Pohjanhovi* gewesen. Damals war er mit zwei Kollegen von einem Angelausflug zurückgekommen, der sie zum Teno geführt hatte. Jansson war kein besonders eifriger Angler, aber er sträubte sich auch nicht, wenn ihm eine Angelrute in die Hand gedrückt wurde.

Der Ausflug an den Teno hatte für ihn aber vor allem die Begegnung mit zwei alten Bekannten gebracht. Mit Oberkommissar Hedenius hatte er einst gemeinsam die Polizeiakademie besucht, Hedenius arbeitete jetzt in der Abteilung Rovaniemi des Landeskriminalamtes. Er war ein eifriger Angler, fand aber ebenso Gefallen am Beisammensein auf dem Ausflug.

Muinonen wiederum, der als Wildmarkpolizist in Lappland arbeitete, war ein guter Bekannter aus den Zeiten der Grundausbildung. Mit ihm hatte Jansson die zentralen Punkte der Stadt im Streifendienst geschützt. Die vielen Kilometer, die sie gemeinsam in soliden Dienstschuhen zurückgelegt hatten, hatten sie einander so nahe gebracht, dass Muinonen bei Janssons Hochzeit Trauzeuge gewesen war.

Das *Pohjanhovi* spielte auch noch eine andere, wichtigere Rolle in Janssons Leben. Das Hotel fand sich auf der Liste seiner romantischen Erinnerungen, eine Liste, die freilich nicht sehr lang war. Die Erinnerungen stammten aus den sechziger Jahren, damals hatte er als junger Wachtmeister mit seinem ersten eigenen Auto, einem dunkelgrünen VW Käfer, eine Tour durch Lappland gemacht. Neben ihm hatte ein junges Mädchen gesessen, aus dem ein paar Jahre später seine Frau geworden war.

Der Sommer war kalt und regnerisch gewesen. Die Heizung im Auto war defekt gewesen, und während der meisten Zeit hatten sie gefroren. Im Zelt sogar noch mehr, denn bei dem feuchten Wetter konnten die Schlafsäcke nicht richtig trocknen.

Das einzig Gute an dem Wetter war gewesen, dass es wenig Mücken gegeben hatte.

In den Fjälls riss der Auspuff des Autos ab. Sie waren unter ohrenbetäubendem Knattern durch die schöne Landschaft gefahren. Erst nach hundert Kilometern hatte sich die Möglichkeit ergeben, den Schaden mit Schellen, Blechstücken und Asbestband provisorisch zu beheben.

In diesem Stadium hatte Jansson gemerkt, dass die Reise langsam, aber sicher das Katastrophenniveau überschritt. Er rettete, was zu retten war, rief aus einem Dorfladen das *Pohjanhovi* an und ließ ein gutes Zimmer, eine Flasche Sekt und Blumen reservieren.

Die Investition strapazierte seine mageren Ersparnisse, war es aber unbedingt wert. Ihre Beziehung blühte auf, nach einem halben Jahr bezogen sie die erste gemeinsame Wohnung, und zwei Jahre später heirateten sie. Das erste Kind wurde geboren …

Huusko klopfte ans Seitenfenster des Autos.

»Der Mercedes steht auf dem Parkplatz, und sie haben sich ganz offen unter Nygrens Namen im Hotel angemeldet. Wenn sie solche Profis sind, wie behauptet wird, was soll dann das Ganze?«

Huusko wirkte unzufrieden, denn nach seinen Erfahrungen war das Falsche das Richtige. Alles wäre in Ordnung gewesen, wenn der Mercedes ein gefälschtes Kennzeichen gehabt hätte und wenn Nygren und Raid sich als Pekka und Matti Virtanen angemeldet hätten.

»Finden wir es heraus.«

»Wir beide?«

»Ganz recht. Ich habe versprochen, dass wir allein kommen.«

»Es gibt solche und solche Versprechen.«

»Bei mir gibt es nur Versprechen.«

»Du bist ja auch ein Mann von der alten Garde, die anderen liegen auf dem Elefantenfriedhof.«

»Nygren ist nicht gewalttätig.«

»Wunschdenken.«

Nygren bewohnte eine Suite in der oberen Etage. Huusko entsicherte die Waffe und hielt sie unter der Jacke bereit.

»Dann los.«

Jansson klingelte an der Tür. Er stellte sich so vor den Spion, dass er deutlich zu erkennen war. Die Tür wurde geöffnet, Raid stand da.

»Herein.«

Jansson trat näher. Huusko zögerte zunächst. Raid sah, dass seine Hand in der Jacke steckte.

»Love and peace.«

Huusko steckte die Waffe wieder ins Halfter und trat ein.

»Nette Begegnung«, sagte Nygren.

Er lag in halb sitzender Stellung auf dem großen Doppelbett, gestützt von einem Kissenberg im Rücken. Er war vollständig bekleidet.

»Nehmt euch etwas zu trinken ..., ich kann auch eine Kleinigkeit zu essen bestellen, belegte Brote ...«

»Nein, danke«, sagte Jansson. Er goss sich Mineralwasser ein. Huusko öffnete eine Bierflasche.

»Danke, dass du gekommen bist«, sagte Nygren.

»Ich bin neugierig.«

Jansson rückte sich den Schreibtischsessel zurecht und setzte sich. Auf dem Nachttisch lagen eine Spritze und eine Schachtel mit Medikamenten.

»Ihr macht eine richtige Tournee.«

Nygren lachte auf.

»Eine Abschiedstournee.«

Huusko untersuchte die Spritze.

»Harter Tobak.«

»Auf Rezept. Wegen Verstoßes gegen das Betäubungsmittelgesetz kriegt ihr mich nicht ran.«

»Wofür dann?«, fragte Huusko.

»Das wollen wir hier besprechen.«

»So etwas bespricht man nicht. Du wirst des Mordes und versuchten Totschlags verdächtigt. Denkst du, du kommst durch Absprachen da raus, du .... und dieser andere ...«

»Nein, und das ist auch nicht meine Absicht.«

Huusko blickte erstaunt.

»Hopo, man sollte immer erst zuhören.«

»Kommissar Jansson spricht ein wahres Wort, man sollte immer erst zuhören.«

Nygren trank einen Schluck aus seinem Wasserglas und richtete sich noch etwas weiter auf. Die Haare hingen ihm in die Stirn, und sein Gesicht war bleich. Seine Augen glühten fiebrig. »Das Angebot lautet: Ich gebe zu, Rusanen getötet zu haben, und liefere euch die Beweise. Ihr bekommt die Mordwaffe und eine genaue Schilderung dessen, was geschehen und warum es geschehen ist. Damit ist die Sache klar.«

»Gib einen Vorschuss«, bat Huusko. »Erzähl uns, warum.«

»Rusanen war ein gewalttätiger Psychopath, aber intelligent. Eine gefährliche Kombination. Außerdem war er größenwahnsinnig. Er wollte den Drogenmarkt des ganzen Landes beherrschen und baute seine eigene Mafia auf.«

»Wem ist er auf die Zehen getreten?«, fragte Huusko.

»Du hast falsch verstanden. Ich handle nicht im Namen seiner Konkurrenten, sondern in meinem eigenen und dem einiger anderer. Ich war mit ihm im selben Gefängnis, als er anfing, seine Organisation aufzubauen. Er nannte sie eine Gang. Er zwang die anderen, mitzumachen. Sie mussten Stoff hereinschmuggeln, oder ihre alte Mutter wurde krankenhausreif geschlagen. Mich konnte er nicht kommandieren, und schließlich bat er mich in die Führung der Gang. Ich lehnte ab. Als ich Hafturlaub hatte, schickte er mir einen Torpedo auf den Hals, aber ich tat umgekehrt dasselbe. Mein Torpedo siegte. Rusanen hätte beinah eine Scheißlähmung gekriegt ..., danach hatte ich Ruhe.«

»War das dein Torpedo?«, fragte Huusko und zeigte auf Raid, der neben dem Fenster stand.

Raid rührte sich nicht.

»Keine Namen.«

»Sprich weiter«, forderte Jansson ihn auf.

»Von meiner Krankheit erfuhr ich vor einem halben Jahr, als ich in Schweden war. Ich kam dort in Behandlung, aber dadurch hätte ich nur ein paar Monate zusätzlicher Zeit gewonnen. Nein danke, ich möchte lieber mit meinen Freunden und Feinden abrechnen und meine Angelegenheiten ordnen.«

»Hast du schon eine Grabstelle?«, fragte Huusko.

»Hopo!«, sagte Jansson wütend.

»Ja. Auf eine direkte Frage eine noch direktere Antwort.«

»Gehörte Rusanen möglicherweise zu den Feinden?«, fragte Jansson.

»Ja. Er hatte ein paar Freunde von mir gezwungen, bei seinen Geschäften mitzumachen. Sie wollten gern ein normales Leben führen, aber er ließ ihnen keine Wahl. Das einzige Mittel war, Rusanen aus dem Weg zu räumen. Ich habe meinen Freunden einen letzten Dienst erwiesen.«

»Und Sariola und die Sache in Turku?«

»Die Schleimer kamen hinter mir her, weil sie wussten, dass ich Geld habe. Sie hatten Recht, aber das Geld war nicht für sie bestimmt. Sie sind auf meinem Landgut aufgetaucht, und ich habe Sariola mit der Flinte in die Hand geschossen.«

»Du? Wozu brauchst du diesen Torpedo, wenn du alle Schießereien selbst erledigst?«

»Ich brauche einen Chauffeur.«

»Willst du behaupten, dass der Typ die Waffe nicht mal angefasst hat?«

»Will ich. An der Waffe sind nur meine Fingerabdrücke. Er wusste nicht mal, wo ich bin.«

»Alles Quatsch!«

Jansson warf Huusko einen tadelnden Blick zu.

Nygren verzog qualvoll das Gesicht, aber er nahm sich zusammen.

»Koistinen kenne ich seit über zwanzig Jahren. Er war sein ganzes Leben ein Schwindler und wird es auch bleiben. Ich habe kein Recht, zu moralisieren, aber Koistinen ist genauso viel wert wie Hundescheiße an der Schuhsohle. Vor ein paar Wochen rief mich ein alter Freund aus Turku an und bat mich um Hilfe. Er erzählte, dass Koistinen dort eine religiöse Gemeinschaft gegründet hat und die Mitglieder ausnimmt wie gerupfte Gänse. Die Tochter meines Freundes war Koistinen verfallen und durchgedreht, als sie mitkriegte, dass der Kerl gleichzeitig fünf Weiber hat. Koistinen hatte der Tochter meines Freundes versprochen, sie zu heiraten. Sie hatte es ernst genommen, hatte ihre Wohnung verkauft und das Geld der Gemeinde gegeben. Als sie kapierte, was Koistinen trieb, war sie so fertig, dass sie versuchte, sich umzubringen. Sie musste in Behandlung.«

»Was hast du mit ihm gemacht?«, fragte Jansson.

»Mit vernünftigem Reden ist Koistinen nicht beizukommen, und ich wollte die Sache schnell erledigen. Ich habe ihm ein bisschen Angst gemacht.«

»Ein bisschen? Der Kerl hat sich in die Hosen geschissen«, sagte Huusko.

»Und nach unseren Informationen waren es zwei Männer. Laut Beschreibung war der eine älter und elegant gekleidet, der andere ein abgerissen aussehender Mörder mit glühenden Augen.«

»Was willst du aushandeln?«, fragte Jansson.

»Gut, kommen wir zur Sache. Ihr bekommt ein volles Geständnis und sämtliche Beweise. Wir bekommen zwölf Stunden Vorsprung.«

Huusko sprang auf.

»Was?«

»Von diesem Augenblick an. Wir brechen sofort auf, und ab morgen Mittag bin ich Freiwild.«

»Bestimmt nicht …«

»Hopo, jetzt atmest du tief durch und beruhigst dich. Danach überlegen wir.«

»Wenn ihr mich jetzt festnehmt, bekommt ihr nichts. Ihr habt keine Beweise, keine Waffe, kein glaubhaftes Motiv, nichts, was zur Verhaftung, geschweige denn vor Gericht reichen würde. Vielleicht findet ihr jemanden, der in der Nähe des Tatorts ein Auto gesehen hat, das so aussah wie meins, aber das reicht noch nicht.«

»Was meinst du mit zwölf Stunden Vorsprung?«, fragte Jansson. »Willst du noch jemanden töten?«

»Persönliche Angelegenheiten. In diesem Zustand kann ich nicht fliehen, und ich will es auch gar nicht. Wenn ich es wollte, hätte ich hier nicht auf euch gewartet. Ich will zwölf Stunden, um mich frei zu bewegen. Nach dem Mercedes wird gesucht, und man würde mich sofort stoppen, wenn ich hier wegfahre.«

»Stimmt«, gab Jansson zu.

»Irgendwas ist da faul«, zweifelte Huusko.

In Nygrens Augen blitzte es auf. Er schob den Ärmel hoch. Auf seinem Unterarm waren entzündete Einstichstellen zu sehen. Er nahm die Spritze vom Nachttisch, zog den Ärmel um den Bizeps straff und stach sich in die Vene.

»Wirkt das hier etwa erfunden? Bald kann ich weder Pisse noch Scheiße mehr halten. Denkst du, ich liefere mir in diesem Zustand mit euch jungen Männern, mit Hunden und Helikoptern in den Fjälls eine Verfolgungsjagd? Ich kann es nicht mal mit einem zahmen Papagei aufnehmen.«

Huuskos Miene wurde weicher.

»Entschuldige.«

»Wenn ich meine Sache erledigt habe, rufe ich an und sage euch, wo ihr mich findet.«

»Und er?« Huusko nickte in Raids Richtung.

»Er hat nichts getan.«

»Wofür brauchst du ihn?«

»Wie ich schon sagte, ich kann nicht mehr gut laufen …, ich brauche einen Chauffeur.«

Jansson trat zu Raid. Die beiden Männer starrten einander an.

»Ist es so?«, fragte Jansson.

»So ist es.«

»Und du bist der Bürge?«

»Genau.«

»Es gibt ein Problem, ein großes Problem. Wie erkläre ich es meinen Kollegen, dass ich zwei Kriminelle, nach denen gefahndet wird, einfach so laufen lasse?«

»Das musst du nicht«, sagte Nygren. »Du sagst, dass du mich gefasst hast und mit mir den Tatort überprüfst oder etwas in der Art. Du bläst die Fahndung ab, und wir verlassen alle zusammen die Stadt. Wir beide fahren weiter, und bis zum Nachmittag rufe ich dich an. Niemand erfährt, dass ich ein paar Stunden auf eigene Faust unterwegs war.«

»Nein, verdammt noch mal«, sagte Huusko.

»Und du machst nichts Kriminelles mehr?«

»Hand aufs Herz, und beim Grab meiner frommen Mutter.«

Jansson betrachtete Nygren. Fast konnte er den Tod auf seiner Schulter sitzen und geduldig die Stunden, Minuten und Sekunden zählen sehen. Nygrens Ärmel war immer noch aufgerollt, und Jansson erkannte das Netz der blauen Adern unter der weißen Haut. Es schien, als wäre die Tätowierung schon verblasst, vor dem endgültigen Verschwinden.

»Abgemacht.«

Jansson sah Huusko an. Der nickte.

»Aber ich pinkle auf das Grab deiner frommen Mutter, wenn du abhaust.«

Es klingelte an der Tür. Raid ging hin und sah durch den Spion.

»Das scheinen eure Leute zu sein.«

Huusko überzeugte sich ebenfalls und kam zurück.

»Kempas und Gehilfen. Was machen wir?«
»Kommissar Kempas aus Helsinki?«, fragte Nygren.
»Genau der.«
»Wie hat er hierher gefunden?«
»Ich weiß nicht. Hopo, mach die Tür auf.«
Huusko öffnete, und Kempas stiefelte mit seinen Gefolgsleuten herein. Kempas kam ins Zimmer und sah Nygren an.
»So trifft man sich wieder. Ist schon eine Weile her.«
»Wie hast du uns gefunden?«, fragte Jansson.
»Zum Glück hat man Freunde im Fernmeldewesen. Du hast einen Anruf von hier bekommen.«
»Hast du meine Anrufe zurückverfolgt?«, fragte Jansson.
»Nicht ich, sondern andere. Du bist so plötzlich aus Oulu verschwunden, dass ich ahnte, du bist auf der Spur.«
»Ich brauche keine Hilfe.«
»Es ist nicht nötig, dass wir uns streiten. Hauptsache die Räuber sind gefasst.«
Kempas setzte sich zu Nygren auf die Bettkante.
»Bist du wirklich krank oder spielst du nur?«
»Wirklich krank. Macht dich das froh?«
»Man soll Arbeit und persönliche Gefühle nicht miteinander vermischen.«
»Stimmt.«
Kempas blickte zu Jansson.
»Was hat er erzählt?«
»Er hat zugegeben, Rusanen erschossen und Sariola angeschossen zu haben.«
»Prima, aber warum?«
»Weil sogar du mich in meinem jetzigen Zustand fassen würdest«, sagte Nygren.
»Warum hast du Rusanen erschossen? Nicht dass ich etwas dagegen hätte.«
»Das ist eine lange Geschichte.«
»Wir haben Zeit.«
Nygren seufzte.

»Brauchen wir hier das ganze Polizeipräsidium?«, fragte Jansson seinen Kollegen.

»Ich möchte am Vergnügen teilhaben.«

»Wir waren zuerst hier. Du kannst nach Helsinki zurückkehren, wir bringen Nygren hin.«

»Ihr schafft es zu zweit nicht, falls sie irgendetwas versuchen.«

»Werden sie nicht.«

Kempas wandte sich wieder an Nygren.

»Bestimmt nicht?«

»Nein.«

»Möchtest du wirklich nicht, dass ich hier bin?«

»Nein, aber danke für das Angebot.«

»Nach so langer Zeit hätte ich gern eine Weile mit dir geplaudert.«

Nygren und Kempas sahen einander an. Kempas streckte überraschend die Hand aus.

»Wir behalten uns in guter Erinnerung.«

Nygren schlug ein und drückte seine Hand.

»Ja, das tun wir.«

Kempas wandte sich an Virta und Lunden.

»Wartet im Auto, ich komme gleich.«

»Ich habe da noch etwas«, sagte er zu Jansson.

Jansson folgte ihm in den Flur.

»Ich kenne die Frau.«

»Wen?«

»Anna Wahlman, geborene Heinäkoski. Als Freund und Kollege rate ich dir, die Finger von ihr zu lassen. Das betrifft auch Huusko.«

Kempas beobachtete Janssons Reaktionen.

»Als sie im Ausland war, wurde in ihre Wohnung eingebrochen, böse Sache, denn der Dieb nahm Schmuck und Pelze im Wert von hundertfünfzigtausend Mark mit. Zum Glück zahlte die Versicherung. Als Nächstes brach im Haus ein Kellerbrand aus. Böse Sache, Wertgegenstände im Wert von mehr als hunderttausend Mark lösten sich in Rauch auf, zum Glück zahlte die Versicherung.

Die findige Anna ließ sich nicht entmutigen, sondern wurde Privatpflegerin bei einem alten und reichen Mann. Als er im Krankenhaus war, wurde in seine Wohnung eingebrochen, und es verschwanden Gemälde und antikes Silber für mehr als drei Millionen Mark. Vor fünf Jahren ließ Anna Wahlman sich scheiden. Ihr Mann hatte aus irgendeinem Grund Angst vor dem Gerichtsvollzieher und hatte die Wohnung und das Sommerhaus auf seine Frau überschrieben, und da blieben sie auch. Nun will er anscheinend seinen Anteil zurück, aber sie will ihm nichts geben. Sie flüchtet vor ihm in die Provinz und sucht Schutz bei starken Männern. Eine gut aussehende Frau, zugegeben, aber wen sie erst mal am Sack hat, der kann einem Leid tun. Das war's.«

Kempas schwenkte die Hand und ging.

Jansson und Huusko begleiteten den Mercedes etwa zwanzig Kilometer stadtauswärts. Nygren saß auf der Rückbank unter einer Decke.

»Du weißt, welches Risiko ich eingehe, wenn ich euch fahren lasse«, sagte Jansson zu ihm.

»Ja, und ich weiß es zu schätzen.«

»Fahrt vorsichtig.«

»Machen wir. Bis morgen.«

»Bis morgen.«

Huusko stieg aus und kam zu Jansson.

»War das wirklich klug?«

»Hoffentlich.«

»Warum hat Kempas so verdammt schnell aufgegeben? Das ist gar nicht seine Art.«

»Hab ich mich auch schon gefragt«, gab Jansson zu.

»Vielleicht baldowert er irgendwas aus. Was wollte er von dir?«

»Nichts Besonderes.«

»Dann können wir wohl jetzt ein paar Stunden schlafen.«

»Sogar die ganze Nacht.«

20.

Der herbstlich gefärbte Birkenwald wogte wie ein goldenes Meer. Die Straße führte über einen klaren Bach, der in einem mehr als zehn Kilometer entfernten Fjällsee entsprang.

Die Straße stieg steil an, der Mercedes nahm die Steigung spielend. Oben zweigte von der Straße ein kaum erkennbarer Nebenweg, eigentlich nur ein Pfad, ab. Er führte in ein niedriges lichtes Birkengehölz.

Raid prüfte den Weg, um nicht an eine Stelle zu fahren, von der er nicht zurückkäme. Der Weg führte sanft in Richtung des Flusses bergab und endete auf einer kleinen Lichtung, etwa einen halben Kilometer vom Hauptweg entfernt.

Die Lichtung war als Lagerplatz benutzt worden. An ihrem Rande befand sich eine aus Steinen errichtete Feuerstelle, daneben lag ein Haufen rostiger Konservenbüchsen. Aus ihrer Beschriftung zu schließen, waren Rind- und Schweinefleisch sowie Erbsensuppe die Favoriten der Einödwanderer.

Raid und Nygren stiegen aus. Nygren blickte sich um.

»Schön hier.«

Er stieg den Pfad, der zwischen den Birken verlief, bergan. Raid folgte ihm. Der Weg war teilweise zugewachsen, und Nygren musste die Zweige zur Seite biegen. Als er etwa hundert Meter zurückgelegt hatte, hielt er an, um sich auszuruhen.

»Kannst du noch?«

»Du brauchst mich nicht zu tragen, falls du davor Angst hast.«

»Hab ich nicht.«

Zwanzig Meter weiter kam eine abschüssige Stelle, und Nygren glitt aus. Raid konnte ihn festhalten, ehe er hinfiel. Nygren keuchte und wischte sich über die Stirn.

»Danke.« Er ruhte sich kurz aus und ging weiter.

Sie stiegen noch fünfzehn Minuten bergan, ehe Nygren eine Stelle fand, die ihm gefiel. Von dort war die Spitze des gegenüberliegenden Fjälls zu sehen, unten schimmerte ein See. Der Bach, den die Straße überquert hatte, floss nur zehn Meter entfernt schäumend bergab.

»Hier ist es richtig.«

Er blickte sich um und suchte nach einem Platz, um sich hinzusetzen. Er wählte eine grasbewachsene Bülte, neben der eine drei Meter hohe Fjällbirke stand. Raid setzte sich neben ihn. Nygren sah ihn mit einem kleinen Lächeln an.

»Du bist also doch bis ans Ende mitgekommen …«

»Genau.«

Hiltunen stieg aus der Montagegrube und wischte seine schmutzigen Hände an einem ebenso schmutzigen Stück Putzwolle ab.

»Lasst ihr unsereinen denn nie in Ruhe? Nygren hat seine Strafe abgebüßt, genau wie ich.« Hiltunens Stimme war ehrlich verärgert.

»Wir lassen dich sofort in Ruhe, wenn die Sache geklärt ist.«

»Welche Sache?«

»Das weißt du genau.«

»Nein, weiß ich nicht.«

»Worauf wollen wir wetten?«

Huusko streckte seine Hand aus. Hiltunen starrte darauf und schnaubte.

Jansson fasste Huusko bei der Schulter. »Hopo!«

»Es ist hässlich zu lügen, besonders gegenüber einem Polizisten.«

»Jetzt wollen wir mal wieder sachlich werden. Uns interessiert Nygren. Wir glauben, dass er hier gewesen ist.«

»Darf man fragen, warum?«

»Er ist hier gesehen worden«, log Jansson, obwohl ihn sofort sein Gewissen schalt.

Hiltunen begann den Vergaser zu untersuchen, der auf dem Tisch lag. Seine Finger waren dick und die Nägel eingerissen, aber er fasste den Gegenstand sanft an. »Ich habe wohl ein Recht zu wissen, warum ihr ihn sucht.«

»Wir ermitteln in einer Schießerei und in einem Fall von Totschlag, also zwei verschiedenen Delikten.«

»Nygren soll geschossen haben?«

»Das wissen wir nicht. Wir werden ihn zunächst nur befragen. Auf jeden Fall war er am Tatort.«

»Auf wen ist geschossen worden?«

»Auf einen Burschen namens Sariola.«

»Das Arschloch. Da hat es den Richtigen getroffen. Und wer ist getötet worden?«

»Rusanen, ist dir der Name bekannt?«

»Verdächtigt ihr Nygren, ihn getötet zu haben?«

»Das wollen wir herausfinden.«

Hiltunen schüttelte den Kopf. »Nygren ist nicht gewalttätig ..., er kann sich zwar wehren, aber er benutzt mehr seinen Kopf. Rusanen hatte gedacht, er kriegt ihn genauso wie die anderen, aber Nygren war eine zu harte Nuss für den Kerl, einfach zu klug. Rusanen war gezwungen, ihn in Ruhe zu lassen.«

»Was könnte Nygren gegen Rusanen gehabt haben?«, fragte Jansson.

»Keine Ahnung, ich würde eher umgekehrt denken, nämlich dass Rusanen sich rächen wollte.«

»Hatten sie gemeinsame Geschäfte?«

»Nygren mochte Rusanen nicht. Er hätte ihn nicht mal mit der Zange angefasst.«

»Warum dann?«, wunderte sich Jansson.

»Wenn Nygren auf Sariola und Rusanen geschossen hat, dann hätte er sich keine besseren Ziele aussuchen können. Nygren hat immer gesagt, dass es fast Spaß machen könnte, im Knast zu sitzen, wenn nicht in jedem Gefängnis Arschlöcher wie Rusanen und Sariola wären.«

»Wir behaupten nicht, dass Nygren Rusanen erschossen hat. Wir möchten uns seine Version anhören.«

»Ihr würdet nicht fragen, wenn ihr nicht irgendwelche Beweise hättet.«

»Vielleicht haben wir ja tatsächlich welche«, sagte Huusko.

»Von Sariola wusste ich nichts, aber ich habe gehört, dass Rusanen tot ist, und ...«

Jansson merkte, wie Hiltunen erschrak.

»Gehört, von wem?«

»Es kam wohl in den Nachrichten.«

»Kam es nicht.«

Hiltunens Sohn schaute herein.

»Vater, es ist halb zwei, wir müssen los.«

Hiltunen sah auf die Uhr.

»Ich komme sofort ...«

Der Sohn verschwand.

»Ich habe einen Termin ..., ich muss gehen.«

»Wir bringen dich hin, dann können wir uns im Auto weiter unterhalten.«

Hiltunen ging zu einem stählernen Waschbecken, nahm ein Reinigungsmittel und wusch sich die Hände.

»Nygren war gestern hier, blieb aber bloß eine halbe Stunde. Er sagte, er will zur Laubfärbung nach Lappland.«

»Was wollte er hier?«

»Nichts Besonderes ..., wollte mir nur auf der Durchreise guten Tag sagen.«

»Hat er dir von Rusanen erzählt?«

»Weiß ich nicht mehr.«

»War er allein?«, fragte Huusko.

»Nein, irgendein Freund war als Chauffeur dabei.«

»Kanntest du den?«

»Nein.«

Hiltunen nahm die Schirmmütze vom Kopf und entblößte seinen bereits kahlen Schädel. Er legte die Mütze auf den Arbeitstisch, zog den Overall aus und hängte ihn an einen Nagel. Seine Schuhe glänzten tadellos, trotzdem spuckte er auf ein Papiertaschentuch und rieb sie ab.

»Ist Nygren dein Freund?«

»Ich habe keine Freunde ..., er ist ein ganz netter Kerl, aber mein Freund ist er nicht.«

»Warum hat er dich dann im Gefängnis besucht und Geld überwiesen?«

»Ich weiß nicht.«

»Und er hat dir den Hausmeisterposten in der Annankatu besorgt. Wir beide haben uns getroffen, als ich damals die Schießerei in der Spielhölle untersuchte.«

Hiltunen betrachtete Jansson genauer.

»Du kamst mir auch gleich bekannt vor ...«

»Hat er dir den Posten besorgt?«

»Ich war gerade aus dem Gefängnis gekommen. Ich bin nach Helsinki gegangen, weil ich dachte, dort kennt mich keiner und ich habe meine Ruhe. Ich brauchte einen Job und eine Wohnung, und Nygren besorgte mir beides. Er kannte den Betreiber des Spielklubs.«

»Ihr stammt beide aus demselben Dorf, oder?«

Hiltunen sah Jansson ehrlich erstaunt an.

»Wirklich?«

»Wusstest du es etwa nicht?«

»Bestimmt nicht ... Wenn es wahr ist, dann war er vielleicht schon weggezogen, als ich hinkam ..., wir haben uns erst im Gefängnis kennen gelernt, ich wusste nicht mal, woher er stammt ...«

»Wusste er, woher du stammst?«

Hiltunens Sohn sah besorgt durch die Tür.

»Es wird Zeit.«

»Sofort. Warte im Auto.«

Der Sohn entfernte sich.

»Ich muss gehen.«

»Erzähl uns noch den Rest, dann lassen wir dich in Ruhe«, versprach Huusko.

Hiltunen fügte sich.

»Okay, Nygren hat mir gesagt, dass Rusanen tot ist. Er hatte es irgendwo gehört.«

»Um das zu erzählen, ist er extra hergekommen? Hat er was vom Krebs gesagt?«

»Von welchem Krebs?«

»Dass er Krebs hat und bald stirbt«, ergänzte Huusko.

»Hat Nygren Krebs?«

»Ihr wart wohl keine besonders guten Kumpel, wenn er es nicht erzählt hat.«

Hiltunens verärgerte Miene wurde jetzt ernst.

»Diese Tankstelle steht zum Verkauf .... Nygren hat mir einen Kredit angeboten ..., von Krebs war keine Rede ..., ich will gerade mit meinem Sohn zur Bank ...«

»Der Mann taucht aus dem Nichts auf und bietet dir einen Kredit an. Klingt nicht glaubhaft.«

»So war es aber ..., ich dachte auch, er verscheißert mich, genau wie alle anderen, aber das Geld war schon am nächsten Morgen auf meinem Konto. Ich bin siebenundfünfzig, und von diesen Jahren habe ich wegen eines einzigen Fehlers sechzehn im Gefängnis abgesessen. Das hier ist meine einzige und letzte Chance, und ich bin verdammt dankbar dafür ..., wäre vielleicht das Arbeitsamt eine bessere Alternative, oder sollte ich mich aufhängen ...?«

Hiltunens Stimme brach, und er wandte sich ab.

»Wie viel hat Nygren dir geliehen?«

»Zweihunderttausend.«

»Und er hat dir nicht mal eine Telefonnummer, unter der du ihn erreichst, oder seine Kontonummer gegeben?«

Hiltunen sah auf seine Hände und sagte nichts.

»Hat sonst schon jemand nach Nygren gefragt? Zum Beispiel ein Mann namens Kempas?«

»Der Bulle?«

»Genau der«, bekräftigte Huusko.

»Nein.«

»Hat Nygren jemals von Kempas gesprochen?«

»Diesmal nicht.«

»Hat er erzählt, was Kempas gegen ihn hat?«

»Hat Kempas denn etwas gegen Nygren?«

»Sieht so aus. Weißt du, warum er Nygren hasst?«

Nygren raffte die abgefallenen Blätter zu einem kleinen Haufen zusammen. Er legte sich so hin, dass der Blätterhaufen ein Kopfkissen bildete. Dann nahm er die Sonnenbrille ab, obwohl ihm die Sonne grell ins Gesicht schien, und gab sie Raid.

»Eine echte Ray-Ban, sie ist für dich.«

Raid setzte die Sonnenbrille auf.

»Du hast die Geschichte dazu nicht erzählt.«

»Das hat keine Bedeutung mehr. Jetzt gibt es eine neue Geschichte, die nur du erzählen kannst oder auch nicht.«

Nygren holte seine Geldbörse aus der Jackentasche. Er öffnete sie und nahm aus dem Kleingeldfach einen Autoschlüssel, den er Raid in die Hand drückte.

»Der Ersatzschlüssel für den Mercedes. Der Wagen gehört dir, und du wirst ihm eine neue Geschichte geben.«

»Danke.«

Nygren kramte weiter in der Börse und fand eine zusammengefaltete Quittung und ein Foto.

»Das Honorar ist auf dein Konto überwiesen worden. Hier ist die Quittung.«

Raid nahm die Quittung und steckte sie in die Tasche, ohne sie anzusehen.

Nygren faltete die Hände über der Brust, sodass das Foto darunter lag. Raid sah, dass es das von Nygrens Tochter mit der schwarzweißen Katze war.

»Als du getauft wurdest, erinnerte der Pastor uns Paten an die Verantwortung, die wir übernahmen. Er sagte, unsere wichtigste Aufgabe sei es, dafür zu sorgen, dass das Patenkind auf dem schmalen Pfad der Tugend bleibt. Wir Paten sollten so leben, dass wir dem Kind als Beispiel dienten. Ich hielt dich im Arm und dachte, dass du kleines Bürschchen dir jedenfalls nicht an mir ein Beispiel nehmen solltest. Ich bemerkte, wie deine Mutter mich ernst anblickte. Ich bin sicher, dass sie begriff, was ich dachte. Als du heranwuchsest, kam es genau so, wie es nicht hätte kommen sollen. Du fingst an, mich in allem nachzuahmen, im Guten wie im Bösen, besonders im

Bösen. Ich bemerkte es, aber irgendwie schmeichelte es mir, und ich vermochte nicht streng genug zu sein. Das kann ich mir nicht verzeihen.«

Raid nahm die Sonnenbrille ab.

»Ich hatte so wenig, worauf ich stolz sein konnte.«

»Ich verstehe es jetzt.«

»Wenn du zu Besuch kamst, wollte ich das voll auskosten. Ich erzählte jedem, der es hören wollte, dass du mein Patenonkel bist. Ich sagte, dass du im Ausland wohnst und reich bist. Die anderen Jungen waren neidisch, weil du aussahst, als ob du von einem anderen Planeten kamst, du fuhrst tolle Autos, hattest schicke Klamotten, und du kauftest mir Geschenke, wie die anderen sie nie bekamen.«

»Du sahst nur das, was glänzte und schillerte, und ich werfe es dir nicht vor, denn ich wollte ja gerade das zeigen. Deshalb fühle ich mich dafür verantwortlich, dass aus dir das geworden ist, was du heute bist.«

»Ich habe meine Entscheidung selbst getroffen.«

»Ich habe dir das Beispiel gegeben und die Tür geöffnet. Es ist dasselbe, als wenn man ein Kind in den Bonbonladen schickt und ihm dann vorhält, dass es gestohlen hat.«

»Aus mir wäre auch sonst kein braver Bürger geworden.«

»Du hattest einen guten Vater und eine noch bessere Mutter. Vielleicht wäre alles anders gelaufen, wenn sie hätten leben dürfen. Du warst zu früh dir selbst überlassen.«

»Sibirien hat mich erzogen.«

»Ich weiß, dass es zu spät ist, den guten Patenonkel herauszukehren, trotzdem versuche ich es … Ich habe dich nicht als Autofahrer oder Leibwächter auf diese Reise mitgenommen. An meinem Leib ist nicht viel zu bewachen, und der Mercedes hat mich immer dahin gebracht, wohin ich wollte. Du bist deshalb hier, weil ich dir zeigen wollte, welchen Weg ich gegangen bin und dass ich jeden Augenblick bereue.«

Nygren ergriff Raids Hand.

»Die Wahrheit ist, dass ich immer dann am glücklichsten war, wenn ich das gewöhnliche Leben eines gewöhnlichen Menschen geführt habe. Wenn ich am Morgen zur Arbeit ging und am Abend heimkam. Wenn ich mein Kind in die Arme nahm, mit ihm spielte und ihm am Abend ein Märchen vorlas. Wenn ich all das tat, was ich damals langweilig fand und von dem ich nicht merkte, dass es das Beste war, was mir das Leben zu bieten hatte. Ich bildete mir ein, dass für mich ein anderes, glanzvolleres Leben voller Ruhm und Reichtum reserviert sei. Deshalb konnte ich nicht genießen, was ich besaß.«

»Ich bin immer stolz auf dich gewesen.«

»Dafür gab es keinen Grund. Ich habe nichts getan, womit ich mich rühmen könnte.«

»Du hast eine Gemeinde aus den Fängen eines Betrügers gerettet und dem Jungen geholfen, der zu große Schuhe trug. Das waren gute Taten.«

»Ich habe es aus rein egoistischen Gründen getan, weil ich schlicht und einfach Angst habe. Ich will wenigstens irgendetwas in die leichtere Waagschale werfen können. Aus demselben Grunde rede ich jetzt all das scheinheilige Zeug, obwohl es mir verdammt schwer fällt. Wenn ich du wäre, würde ich mir keine Sekunde zuhören. Ich würde denken, soll der Alte doch quatschen.«

»Du bist mir nichts schuldig.«

»Doch, das bin ich. Und zwar umso mehr, je länger du denselben Weg gehst wie ich.«

»Jeder ist nur für sein eigenes Leben verantwortlich.«

»Du irrst dich, glaub mir. Ich war verantwortlich für dich, und du bist es für jemand anderen.«

»Ich entlasse dich aus der Verantwortung.«

»Ich habe mich immer gewundert, warum mich deine Mutter gebeten hat, bei dir Pate zu werden …, sie glaubte an mich, obwohl sie wusste, was ich war, nämlich das schwarze Schaf der Familie.«

»Sie war deine Schwester, sie kannte dich am besten. Besser als du selbst.«

Nygren schob sein Blätterkissen hoch und suchte sich eine möglichst bequeme Stellung, er faltete die Hände auf der Brust und sah Raid an.

»Der Brief ist in meiner Tasche.«

Raid nickte.

»Und denk an die Nachsorge, die ist im Handel inbegriffen. Unsere Warnungen waren deutlich. Prüfe, ob sie gehört wurden.«

»Genau.«

»It's a good day to die.«

Raid lächelte.

»Ich habe gewusst, dass du es machst.«

Nygren lächelte und schloss die Augen.

Raid zog die Pistole aus der Tasche, hielt sie dicht an Nygrens Schläfe und drückte ab. Das Echo des Schusses rollte durch die Fjälls.

Raid stand auf, legte die Waffe sorgfältig in Nygrens Hand und schoss in den Himmel. Er sammelte die Geschosshülse auf und steckte sie in die Tasche. Dann schüttelte er die Birke über Nygren, sodass ihre gelben Blätter herunterfielen und ihn bedeckten.

Aus der Ferne ertönte das Knattern eines Hubschraubers. Die Maschine näherte sich schnell, suchte nach einem Landeplatz und landete dann auf einer flachen Stelle zwischen den Birken. Der Luftstrom der Rotoren peitschte die niedrigen Bäume.

Die Tür des Hubschraubers öffnete sich, und Kommissar Kempas sprang heraus. Der Pilot schaltete den Motor aus, der Lärm verstummte.

Kempas hielt seinen Hut fest und kam zu Raid. Er blieb neben Nygrens Leiche stehen und nahm den Hut ab.

»Ich habe deinen Onkel vor zwei Monaten in Schweden im Krankenhaus besucht. Er hatte gerade erfahren, dass er höchstens noch ein paar Monate zu leben hat. Ich habe ihm einen ruhigen Abgang versprochen. Ich bin hinter ihm hergerannt, obwohl er dagegen war. Ich wollte zur Stelle sein, falls man ihn stoppt, ehe er am Ziel seines Weges ist. Jetzt ist er am Ziel.«

»Genau.«

»Dein Onkel bat mich, für ihn zu beten, wenn er tot ist. Ich habe mich hinreißen lassen, es zu versprechen, und danach habe ich viele Nächte gewacht und gegrübelt, was ich sagen soll. Ich begreife nicht, dass den Pastoren für jeden Sonntag eine neue Predigt einfällt.«

»Sie werden dafür bezahlt.«

Kempas räusperte sich und faltete die Hände. Er senkte den Kopf und sah zu Boden. Dann verbeugte er sich vor Nygrens Leiche und wandte sich Raid zu.

»Ein Ausflug zur Laubfärbung. Das Wetter ist auch wirklich schön.«

Raid nickte.

»Wenn ich wählen dürfte, würde ich auch gern an solch einem Tag sterben, auch der Ort ist nicht schlecht. Aber die wenigsten von uns haben die Wahl.«

»Genau.«

»Eine Fahrgelegenheit brauchst du wohl nicht.«

Kempas streckte die Hand aus, Raid zögerte und schlug dann ein.

»Dein Onkel war ein feiner Mensch, feiner, als die meisten wissen. Ich kannte ihn zwanzig Jahre lang.«

Kempas setzte sich in den Hubschrauber, der stieg auf und verschwand über den Fjälls.

Hiltunen sah Jansson erstaunt an.

»Nygren hasst Kempas nicht, er findet, dass er ein prima Kerl ist.«

»Sprechen wir von demselben Kommissar Kempas?«, wunderte sich Huusko.

»Ja, von dem Sokochef. Sie sind befreundet.«

»So ein Scheiß!«

»Wenn ein Räuber und ein Polizist überhaupt Freunde sein können, dann sind die beiden es.«

»Du verarschst uns!«, fauchte Huusko.

Jansson sah ihn ungehalten an. »Hopo!«

»Sie sind Freunde. Nygren hat ihm mal das Leben gerettet.«

»Kempas' Leben?«, staunte Jansson. »Wann und wo?«

»Das müsstest du doch wissen.«

»Wieso?«

»Falls du die Sache in der Annankatu untersucht hast ...«

»Was ist da geschehen?«

»Weißt du es nicht?«

»Nein.«

»Auch Kempas war an der Sache dran und wollte den Klub mit Nygren und Salme hochgehen lassen, den beiden gehörte der Laden. Kempas war damals noch ein gewöhnlicher Polizist ..., das heißt, gewöhnlich war er wohl nie. Er wusste, was da lief, und beobachtete den Klub wochenlang. Schließlich schnappte er sich einen Professor, der dort Stammkunde war. Man kam in den Klub nicht rein, wenn man keinen Gewährsmann hatte. Kempas zwang den Professor, ihn mit reinzunehmen ... Er hatte zwei Stunden gespielt, als plötzlich irgendein Kerl reinkam, der ihn erkannte. Der Kerl zog die Waffe und wollte schießen. Nygren ging dazwischen. Der Typ hatte aber schon abgefeuert, und die Kugel traf Nygren in den Bauch. Kempas wiederum schoss auf den Schützen.«

»Hat Kempas auf Luotola geschossen?«

»Ich weiß seinen Namen nicht, aber er war lebensgefährlich verletzt und musste ins Krankenhaus. Nygren und Kempas dachten sich zusammen eine Version für die Ermittler aus. Nygren und der andere Kerl hielten dicht, und die Sache funktionierte. Seitdem waren Nygren und Kempas Freunde.«

»Haben sie sich danach getroffen?«

»Viele Male.«

»Wann zuletzt?«

»Nygren erzählte, dass Kempas ihn vor einiger Zeit in Schweden besucht hat.«

»Ob es so gewesen ist, wie Hiltunen erzählt hat?«, fragte Huusko, als sie zum Auto gingen.

»Ich ahnte, dass Kempas da irgendwie drinsteckte. Als wir die Sache mal zusammen durchgingen, hatte ich gleich das Gefühl, dass er nicht alles erzählte, aber es wäre mir nie eingefallen, dass er mit Nygren gemeinsame Sache machte. Ich dachte, er schützt einen seiner Informanten.«

»Man sollte annehmen, dass die Waffe identifiziert worden ist, Kempas hat ja wohl die Dienstwaffe benutzt.«

»Der Waffentyp wurde ermittelt, aber andere hatten die gleiche Waffe. Außerdem wurden damals mindestens zehn Dienstwaffen vermisst. Und wir hatten ja keinen Schimmer, dass Kempas in dem Spielklub gewesen war.«

Huusko sah im Rückspiegel, dass sich ein tief fliegender Hubschrauber näherte. Die Maschine strich in zehn Metern Höhe über das Auto hinweg. Dann landete sie vor ihnen auf einem Parkplatz für Fernlaster.

»Ich bilde mir ein, Kempas gesehen zu haben«, sagte Jansson.

»Ich hatte denselben Albtraum«, bestätigte Huusko. Er bremste und fuhr an den Hubschrauber heran. Kempas stand mit dem Hut in der Hand draußen. Er wirkte sorglos, so als wäre er es gewöhnt, vom Geld der Steuerzahler umherzufliegen.

»Tatsächlich Kempas.«

Kempas lächelte und wirkte auch sonst ganz anders, irgendwie weicher.

»Ihr habt wahrscheinlich eine alte Spur aufgenommen und Hiltunen besucht.«

»Eine alte, aber heiße Spur«, sagte Huusko.

»Nicht so heiß, wie ihr denkt. Nygren ist tot.«

»Tot«, sagten Jansson und Huusko wie aus einem Munde.

»Hat sich in den Fjälls erschossen.«

»Und Raid?«

»Ist weg.«

Jansson war misstrauisch.

»Das ist alles?«

»Alles. Nygren ist die ganze Zeit auf dem Weg in die Fjälls gewesen, um zu sterben. Er hatte sich das in den Kopf gesetzt. Raid sollte ihn hinbringen. Unterwegs rechnete Nygren ab, bezahlte Gutes mit Gutem und Böses mit Bösem.«

»Was war deine Rolle?«

»Ich traf ihn in Schweden, als er dort im Krankenhaus war. Er erzählte mir, dass er zum Sterben nach Finnland kommen wollte. Ich versprach, ihm zu helfen. Hiltunen hat euch wahrscheinlich den Grund erzählt.«

»Allerdings.«

»Nygren hat mir damals das Leben gerettet ..., und er hätte mich tief in die Scheiße reiten können. Vor diesem Mann kann man nur den Hut ziehen.«

»Und jetzt?«, fragte Jansson.

»Er hat ein volles Geständnis und die Waffe hinterlassen. Damit sind der Fall Rusanen und auch die Sache mit Sariola klar, wir haben Raid nichts vorzuwerfen.«

»Haben wir wohl nicht«, gab Jansson zu.

Kempas sah ihm offen in die Augen. »Jetzt kennst du mein Geheimnis. Was gedenkst du zu tun?«

Jansson warf Huusko einen Blick zu. »Die Sache dürfte verjährt sein, interessiert heute keinen mehr.«

»Alte Geschichte«, bestätigte Huusko.

Kempas nickte. »Danke.«

Er gab dem Piloten ein Zeichen. Der Motor des Hubschraubers sprang an, und die Rotoren begannen sich zu bewegen.

»Ich kann eine Mitfahrgelegenheit nach Helsinki anbieten.«

»Nein, danke.«

Kempas stieg ein und schwenkte die Hand.

»Ich möchte dabei sein, wenn er den Chefs die Rechnung für den Hubschrauber präsentiert«, sagte Huusko.

»Ich auch.«

21.

Huusko setzte Jansson gegen achtzehn Uhr vor seiner Haustür ab. Jansson nahm seinen Koffer vom Rücksitz und bedankte sich bei Huusko fürs Fahren.

»Klag jetzt besser eine Zeit lang nicht über Rückenschmerzen«, sagte Huusko.

»Keine Sorge.«

Jansson sah, dass sich die Gardine im Obergeschoss bewegte. Er nahm die Abkürzung über den Zaun und den Rasen. Unterwegs pflückte er einen Apfel, biss ein saftiges Stück davon ab und warf den Rest unter die Weißdornhecke.

Auf dem Hof stand das Auto, und die Haustür war offen. Jansson stellte den Koffer auf der Bank im Flur ab und schleuderte die Schuhe von den Füßen.

»Bin da«, rief er und ging in die Küche.

Auf dem Küchentisch stand eine Sektflasche im Eiskübel, daneben ein volles Glas. Der Sekt perlte noch. Neben dem Glas stand ein kleiner Teller, und darauf lagen Kräcker mit Räucherlachs und Rogen. Jansson steckte einen Kräcker in den Mund und spülte ihn mit Sekt hinunter.

Im Obergeschoss ertönte Musik. Jansson erkannte Placido Domingos Stimme. Auf dem Treppengeländer war die erste Fährte ausgelegt, ein Slip seiner Frau, ein schwarzes, hauchdünnes Etwas aus Spitze. Bei dieser Einladung war kein Irrtum möglich.

Jansson aß noch einen Keks, nahm dann den Teller in die eine und das Sektglas in die andere Hand, den Kübel klemmte er sich unter den Arm.

An der Klinke der Schlafzimmertür hing ein schwarzer Stay-up-Strumpf. Die Tür war angelehnt, sodass Jansson sie mit dem Knie öffnen konnte.

Seine Frau hatte die Fenstervorhänge geschlossen und nur die Nachttischlampe eingeschaltet. Sie lag in der klassischen Verführungspose auf der rechten Seite, bekleidet mit einem Etwas, dessen bloßer Anblick für Männer unter fünfzig verboten sein sollte.

Die drei Tenöre schwangen sich mit ihrem Tremolo in die höchsten Hertzzahlen. Seine Frau legte die Hand auf die Hüfte und massierte sie mit langsamen Bewegungen.

»Zeig mal, wie gut die Kondition ist, die man dir dort verpasst hat.«

»Möchtest du einen Kräcker?«, fragte Jansson und hielt ihr den Teller hin.

»Nein.«

»Möchtest du Sekt?«

»Nein.«

»Ist die Musik nicht zu laut?«

»Nein, aber bist du nicht overdressed?«

»Da glaubt man, die Menschen zu kennen, und kennt sie doch nicht ...«

»Wovon sprichst du?«

»Von Kommissar Kempas.«

»Vergiss Kempas und erinnere dich an deine Frau.«

Jansson stellte die Sektflasche und den Teller auf den Nachttisch. Er öffnete den Gürtel und knöpfte die Hose auf. Weiter kam er nicht, denn seine Frau riss ihm die Hose herunter.

»Und das Vorspiel?«, fragte Jansson.

»Vergiss es.«

»Gleich zur Sache?«

»Gleich zur Sache.«

22.

Der Klingelbeutel der Elia-Kirche war gespickter denn je. Völlige Vergebung, ein neues Herz, mit Lammblut gewaschen, eine neue Seele, rein wie himmlischer Flachs. Neue Freude und neuer Jubel, wenn der Sünder Gnade gefunden hat. Es gab wahrlich Grund, ein Mastkalb zu schlachten und Gäste zum Fest einzuladen.

Nur der Prediger war alt. Derselbe alte Anzug, dieselbe dicke Goldkette am Handgelenk, derselbe vom Friseur gezogene Scheitel, dieselbe grenzenlose Gier und Abgebrühtheit.

Prediger Koistinen stand hinter dem Pult und hatte die Hände erhoben, die Handflächen zeigten nach oben.

»Denn meine Feinde zogen sich zurück, sie stürzten zu Boden und ertranken vor deinen Augen. Du verschafftest mir Recht und verteidigtest mich, du setztest dich auf den Thron, du, der gerechte Richter. Meine Feinde sind vernichtet, zu ewigen Ruinen geworden, die Städte zerstörtest du, die Erinnerung an sie ist verschwunden, und die Straußenvögel ...«

Die Doppeltür öffnete sich, und Raid trat ein. Er ging durch den Mittelgang bis zur Mitte des Saales vor. Die Stimmen verstummten, und schließlich erwachte auch Koistinen aus seinem selbst geschürten Taumel.

Koistinen streckte die Hand aus und zeigte mit dem Finger auf Raid.

»Ich habe Gnade gefunden und einen neuen Namen im Himmel bekommen, du kannst mir nichts ...«

»Und ein neues Portmonee?«

»Bitte um Vergebung, kehre um und sündige nicht mehr! Dein Leben ist kurz wie das des Wiesengrases, heute wächst es und morgen wird es gemäht. Nur der Herr allein weiß, wann der Schnitter kommt.«

»Der Herr und ich.«

Raid zog die Pistole aus dem Mantel, spannte den Abzug und feuerte zweimal kurz hintereinander auf Koistinens Brust, dorthin, wo das Herz saß.

Koistinen fiel erst auf die Knie, dann auf die Stirn, und schon gab es ihn nicht mehr. Er war wie das Wiesengras, das gestern wuchs und heute gemäht wurde.

Raid drehte sich um und ging hinaus.

Vor dem Haus stand der alte Mercedes, ein Auto, das eine Geschichte hatte. Eines Tages würde Raid die Geschichte jemandem erzählen, der ein Recht darauf hätte, sie zu hören. Er würde der Geschichte seinen eigenen Anteil hinzufügen, und sie wäre vollkommener denn je.

Er fuhr auf der von bunten Reklamelichtern erhellten Hauptstraße und durch die verschlafene Vorstadt, dann verschwand er im Sog der Autobahn.

Krimis aus den Niederlanden

Henk Apotheker: **Ayse ist weg**
Deutsche Erstausgabe ISBN 3-89425-511-0
Arnheim: Im ›Türkenviertel‹ verschwindet ein 4-jähriges Mädchen.
»Apothekers Schreibkunst, die auch eine Heilkunst ist, hat einen lebenswarmen Kern: Es ist das Mitgefühl mit ihren Figuren.« (Die Zeit)
»Henk Apotheker konfrontiert den Leser in seinem Krimi nicht nur mit erschreckenden Geschehnissen, vielmehr erzählt er auch die Geschichte ›seines‹ Arnheims. Darüber hinaus zeichnet er mit ironischer Feder ein zeitgenössisches Sittengemälde seiner Landsleute. Kurz gesagt, ein Krimi, der spannend und deshalb lesenswert ist.« (NRZ)

Felix Thijssen: **Cleopatra**
Deutsche Erstausgabe ISBN 3-89425-504-8
Privatdetektiv Max Winter wird in ein Geflecht aus Korruption, Erpressung, Ehebruch und Rache hineingezogen.
»Ein routiniert geschriebener Krimi mit dichter Atmosphäre und gut gezeichneten Charakteren, der bis zur letzten Seite fesselt.« (ekz-Informationsdienst)
»Hier werden europäische Elemente in einem äußerst spannenden und guten Krimi verknüpft. Die Empfehlung des Quartals!« (Briefmarken-Hammer)

Felix Thijssen: **Isabelle**
Deutsche Erstausgabe ISBN 3-89425-513-7
Was als romantische Liebesnacht begann, endet als Tragödie: Der Liebhaber der jungen Isabelle wird vor ihren Augen erschossen, sie selbst schwer verletzt. Als die Ermittlungen der Polizei ins Stocken geraten, bittet die Witwe des Toten Max Winter um Hilfe. Eine Erbschaft, ein Waisenhaus und eine Adoption bringen den Privatdetektiv und seine Freundin CyberNel auf eine Spur, die nach Frankreich führt.

Jac. Toes: **Auf der Strecke geblieben**
Deutsche Erstausgabe ISBN 3-89425-506-4
Der Anwalt Fred Benter und der Journalist Donald de Wacht kommen einer vertuschten Affäre aus den achtziger Jahren auf die Spur und geraten dabei selbst in Lebensgefahr.
»Subtil die Morde, subtil aber auch die Personen, die letztlich für Aufklärung sorgen.Toes baut dabei Spannung auf, die den Leser fesselt, ihn nicht mehr loslässt.« (Emsdettener Volkszeitung)
»Jac. Toes erzählt mit viel Liebe zum Detail. Sein Krimi ist mit Humor und Ironie gewürzt, auch was die niederländische Heimat des Schriftstellers angeht.« (NRZ)

Jac. Toes: **Tief gesunken**
Deutsche Erstausgabe ISBN 3-89425-516-1
In der Arnheimer Mafia rollen Köpfe. Eine Abrechnung unter Kriminellen? Oder hat die Polizei ihre Finger im Spiel? Fred Benter, Donald de Wacht und die Polizistin Yvon Matiber kommen einer Verschwörung auf die Spur, die ihren Ursprung in politischen Ambitionen und verletzter Eitelkeit hat.

grafit

Krimis von Jan Zweyer

Glück auf, Glück ab
ISBN 3-89425-212-X
Der erste Krimi mit Rainer Esch
Der Fahrsteiger Klaus Westhoff wird tot aufgefunden. Selbstmord, sagt die Polizei. Doch warum? Stefanie, Rainer Esch und Cengiz Kaya stoßen auf eine dubiose Investmentfirma.

Alte Genossen
ISBN 3-89425-221-9
Der zweite Krimi mit Rainer Esch
Die lukrative Tour für Taxifahrer Rainer Esch ist die letzte Fahrt von Jürgen Grohlers: Er wird erschossen. Und Esch wird fortan bedroht.

Siebte Sohle, Querschlag West
ISBN 3-89425-230-8
Der dritte Krimi mit Rainer Esch
Mord auf der siebten Sohle! Ein Bergmann wird tot aufgefunden. Schnell findet die Polizei einen Verdächtigen mit Gelegenheit und Motiv.

Tödliches Abseits
ISBN 3-89425-234-0
Der vierte Krimi mit Rainer Esch
Ein toter BVB-Anhänger, ein toter Bayern-Fan, ein toter HSF-Freund: Meuchelt ein fanatischer Schalke-Fan die Anhänger der Konkurrenz?

Georgs Geheimnis
ISBN 3-89425-242-1
Der fünfte Krimi mit Rainer Esch
Rentner Pawlitsch will wissen, ob sich Esch im Presserecht auskennt – und am nächsten Tag hat der Anwalt das Mandat eines Toten.

Tatort Töwerland
ISBN 3-89425-253-7
Der sechste Krimi mit Rainer Esch
Insel Juist, Weihnachten. Spekulanten streiten mit Ökos um einen Golfplatzbau. Und Rainer Esch gerät in einen Interessenkonflikt.

Glänzender Tod
ISBN 3-89425-263-4
Versicherungsdetektiv Jean Büsing sucht einen für tot erklärten Kunsthändler und gerät zwischen die Fronten von Kunstmafia und Geheimdiensten.

grafit

Wilsberg-Krimis von Jürgen Kehrer

Und die Toten läßt man ruhen
Der erste Wilsberg-Krimi – Vom ZDF verfilmt
ISBN 3-89425-006-2
»Dramaturgisch perfekt bis aufs I-Tüpfelchen« (Leo's Magazin)

In alter Freundschaft
Der zweite Wilsberg-Krimi – Vom ZDF verfilmt
ISBN 3-89425-020-8
Eine minderjährige Ausreißer-Punkie und ein bestohlener Disco-Chef

Gottesgemüse
Der dritte Wilsberg-Krimi ISBN 3-89425-026-7
Wilsberg erlebt den Psychoterror einer fanatischen Sekte.

Kein Fall für Wilsberg
Der vierte Wilsberg-Krimi ISBN 3-89425-039-9
Dubiose Waffengeschäfte und ein Firmenchef mit Doppelleben

Wilsberg und die Wiedertäufer
Der fünfte Wilsberg-Krimi ISBN 3-89425-047-X
»Kommando Jan van Leiden« fordert vom Bischof eine halbe Million.

Schuß und Gegenschuß
Der sechste Wilsberg-Krimi ISBN 3-89425-051-8
Wilsberg im Reality-TV. Nach Drehbeginn kommt es zu schweren Unfällen.

Bären und Bullen
Der siebte Wilsberg-Krimi ISBN 3-89425-065-8
Wilsberg soll Entführung aufklären – was verschweigt Willi?

Das Kappenstein-Projekt
Der achte Wilsberg-Krimi – Vom ZDF verfilmt
ISBN 3-89425-073-9
Wilsberg als Leibwächter der grünen Stadtkämmerin

Das Schapdetten-Virus
Der neunte Wilsberg-Krimi ISBN 3-89425-205-7
Wilsberg bewacht 100 Affen für medizinische Experimente.

Irgendwo da draußen
Der zehnte Wilsberg-Krimi ISBN 3-89425-208-1
Trieben Außerirdische die junge Corinna in den Tod?

Der Minister und das Mädchen
Der elfte Wilsberg-Krimi ISBN 3-89425-216-2
Ist der Sohn des Ministers in spe ein Vergewaltiger?

Wilsberg und die Schloss-Vandalen
Der zwölfte Wilsberg-Krimi ISBN 3-89425-237-5
Wer bedroht Schloss Isselburg? Wilsberg stößt auf die Leiche im Keller.

Wilsberg isst vietnamesisch
Der dreizehnte Wilsberg-Krimi ISBN 3-89425-262-6
Rätselhafte Mordserie in einem beschaulichen Stadtteil.

grafit